徳 間 文 庫

降格警視 3

安達　瑶

徳 間 書 店

目次

第一話　華麗なる賭け

「サカキさん、今日はご注文何にするね？　いつものでいいか？」

鋼太郎(こうたろう)が居酒屋「クスノキ」の暖簾(のれん)をくぐった途端、フロアを取り仕切るリンさんが声をかけてきた。

「ええと、いつもので」

「あいよ。中生(チュウナマ)とタコさんウィンナーと冷や奴(ひやっこ)ね！」

頭髪が薄く額も広い初老の男・榊(さかき)鋼太郎は、この近所で整骨院を営んでいる。一緒に入ってきた小牧(こまき)ちゃんは小柄で若くてスタイルも良い美形で、鋼太郎の整骨院で受付をしている。

二人は並んでいつものカウンターに座った。

「整骨院、今日もヒマだったか？」

リンさんは東南アジアから来た「技能実習生」だ。若くはないが快活で笑顔がチャーミングな女性だ。

「忙しかったよ！　今日は五人も来たぞ」

「そうか。それは大変結構！」

リンさんはそう言って中生のジョッキを置くと他のテーブルに呼ばれて飛んでいった。

以前からここでアルバイトしていた女子高生三人組は、「お酒を出す店で未成年がアルバイトするのは如何なものか」というクレームが警察に来て、土曜と祝祭日（日曜は定休）のランチタイム限定でしか働けないことになってしまった。その三人の穴を、リンさんが一人で埋めている。

彼女は、八面六臂の大活躍、という形容が大袈裟ではないほど目まぐるしく働いている。日本語も達者で本当によく動く働き者だ。アジア人はナマケモノだとか言うヤツは、類は友を呼ぶの法則で、出来の悪い自分の周りにいる人間だけで判断しているのだろう。

「入店してまだ一ヵ月でしょう？　リンさん凄いよね」

小牧ちゃんが感心した。

「しかし、あんたの整骨院も、一日で患者がたった五人じゃ赤字だろ」

カウンター越しに大将が心配してくれた。

「持ち家だし、小牧ちゃんに給料払えたらそれで充分なんだよ」

「離婚の慰謝料はもう払い終わったのか？」

「子供たちもとっくに就職してるから養育費は終わり。気楽なもんだよ」

「院長センセ、無理してやせ我慢しちゃってもう」

　小牧ちゃんが横からチャチャを入れたので、鋼太郎は話題を変えた。

「まあ聞いてくれよ大将。この前よう、ここからの帰り、道端でタバコ吸ってたら、いきなり見ず知らずの爺さんに『ここでタバコ吸うな、このジジイ！』って言われたんだよ。ジジイにジジイって言われたんだ。驚いたねおれは」

　ビールを一口飲んで、訴えるように喋り始めた鋼太郎に大将が突っ込む。

「あんた実際、ジジイなんだから仕方ないだろ。なんだ？　その見ず知らずのジジイはヨッパライか？」

「いや、酒の匂いはしなかった。しかし、おれより年上で貧相なジジイにジジイ呼ばわりされたんだ。腹が立つじゃないか。そもそも、あの辺は『禁煙特定区域』じゃないんだよ。しかもおれは歩きタバコはしてないし、公園の中ってわけでもなかった」

「あのねえ、あんた、今のご時世、喫煙所でもないところでタバコ吸うのがダメなんだよ。残念ながら、その貧相で冴えない爺さんの勝ちだ」

　大将にジャッジされてしまったが、しかし、鋼太郎に負けを認めるつもりはないようだ。

「そうか？　百歩、いや一万歩譲って、喫煙についてはおれに落ち度があったとしよう。それにしたってさ、おれより貧相なジジイにジジイ呼ばわりされるのは馬鹿馬鹿しいじゃないか。やってられないんで、相手にせずにウチに向かって黙って歩いてたら、なんと、そのクソジジイもついてきやがってよ。言うに事欠いて『逃げるなこの田舎モン』と来たもんだ」

　生まれも育ちも墨井区の生粋の墨井っ子なおれに『田舎モン』たぁ、どういう了見だい、と江戸っ子アピールなのか鋼太郎の口調は伝法になった。

「で、おれも腹に据えかねたから馬鹿野郎、お前の方がジジイじゃねえか、と言い返してやったらそのジジイ、逆上しやがってね、余計にデカい声で『うるせえこの負け犬ジジイ！』とか喚きだして……でまあ、おれも面倒になってね、これ以上何か言ってもますます怒らせるだけだと思って、無視して家に帰り着いて、玄関から外を見たら、そのジジイ、ウチをじろじろ見てやがってさ」

　憤懣やるかたない口調の鋼太郎を小牧ちゃんが宥めた。

「センセ、きっとあれですよ。その老人は『負け犬ジジイ』とか『田舎モン』とか、自分がいつも言われてる事をセンセに言ってウサを晴らしただけじゃないですか？　その程度の可哀想な老人だと思えば」

「だったらいいんだがな。しかし今のご時世、何かと物騒だからね。くだんのクソジジイがただの孤独でヒマな構ってちゃんか、ボケ徘徊老人ならまだいいよ？　だが本当にやばいやつだったらどうする？　自分に刃向かうヤツはみんな敵認定する、被害妄想に取り憑かれた異常者だったら？　異常者なら逆恨みしてウチの壁に立ち小便するとかイヤガラセの落書きをするとか、同じ場所で張っててまた罵詈雑言を浴びせてくるとか、はたまたSNSに整骨院の悪口を書きまくるとか、果てはウチに火をつけるとか馬の生首をベッドに置いておくとか」

「『ゴッドファーザー』か。しかしアンタはよくまあ、そういう悪いことばかり考えつくなあ」

大将は呆れた。

「いや、ウチには大切な従業員もいるから。小牧ちゃんにもしものことがあったら大変だ」

鋼太郎は隣に座る小牧ちゃんをチラと見て、ビールを飲んだ。小牧ちゃんは一見華奢な若い女の子だが、実は元ヤンで、ここぞと言うときに度胸があって腕っ節も強い。

「小牧ちゃんは大丈夫だろ。数々の武勇伝もあるんだし」

「だけどセンセ、そのヒトが刃物とか持ってなくて良かったですね。センセと本気で言い合いになったらそのクソジジイ、咄嗟に刃物を出してグサリとやったかも。捕まったら警察には『身を守ろうとした。殺す気はなかった』とか言ったりして」

「おいおい、おれを殺すなよ」

「しかし、今のご時世そうなる可能性はおおいにあるからな」

大将は心配そうだ。

「そうですよ。それに最近はすぐ暴言を吐いて暴れる、リミッターが壊れたクソジジイが増えてます。あれはどういうことなんでしょうね？」

小牧ちゃんは若くて美形なのにハッキリすぎる物言いをする。

「前頭葉が溶けちゃったのかな？」

「まああれだ、あんたも路上喫煙はやめる、それとヤベーやつの暴言には反応しないことだな」

「……そうだな」

鋼太郎はそう言って頷くと中生のジョッキを空けた。

「サカキさん、お代わりするか？」

すかさず、近くにいたリンさんが訊いてきた。大将が言う。

「この町内にそんなやつはいない筈なんだが……そのクソジジイ、どんな顔だった？」

「そうさなあ……痩せ形で口ひげを生やして、頬もこけて、疫病神みたいな顔に、ズルそうな目……背は低くて、黒ずくめの服を着てやがってよ。杖を持たせてトンガリ帽子を被せたらまんま悪い魔法使いだ。声もしわがれて、イヤミな事を言うのが似合ってる、聞いただけで性格の歪みがわかるような……」

そこまで言ったところで、ガチャンと音がした。リンさんが下げようとした空のジョッキを取り落としたのだ。リンさんは目を見開いて、顔が強ばっている。

「リンさん……どうかした？」

「あ、いえいえ、何でもないね」

リンさんは我に返ってジョッキを拾い上げ、取り繕うように笑みを作った。

「同じモノでいいね？」

「あ、次はレモンハイにします」

「了解！」

リンさんは厨房に戻っていった。

「どうしたんだろう？　疲れが出たのかな。いや、リンさん、技能実習生の紹介所で紹介してもらってウチに来てくれて以来……本当に助かってるんだよ」

大将はジョッキを落としたリンさんを気遣った。

「しかしなあ、技能実習生っていうけど、こんな居酒屋でどんな技能を実習するんだ？」

鋼太郎が素朴な疑問を口にした。

「そりゃあ、ウチで仕事を覚えれば、クニに帰って自分で店を開けるだろ」

「わざわざ日本式の店を出すのか？」

「客商売の基本はアジアでもアメリカでも同じだろう」

「そうか？　技能実習って言うけど、テイのいい外国人労働者の受け入れだろ？　だったらどうして素直にそう言わないんだ？」

「おれは詳しい事は知らん」

大将は難しい顔になった。

「大将、制度を悪用して安くコキ使ってないだろうな？」

「そんなことしないよ。日本人と同じ給料を渡してる。条件だって同じ。出勤時間も休憩時間も全部同じ。まかないは俺が作ると彼女の口に合わないかもしれないから、自分で好きなモノを作って食べてくれと言ってあるし……おい、おれがそんな、アコギなクソ野郎に見えるか？」

鋼太郎と小牧ちゃんが黙ってしまったので、大将は溜息(ためいき)をついた。

「……おれをアコギなクソ野郎だと思ってるんだ……」

「そんなことないよ」

厨房から出てきたリンさんが口を挟んだ。

「大将、親切だし、全然問題ないよ」

ホラ見ろ、と大将は面目を施したような顔になった。

「今は人手不足なんだよ。かと言って、大勢がビックリして殺到するような凄い給料は出せない。値段で勝負の下町の居酒屋だからな。だから……外国の人に頼ることになる。もちろん、外国の人だからって日本人より安い給料でって事はないからね。同一労働同一賃金だ」

そこに、後ろの席から声がかかった。

「口を挟むようで悪いけど、おれさあ、アジアが好きでよく旅行に行ってたんだ。日本はいつまで『雇ってやる』態度でいられると思ってるんだろうね？」

振り返ると、いかにも東南アジアで遊びまくったような、精力絶倫風オヤジが禿頭をてらてら光らせている。

「アジアも所得が上がってるし、産業も発達して経済は成長しているし……その一方で、日本は給料が全然上がらなくて、しかも円安だ。なのに今でも『貧乏で無知なアジア人を雇ってやる』ってふんぞり返ってるバカがいるってのが信じられない。そういうやつらは現実を全然知らないんだろうけど」

　絶倫色ボケオヤジに見えるのに、言うことは意外にマトモだ。人を外見で判断してはいけない、という見本のような、正論を吐く人物だ。

「もちろん、大将はそんなバカではないと判ってるから、言ってるんだけど」

　事情通らしいこの人物を、鋼太郎はこの店で見かけたことはあるが、話をしたことはなかった。いつも一人で寡黙に飲んでいた記憶しかない。

「そちら、アジアにお詳しいようで」

「いやなに、好きで旅行してたから」

　その人物は照れて剃り上げたアタマを撫でた。

「アジアと言っても十把一絡げには出来ませんでね。フィリピン人は人が良すぎるほどおおらかだし、ベトナム人は凄く賢い。カンボジア人は、優秀な人はみんなポルポトが殺してしまった……と、言われていますが、まあそれは悪いジョークですな」

　そこまで話した事情通は、自己紹介した。

「私、高沢、高沢明雄と申します。売れないライターをしておりまして」

　その男は名刺を出した。なるほど、肩書きはフリーライターになっている。

「取材であちこち旅してるんですか？」

「そうですね。旅で見聞きしたことをネタにして書いてます。実際に現地を見てますから、多少の見聞はあると思ってます。お隣、いいですか？」

高沢と名乗った男は、自分の中生のジョッキを持って鋼太郎の隣に移動してきた。

「だいたいね、日本人は『技能実習生』って制度をわざと曲解して悪用してるんです。技能を学ぶ必要もない単純作業をさせて、日本人より安いお給料を払ってる。きちんとした給料を払えというと会社を潰す気かとか言う……」

鋼太郎はそこで、自分たちがワイワイ話しているのを少し離れたテーブルで強ばった表情で聞いている男が居ることに、気づいた。目が合ってしまったのだ。

「もうね、日本の会社がアジア人を安くこき使える時代は終わったんですよ。というか、そもそも外国人労働者を雇うことに反対する意見に配慮して、『日本の技術を伝授するため』という苦しい言い訳を用意したのがこの制度だから、制度自体に問題があるんです。間に入る業者だっていい加減で、とんでもないところも多いし」

高沢がそこまで喋ると、「おい！」という怒声が店に響いた。

「黙って聞いてりゃ言いたい放題言いやがって！」

鋼太郎と目が合っていた男が立ち上がると、つかつかとこちらにやってきた。作業服を着た初老で短髪、実直そうな痩せ形の男。いかにも町工場の経営で苦労しているエンジニア気質が全身から溢れ出している。そして、その頑固(がんこ)そうな目が怒っている。

「連中は仕事が欲しくて日本に来るから、こっちも雇ってやってるんじゃないか。それのどこが悪いんだよ？」

「いやいや、それが悪いとは全然言ってませんよ」

高沢は慌(あわ)てて手を振った。

「こっちだって好きで倒産したり人を減らすわけじゃねえんだ。元請けがあれこれ言ってくるから、こっちだって仕方がねえんだよ！」

なあそうだろ、と男は大将に同意を求めた。

「この店だって、客が来なくなって大将一人で切り盛りしなきゃならなくなったら、そのリンさんだって馘(クビ)にするしかねえだろ」

名指しされたリンさんは困った顔をした。

「ここの大将、全然悪くないよ」

鋼太郎も大将の顔色を窺(うかが)いながら言った。

「そうですよ。楠木(くすのき)の大将はいいんです。きちんとした人だから」

だがその男は収まらない。

「こっちはな、人手が足りなくて困ってるんだ。だけど、今の若いヤツは工員なんかやりたがらない。日本人の話だよ。みんな高学歴になっちゃって、油にまみれて部品作る地味な仕事を嫌うんだよ。同じような仕事なら、非正規でも大手の工場に行っちまうし。だからこっちも外国人を雇うしかなくなるんだ」

「本当に？　実はお給料が安いから人が集まらないいんでしょ？」

小牧ちゃんが挑戦的な口調で言った。

「ホラすぐこれだ。こっちだって人に威張れるくらいの給料を払ってやりたいんですよ。しかしそれじゃ人件費で工場はやりくり出来なくなる。タダでさえ元請けには買い叩かれてるんだから。安いカネしか出せないし、さもなくば倒産だ。零細な中小企業は淘汰されろとか、どこかの訳知りの経済学者が言ってるけど、日本の工業はおれたち零細工場が支えてるんだよ！　評論家ヅラしてエラそうなこと言うなってんだ！」

こっちだって必死なんだ！　と捨て台詞を残し、男は千円札を数枚カウンターに叩きつけて店を出て行ってしまった。

「……怒らせちゃったね」

鋼太郎たちは顔を見合わせた。

「けど、僕はウソもデタラメも言ってません」

高沢は言った。

「あの人はきちんと雇ってる側なんだと思いますよ。だから怒るんでしょう。たぶん、昨今の状況悪化で外国の人に辞められてしまって、困ってるんじゃないかな?」

「じゃあ、おれたちは、あの人の傷口に塩をすり込んでしまったのか?」

「そうかも」

「そうだよ。あの人は近所の鉄工所の社長だよ。田所さんと言って、このへんの町工場は軒並み潰れたけど、あそこだけはなんとか頑張ってるんだよ」

大将は庇うように言った。

「あの人の親父さんが工場を始めて、一時は景気もよくて忙しかったんだが、最近はほら、下請け仕事はみんな安い海外に発注されて……だけど技術力で勝負って、大学で精密工学かなんか修めて、ドラマになった町工場みたいな感じで頑張ってるんだ」

どうりでエンジニアみたいな感じがしたわけだ、と鋼太郎は合点がいった。

「そうなんですか……申し訳なかったなあ。悪い例ばっかり知ってるんで……つい……」

高沢を筆頭に三人が落ち込んでいるところに、店の戸をガラリと開けて、一人の男が颯爽と入ってきた。

すらりとした長身に仕立てのよさそうな濃紺の高級スーツ。糊の利いたワイシャツに高級ブランドのネクタイ。七三に分けた髪にメタルフレームのメガネ。理知的で涼しげな顔立ちは……。

「あ、警部殿」

「いやどうも」

レモンサワーとヤキトリのネギマ、タレで！　と元気よく注文した「警部殿」は警視庁墨井署生活安全課課長の警部にして元警視・錦戸准、その人だ。

「いつも噂をしていると登場するけど、今日は全然噂もしてないし話題にも上がってないのに来ちゃったよ、警部殿」

「え。私には行動の自由がないのですか？」

鋼太郎の冗談に錦戸警部はマジに反応した。

「しかし警部殿はいつも明るく爽やかですな。まるで町の澱んだ空気を浄化するかのように」

「いやいやそれほどではありませんよ」

錦戸がストレートに謙遜したので、三人と大将は絶句してしまった。

「ん？　どうしました」

微妙な空気を察知したのか錦戸が訊き、皮肉のわからないあんたが問題なのだとも言えず、鋼太郎は今起きた事を説明した。

「いや実はね、地元の社長の機嫌を損ねてしまって……」

これこれこういうわけで、と話す鋼太郎。

「なるほど。いやたしかに、こちらの……誰でしたっけ？」

「高沢です」

「高沢さんの言うことはその通りです。でも、こちらの大将みたいに、技能実習生を大切にしている事業所もある訳だし、待遇についてもひどい事例がいくつも明るみに出て、法律も改正されたし運用も厳格になりました。ブラックなところは少なくなったと聞いていますが」

「そういうふうにまとめると、この話は終わってしまいます」

明らかに不満そうな高沢。

「ですが、このへんでは、警察への技能実習生からの訴えはないようです。私、生活安全課なので、問題があれば、まずは私のところに来る案件だと思います」

錦戸はそう言ってレモンハイを飲んだ。

「私、大将には良くして貰ってるよ？」

リンさんがまた言った。

「いや、大将はいい人です。それは間違いない」

錦戸もそう言ってヤキトリを串から外した。

「腕もいいし」

「あたぼうよ」

大将は納得の表情になった。

高沢は、周囲を見渡してから、さっきより声を小さくして、言った。

「それにしても、いつまでも日本はアジアのリーダーだと自惚(うぬぼ)れない方がいいです。今、インドネシアもベトナムも勢いがありますし、韓国や台湾には完全に差を付けられてしまいました。中国だって今や日本を軽く追い越して、GDP世界第二位の経済大国ですよ。給料だって日本以外のところで働く方がワリが良くなってるんです。知ってますか？　オーストラリアの炭坑で半年働くと円換算で千五百万円の収入って話。そんな中で、いつまでもアジアの人たちが日本に来てくれると思っていたら、遠からず詰みますよ」

「でも、それだったら、日本よりお金持ちな中国から働きに来るヒトがいることが不思議なんですけど？」

と、小牧ちゃんが質問する。

「中国は広いから、大雑把(おおざっぱ)に言うと、豊かになったのは海沿いの大都市ほぼ限定です。内陸の方はまだまだ仕事も少ないし賃金も安いから……」

「あのね、ちょっといいか？」

　リンさんが口を挟んだ。みんなも当事者の言い分が聞きたいから、どうぞどうぞとリンさんに注目した。

「日本、憧れの国ね。いろんなものがあるし、清潔で治安がいい先進国ね。お給料もワガクニよりいい。みんな言ってた。日本に行ってみたい日本で買い物をしたいと。アニメの場所にも行ってみたいし、進んだ技術を勉強したいと」

「まあ、円安も持ち直して少しは円高に振れたりしてますしね」

　高沢がリンさんを補足した。

「だけど、技能実習とは名ばかりで、単純労働ばっかりさせるところは依然として多いわけです」

「でも、居酒屋の仕事、単純じゃないね。わたし、料理も教わってるよ」

　リンさんがそう言うので、大将は面目を施した。

「リンさんは、お国では何をやってた人？」

　小牧ちゃんが訊いた。

「あ、私、学校の先生だったね。でもワガクニの先生、お給料安くて食べていけない。子供はいい学校に入れたい。大学まで行かせたい。お金必要ね」

「それで、リンさんはお国に帰ったら飲食店やるんですか？」

「そのつもり。ワガクニで日本レストラン、結構流行ってる。ヘルシーだしアジアの料理だからそんなに遠いものでもないし。だから私、ここでの仕事勉強になってるよ」

「だよね。うんうん」

大将は眼を細めて頷いた。

「リンさんが満足なら、私も、何も言うことはありません」

高沢も頷いて、リンさんにジョッキを掲げて乾杯した。

一同は仲良くなっておおいに飲み食いして真面目な話から馬鹿話まで喋りまくり、クスノキを出た。電車で帰るという高沢を見送りがてら、駅に向かって全員でゆっくり歩いた。

その道沿いには、高い柵で囲まれた再開発予定の広い空き地がある。

「あれ？　なんか動物がいるよ？　犬はこの柵は跳び越えられないし……」

普段この道を使わない小牧ちゃんが驚きの声を上げた。

「ヤギがいるんですよ。ヤギのメエちゃんって、この辺の人たちは呼んでます」

高沢が答えた。

「ずいぶんベタな名前ですね」

小牧ちゃんが笑った。

「ほらそこに小屋があるでしょ？　夜は寝てます。昼間はせっせと一日中雑草を食べてます。雑草って、放っておくと伸び放題になって凄いことになるし、人を雇って刈るのも大変ですけど、メエちゃんがいれば全部食べてくれるし、こんな身近に動物が居るって、なんか憩いになるでしょ？」

たしかに、工場跡の広大な空き地は草刈りをしたようにキレイな状態だ。

「除草のヤギのレンタルも最近は増えてるようですね。除草剤を使わないから環境にもいいし、エコだし」

じゃあまた、と一同は別れて、地元民の鋼太郎と小牧ちゃんは各々自宅に向かった。

家に帰った鋼太郎は風呂に入り、喉が渇いたので缶ビールを飲んで、ベッドに転がり込んで、寝た。

その深夜。

ドアをノックする音で目が覚めた。

枕元の時計を見ると、午前三時だ。こんな深夜に誰か来る事はまったく考えられない。

しかも予告無しというのもまったくあり得ない。

空耳だと思うことにして、鋼太郎は布団を被った。

しかし、再びノックが聞こえ、今度はノックだけではなくどんどんと激しく玄関ドアが叩かれ始めた。

……と言うことは、さてはあの妙なクソジジイが嫌がらせに来たのか？　どうもそれ以外に考えられない。

面倒だが、しばらく放置しておけば、あの暇そうなジジイも諦めて帰るだろう。

鋼太郎は身構えつつ、また目を瞑った。

しかし、ノック音とどんどん叩く音は止まない。「センセ！」という声まで聞こえてきた。それはジジイではなく、女性の声だ。

鋼太郎は仕方なく起きたが、用心して「どなた？」とドア越しに声をかけた。古い家なのでインターフォンは付けていない。整骨院の入口ガラス戸は夜は物騒なのでシャッターを下ろしている。

「あの、私、リンね。クスノキの」

はいはい今開けます、と訝しみつつ、鋼太郎はドアを開けた。

リンさんが立っている。そして、ドアをもっと開けると、知らない女性も立っていた。

「こんな時間に申しわけない。でも私たち、とても困っている」

「ま、入んなさい」

何があったのか。彼は二人を招き入れて、ドアをきちんと施錠(せじょう)した。

鋼太郎の自宅は、もともとの家の半分以上を治療院に改装したので、プライベートな空間は2K程度しかない。ベッドのある寝室と、机代わりのコタツがあってテレビを見ながら食事をする、台所と繋(つな)がったリビング。書き物などは治療院の机でやる。

「今、お茶を淹(い)れるから」

「あ、お構いなく。ほんと」

台所でお湯を沸かし始めた鋼太郎に、リンさんは遠慮した。

「あの、こっちはマイさん。私の友達。昔からの友達」

彼女は横にいる女性を紹介した。

マイさんはリンさんより一回りくらい若いし、なかなかの美人だ。鼻筋が通って目が大きい。スタイルも良くて、かなり色っぽい。そして……同じ国の人だからか、リンさんと凄くよく似ている。二人とも日本人とは骨格が違ってすらりとしているし、髪の色も長さもヘアスタイルも同じだから、そう思ってしまうのかもしれない。ヨーロッパ人が日本人はみんな同じに見えると言うのと同じことなのか。

「マイさん、私の親戚。日本で言う……イトコね。ちょっとワケがあって逃げてきた。匿(かくま)って欲しい」

　いきなりのことに、鋼太郎は驚いた。

「どういうこと?」

「いろいろワケがあって……」

　マイさんは俯（うつむ）いてしまい、リンさんが懸命に代弁しようとした。

「いろいろあるだろうけど、匿うとなると、こっちもある程度、事情を知っておかないと、責任が持てないから」

　わかった、とリンさんは頷いた。

「ま、お茶でも飲んでゆっくり話して」

　鋼太郎は番茶を淹れようとしたが、二人を見て、紅茶を濃いめに淹れて牛乳で割ってミルクティにして出した。

「ありがとう。センセ、優しいね」

　二人は熱々のミルクティをゆっくり飲んで、主にリンさんが言葉を選んで話し始めた。

「マイさん、遠くで働いてた……東京から電車で二時間くらいの、北の方の」

「群馬（ぐんま）とか、そっちの方かな?」

「そうだと思う。そこで、工場で働いてた。服を縫う工場」

　鋼太郎は自分用に番茶を淹れて啜（すす）りながら話を聞いた。

「その工場の社長が、マイさんを好きになって……愛人になれと言った。だけどマイさん、クニにハズバンド居る」

「そう。黙ってれば判らんだろとか、お前も一人で寂しいだろ、とか言われた」

マイさんが、リンさんより流暢な日本語で訴えた。

「とても失礼ね。私、腹が立ったよ。でも社長、何度も手を出してきた。だから私、社長をひっぱたいて逃げてきた」

「センセは知ってるか？　技能実習生、勝手に仕事辞められない。ひどいところでも辞めると脱走扱いになって、在留資格取り消される。クニに返される。日本の会社に違約金払わされる。それに私たち、日本に来るときに、クニの業者に凄いお金払ってる。それ、借金ね。借金して日本に来てるんだよ」

その借金が全部無駄になる、とリンさんは切々と訴えた。

「なんだそれは。昔の年季奉公って言うか、奴隷みたいなもんじゃないか！」

鋼太郎は、話を聞いて怒った。

「そうか。実習生にはカネがかかってるから、逃げられた工場の社長が、マイさんを捜しに来るって事だな？」

そうです、と二人は頷いた。

「でも、私、お金もなかったし、知り合いを必死で捜して転々として、やっと辿り着いた」

　マイさんは切々と訴えた。

「よし判った！　そこまで聞いたら知らん顔は出来ねえや。おれで良ければひと肌脱ごうじゃないか！」

　鋼太郎は大きく頷いて見せた。

「だけど、ウチで給料を出すのは無理だ。整骨院の受付は小牧ちゃんがいるし、家のことかおれの身の回りのことは自分で充分だし……」

「センセも経営大変だもんね。患者が一日五人だし」

　リンさんがハッキリ言うので、鋼太郎は怒るに怒れず、苦笑いするしかない。

「マイさんもクスノキで働けないか、明日、大将に頼んでみるよ」

　リンさんがそういうので、鋼太郎は頷いた。

「そうだな。おれは技能実習生のトラブルを相談するところを捜して、解決策を調べてみよう」

「でも私、今夜寝泊まりするところがない」

　匿う、というニュアンスが通じなかったのか、マイさんはまだ心配している。

「だから、匿ってあげるよ。匿うと言うことは、寝泊まりさせてあげるという意味だ」

「おお！　それはよかった！　センセはもう男卒業してるから、それも安心」

リンさんは常々クスノキでの鋼太郎のボヤキを聞いている。彼は「朝立ちや小便までの命かな」的な嘆きを何度も開陳(かいちん)して、その都度「ナニ妙な同情買おうとしてるんですか！」と、小牧ちゃんに突っ込まれているのだ。

「それは安心」

マイさんもニッコリした。

とりあえずマイさんを治療室のベッドというか治療台に寝かせて、と思ったが、治療台は長椅子程度の幅しかないので慣れないとすぐ転落してしまう。

鋼太郎はベッドを彼女に譲って、自分は毛布を被って治療台で……と思ったが、服を脱いでスリップ姿になったマイさんをチラッと見た鋼太郎は、ガラにもなくドキドキしてしまった。この家に若い女性を招き入れたのは初めてだからだ。それに……「女」というものは妻と別れて以来、縁がない。昼間は小牧ちゃんがいるが、それは院長と受付の関係だし、整体の患者さんに若い女性もいるが、施術(せじゅつ)する患者さんが如何に若くてセクシーだろうが、まるで関係ない。しかし……。

スリップがまとわりつく彼女の曲線には、魅力的な魔力がある。

と、言っても、鋼太郎にはまるでその気が無い。ミロのビーナスを見て「素晴らしい曲線美だねえ」と感心する心境だ。テレビで美人タレントや女優を見て「キレイだねえ」と思うのと同じ。ただの美しいものの鑑賞だ。

とは言っても一つ屋根の下に妙齢の女性が寝ているという状況が、鋼太郎をウキウキさせた。

久々に……なんだか血が騒ぐ。

なかなか寝付けないまま、空が白々と明るくなる頃、ようやく鋼太郎は眠りに落ちた。

「センセ！　こんなところでどうしたんですか！」

鋼太郎が目を開けると、小牧ちゃんが仁王立ちになっている。

「もう営業時間ですよ！　また飲みすぎですか？　家に帰ってまで飲んじゃダメですよ！」

「あ、いや……そう言うわけではなくて」

「じゃあどうしてこっちで寝てるんですか？　シャッター開く音も気づかなかったんでしょ？　酔っ払ったまま寝ちゃったんでしょ？」

何故か鋼太郎は咄嗟にマイさんのことを隠さなくては、と思ってしまった。後ろめたいことは何もないのに、誤解される！　という意識が働いたのだ。

「いや、たまには気分を変えて、治療台で寝てみようかなと」

意味不明な言い訳に、小牧ちゃんの目が光った。

「センセ、なにか隠してるでしょ？　秘密裏になにか不穏なことが進行中だとか？」

「いやいや、そんなことはない」

鋼太郎は即座に否定した。

「別にいいんですよ。センセは独身だし、婚約者もいないんだし完全フリーなんだから。ただ、未成年女子と関わったりとか、ヤバめなことだけはやめてくださいね」

小牧ちゃんにそう言われた鋼太郎は、ますます落ち着きを失ってソワソワし始めた。

それを見た小牧ちゃんは、黙ってツカツカと治療院と自宅を隔てるドアに向かい、鋼太郎が止めるのも間に合わずドアを開けた。

そこにはマイさんが立っていて、初対面の二人はいきなり鉢(はち)合わせしてしまった。

「うわっ」

二人は同時に声を上げて驚いた。

「誰これ？」

「この人誰か？」

　二人は同時に同じ事を口走った。

「紹介しよう。こちらは小牧ちゃん。うちの整骨院の受付をやってくれている」

もうどうにでもなれ、という心境で鋼太郎に紹介された小牧ちゃんは「どうも」と頭を下げた。

「こちらは、マイさん。クスノキにいるリンさんの親友で、訳あって今朝、夜明け前から匿っている」

「匿っていると言うことは……誰かに追われてるんですか？」

「たぶん」

　マイさんの短い答えで、小牧ちゃんは察した。

「状況はだいたい判りました。私、こう見えてけっこう喧嘩は強いんだ。力になるよ」

　小牧ちゃんは右腕を曲げて力こぶを作ってみせた。

「『クスノキ』で働けないか、リンさんが交渉するそうだ。誰かと一緒にいられれば安心だしな」

　鋼太郎がそう言っていると、外で車が止まって話し声がしたと思ったら、スリムで気の強そうな中年女性が整骨院に向かってきた。鋼太郎の別れた妻・弥生が何故か、やって来たのだ。

「いけない！」

と何故か小牧ちゃんが叫び、慌ててマイさんを自宅の方に押し込んでドアを閉めた。

「マイさん？　悪いけど、いいと言うまで出てこないで！　いいわね？」

そう言って小牧ちゃんは自宅に繋がるドアの前に、まるで通せんぼするように立った。

だが、このわざとらしい態度は、自ら「この先に何かあるぞ」と示しているようなものではないか。

案の定、治療院に入ってきた弥生は、「鎌倉からずっと車に乗ってきて、ずっと我慢してたのよ。トイレ貸して頂戴！」と言って自宅部分に上がり込もうとした。

「駄目です」

小牧ちゃんが通せんぼした。

「何故？」

「え……その、トイレが壊れてるからです！」

「じゃあ、あの人……院長はどうしてるの？」

急に振られた鋼太郎は慌てた。

「そりゃあれだ。公園まで走るとか、コンビニで借りるとか……」

そう言って誤魔化した鋼太郎は、逆に訊いた。

「しかし弥生、どうして急に来たんだ？　いつもなら前もって連絡してくるだろ？」

「たまたまこの辺を通りがかったからよ」

元妻・弥生はにかっと笑った。

弥生は目鼻ぱっちり眉毛クッキリの美人で、鋼太郎の元妻と言っても俄には信じられない。

「なんでまた今日に限って」

「なによ。今日に限って来てはいけない何かがあるって事？」

元妻・弥生は露骨に「怪しい」という顔をして、治療院の中を眺め回した。

「あなた、なにか、隠してるでしょ？　そうでしょう？」

「いいや別に」

「そうですよ。榊先生は何も隠してませんから」

小牧ちゃんも加勢した。

「いいえ。絶対何か隠してる。あなたがた、なんかおかしい！」

退きなさい！　と弥生はドア前に立ち塞がっている小牧ちゃんを押しのけようとした。

「駄目ですよ！」

「あなたナニ言ってるの？　あの人と共謀してるの？」

「共謀って……」

　小牧ちゃんはムキになってドアに覆い被さった。

「絶対に通さない！」

「ほら！　隠せば隠すほど怪しくなっていくでしょうが！」

　弥生もムキになって小牧ちゃんをドアから引き剝がそうとする。

「何を隠してるのよ！　家の方に……まさか死体があったりするんじゃないでしょうね！」

「なんで死体があるんだよ！　殺人鬼かおれは？」

「だったらドアを開けて見せてごらんなさいよ！」

　さすがに鋼太郎も腹を立てた。

「あーあーあー、判ったよ！　見せてやるよ！」

　鋼太郎は小牧ちゃんに退くように言った。

「センセ、いいんですか？」

「ああ、いいよ！　こっちには後ろめたいことはまったくないんだから！」

　小牧ちゃんはしぶしぶドア前から退き、鋼太郎がドアを開けた。

　そこには、困惑しきった顔をしたマイさんが立っていた。

「まーまー、これはこれは、なかなかお綺麗な方じゃない？」

弥生は茶化すことで動揺を誤魔化した。

「あなた、まだまだお盛んなのね」

「違うんだ。まあ聞いてくれ」

「いえいえ、いいんですよ。いいんですのよ。私たちとっくに離婚してるんだし、私があれこれ言う立場でもありませんし。あなたが何をしようがあなたの自由なんですから」

「イヤだから……そう言うんじゃないんだって」

「だから別にどうでもいいんですよ私は。ただね」

元妻・弥生はマイさんを横目で見て皮肉を言った。

「こんなに若くて魅力的な子があなたなんかのこと、本気で好きだと思う？　いいわ。浩次郎と俊子には黙っておいてあげる。だから、棄てられたり騙されたりする前にきちんとしなさいね。特にお金のことはちゃんとしてよ。こっちに泣きつかれても困るんだから。私や子どもたちに迷惑をかけることだけはやめてちょうだい」

「なんだそれは。勝手にあれこれ決めつけやがって。そんなだからおれはお前と……」

と過去のあれこれを糾弾しそうになった鋼太郎はすんでのところで思い留まった。今更、離婚に至った経緯を蒸し返して言い争う意味がない。覆水盆に返らずだ。

その時、外から男の声がした。

「おおい、弥生、早くしろよ」

外を見ると、ブルーメタリックのアウディから男が顔を出して怒鳴っている。いかにも金回りのよさそうな、だが胡散臭い、日焼けした中年男だ。今ハヤリのＩＴ長者かなにかだろうか？

お前だって別の男と付き合っているくせに、と鋼太郎は思ったが、口には出さず、「まあお前も、騙されないようにせいぜい気をつけてくれ」と精一杯の皮肉を言った。

弥生も、何か言い返すつもりなのか鋼太郎の顔を見たが、ふんと鼻先で嗤って外に出て車に乗り込むと去って行った。車を出すときに「あれが前の亭主か……チンケだな」という声がドップラー効果で聞こえたような気がした。

「なんだ。あの態度！」

鋼太郎はムッとしたが、小牧ちゃんはくすくす笑い出した。

「奥さん……やっぱりセンセのことが気になるんじゃないんですか？」

「違うね。アレは、自分の新しい男を見せつけに来たんだよ。やな性格だね！　しかもなんだあれは。見てくれだけは立派だが、中味は借金でボロボロの詐欺男の典型みたいじゃないか。あいつ、本当に男を見る目がないんだから」

「あ、それ、ご自分にも跳ね返ってきますよ。見る目がないからセンセと結婚しちゃった、ってことになってしまう」

小牧ちゃんは鋭く指摘した。

「いいよそれで。お互い、見る目がなかったんだろう」

「それもそうですよね。お互い様ってことで」

「そう言われると腹立つな」

そんな事を言っていると、道路の向こう側に、三人の男が現れた。用も無さそうなのにこっち側をじろじろ見ているのが気になった。全員が黒い革ジャンに黒いジーンズにサングラスに長髪、浅黒い肌。一昔前のロッカーみたいな格好をして、こっちを見ている。

そのままタバコに火を点けて吸い出したので、鋼太郎が出ていった。

「おい、ここは禁煙だぞ！　ヒトんちの前でタバコ吸うな！」

そう怒鳴ると、三人は黙ってタバコを捨て、足で踏み消して、ニヤニヤしながら立ち去った。その中の一人、リーダー格に見えるカッコよさげな男が振り返って鋼太郎に何か言ったが、聞き取れなかった。

「ったくもう」

鋼太郎は治療院からちり取りと箒を取ってきて、掃き掃除をした。

一連の出来事を、マイさんは黙って見ていた。心なしか顔色が悪い。

「なんだかこの辺りも、物騒な感じになってきたね」

小牧ちゃんが心配した。

「そうだな。妙なのがうろついてる。マイさんは、この奥の、自宅部分でおとなしくしていた方がいいな」

整骨院の患者はたまにしか来ないのだが、用心をしてドアは閉めきることにした。鋼太郎も小牧ちゃんも、トイレだとか小腹が空いただとか、何かと用を見つけて自宅スペースに行ってはマイさんの様子を気遣った。

「そんな、気にしなくていいよ。私大人だから大丈夫ね」

その都度(つど)、マイさんはニッコリした。

「久々に、ゆっくり出来て天国ね。日本のテレビ面白いし」

マイさんはすっかりリラックスして、こたつにあたりながらテレビを観ていた。しかし、外で物音がするとぎくり、として瞬時に顔色が変わった。

「大丈夫ですよ。ウチの猫の小太郎(コタロー)が外を散歩中に足踏み外して塀(へい)から落ちただけだから」

小牧ちゃんが説明すると、ようやくマイさんの顔がほぐれた。

夕方になって、リンさんがやって来た。マイさんを迎えに来たのだ。

「今日も患者さん居ないね？」

開口一番がこれだった。

「余計なお世話だ。今日は四人来た」

「大将とハナシついたよ。マイさん厨房で働くね」

じゃあクスノキに行こうということになったが、その道中が心配だとリンさんが言い出した。

タクシーを呼ぶかボディガードを頼むか、四人でいろいろ考えたが、結局、マイさんに鋼太郎の服を着せて全員で護衛（ごえい）するように店まで行くことにした。

「ちょっと遠回りして、ヤギを見に行こうよ。メエちゃん」

小牧ちゃんの提案で、昨夜歩いた遠回りの道に行って、空き地の雑草をせっせと食べているメエちゃんを見た。みんなヤギのことは詳しくないから何歳くらいか判らないが、オスらしいことは判った。

「明日はニンジンでも持ってこようか？」

「ヤギの好物って紙じゃないの？」

「好物は、雑草とかキャベツとかトウモロコシみたいですよ」

スマホで調べた小牧ちゃんがみんなに教えた。

「こんな街中で、ヤギがのんびりしているのって、なんか癒(いや)されますね」

と言いながら歩くと、クスノキまではすぐだった。


幸いマイさんは料理が得意だった。逃げ出すまで働いていた工場では、寮で暮らす外国人の賄(まかな)いもやっていたらしい。クスノキの厨房に入っても、大将の指示をよく理解して、だいたいのものは作ることが出来た。

「まあ、おでんとかはお皿に盛るだけだし、焼き物はおれがやるから」

と言いつつ、大将は喜んでいた。リンさんもマイさんも働き者だから、大将にも客と駄弁(ダべ)る時間ができて嬉しいのだ。

その日も、鋼太郎と小牧ちゃんは店の看板までいた。その分飲み食いも嵩(かさ)んだが、マイさんの、いわば護衛を買って出ているという事情を判っている大将が大幅に負けてくれた。

「イヤそれは悪いよ。大将の用心棒をしてるんじゃないんだし」

「いいって事よ。それに、センセは基本的にケチだから、安いモノしか食わねえしな。牛スジ煮込みとかモヤシのナムルとか……大したダメージにはならねえよ」

そんなこともないのだが、下町の人情オヤジだから言い訳をしたがる。

「じゃ、この店も看板だから、帰るか」

リンさんは店の後片付けがあるし別のところに住んでいるので、鋼太郎と小牧ちゃんの二人でマイさんを護衛して自宅兼整骨院に戻った。

しかし、タバコを切らしたので、マイさんを自宅に置いてコンビニに行くことにした。

「いいか、おれは鍵持ってるから自分で開けて入る。だから、誰かにドアを叩いて開けろと言われても、絶対に開けるんじゃないよ！」

鋼太郎はいいね、とマイさんに念を押した。


別方向に住んでいる小牧ちゃんとも別れてしばらく歩き、鋼太郎はコンビニに入った。

すると……コンビニの客が大声で店員のハシムに絡(から)んでいる現場に遭遇(そうぐう)した。声に聞き覚えがあるし、どこかで見たような高齢者だ。ハシムは半年くらい前からこのコンビニの夜のシフトで頑張っている中東の人だ。

「おい早くしろよ！　チキンは温めろと言ったろ！　箸(はし)？　要(い)るに決まってんだろ！　どうやって食えって言うんだよ！　スプーンは要らねえよ！　タバコはウィンストンの8ミリだ！　番号？　そんなもん知らん！　自分で探せ！」

ハシムは通常の日本語の受け答えなら問題ないのだが、攻撃的に矢継ぎ早にあれこれ言われて、すっかりパニクってしまっている。それは普通の日本人の店員でも同じだろう。

「えと、タバコはどれ？」

「だから、ウィンストンの8ミリだって言ってるだろ！」

ハシムには番号で言ってやった方が判りやすいと口を出そうかと思ったが、この老人は「日本語判んねえのか？　判んねえなら店に出るなよ！　日本語勉強してから来い！　この半人前が！」とまで言っているので、ちょっと怯(ひる)んでしまった。この男の矛先(ほこさき)が自分に向いたら面倒だ、という意識が働いてしまったのだ。

が、しかし……。この年配の男は余りにも攻撃的だ。身なりは悪くないが、口は悪いし態度も最悪だ。コンビニで、それも言い返せない店員相手にエラそうな口を利いてナニが面白いのだ？　とうんざりさせる性格の悪さ、そしてこの口の悪さと貧相な外見は……。

貧相な老人？

鋼太郎が後ろ姿をよく見ると、その声その姿は、自分もジジイのくせに鋼太郎をジジイと罵倒(ばとう)した、例の貧相な、疫病神のような老人ではないか？　痩せ形で、杖を持たせてトンガリ帽子を被せたら魔法使いに見えるような黒ずくめの服。イヤミなセリフが似合う、しわがれ声……。

　思わず前に回って顔を見ると、果たして、口ひげを生やして痩せた疫病神のような顔に、狡猾（こうかつ）そうな目……。

「あ！　お、お前は！」

　鋼太郎は思わず声を上げて、ハシムに因縁（いんねん）をつけ続けている老人を指差した。

「この前のクソジジイ！」

「なんだお前……」

　老人は邪悪な目で鋼太郎を睨（にら）んだ。

「お前こそ邪魔だジジイ。おれはタバコを買いにきたんだ。邪魔するな！　おい、ウィンストンの8ミリだ。早くしろ！」

「あのさあ、ウィンストンの8ミリだったら、35番っすよ」

　その男のすぐうしろに並んでいた若者が、爽やかに言った。

「うるせえ。番号なんか知るかよ！　コンビニによって番号違うし、ウィンストンだって十三種類もあってそれぞれニコチンやタールの量が違うんだ！　いちいち知るか！　箱に大きく8ミリって書いてるわけでもあるまいし、こっちから見てどれか判るわけねえだろ！」

　それはそれでもっともな言い分ではある。鋼太郎はタバコはここでしか買わないから、番号を覚えてしまっているが、初めての客なら判らないだろう。とは言っても、店員を罵倒するのは行き過ぎだ。

「だけどさあ、おじいさん、弱い立場の人をいじめるのよくないっすね。カッコ悪いっすよ」

相変わらず爽やかに若者が言うので、鋼太郎も加勢した。

「その通りだ。この店員さんだって外国の地で頑張ってるんだから、そんなに頭ごなしにボロクソに言うもんじゃないよ。あんた、本当に性格悪いクソジジイだなあ！」

「なあにい？」

貧相なジジイは鋼太郎に指を突きつけた。

「どっちがクソジジイだ！　てめえ、まだ懲りてないのか！」

「クソジジイはお前だろ、このスットコドッコイが！」

思わず言い返した鋼太郎に、その男は突っかかってきた。なぜか若者のほうは無視だ。勝ち目がないと思ったのか。

「ああ？　誰がスットコドッコイだ？　お前はこの店の店長か？」

「バカかお前は。店長が順番待ちで並ばないだろ！」

鋼太郎は呆れて苦笑した。しかしそれが男のカンに障ったようだ。

「ニヤニヤ笑うな、このタコ！　だいたい、日本語も判らんガイジンなんか雇いやがって。日本人の職を奪うな！　この非国民が」

あまりの言い草に鋼太郎は一瞬言葉を失った。

「あんた、ホントに最低なクソ野郎だな。クソでも一人前にタバコ買おうってのか？」

「なぁにぃ？」

その男は目を剝いた。たぶん、乱暴な口を利かれたことなどないのだろう。普段は部下など周囲の人間をさんざん罵倒していそうだが。しかしこの手の老害は昔から存在する。

「あんた、日本人の職を奪うなって言うけれど、日本人が働かないもんだから、ハシムが足りない労働力を補ってるんだろ。ハシムは異国の地で凄く頑張ってると思うよ。たとえばの話、あんたが外国に行って、そこで現地の言葉で働けるか？　ちったあそのボケかけた頭で考えてみやがれ。てめえが出来ない事をあれこれ言うんじゃないよ、このくたばりぞこないが」

そう言ってやると、相手の男は口をパクパクさせるばかりで、声が出なくなった。完全に想定外の事態になったらしい。そこを嵩に掛かって追撃する鋼太郎。

「だいたい日本人はラクしすぎなんだ。まあ、コンビニの仕事は激務のわりに安い金しか貰えないから、日本人が寄り付かないんだがな」

鋼太郎がそう言うと、ハシムはありがとうと言うようにニッコリし、そこでレジの向こうにある事務所から、店長、つまりこの店のオーナーが苦笑しながら出てきた。

「たしかにねえ、まあ、ハシムが働いてくれるんで、うちはとても助かってるんですよ。誰も居なきゃ店閉めるしかないもの。私、ハシムが来てくれる前に六十時間連続勤務して死にそうになったから」

だから本当に助かってるんだよ、とオーナーはハシムの肩を叩いた。

「けっ！　バカ野郎どもが。お前も、お前も、そしてお前もだ！」

悪態を振りまきつつ貧相なジジイは全員を指さし、こそこそと店を出て行った。

「ああいう客がね、最近増えてるんですよ。何かイライラすることが多いんでしょうね」

オーナーはそうボヤき、ハシムは「ニッポン、サツバツとしてるね」と言いながらレジの操作を続けた。


無事、タバコを買えた鋼太郎だが、自宅の前まで戻ってきたところで、玄関ドアの鍵が無い事に気づいた。どこかに落としてしまったのだ。こんなこともあろうかと、鍵のスペアは作ってある。つまり家の中にはある。だから一個くらい落としても特に問題はない。

「おーい開けてくれ！」

鋼太郎は玄関ドアを叩き、チャイムを鳴らした。中にはマイさんがいるから問題ないはずだった……。しかし……まったく反応がない。

「おい！　おれだよ！　開けてくれ！　鍵を落としたんだ！」

しかし、依然として返事はない。

「おれだよ！　開けてくれよ！」

鋼太郎は困ったが、自分が言った言葉を思い出した。何があっても絶対に開けるな、とマイさんには念を押したのだ。そして、マイさんは、その言葉を忠実に守っている。

「どうも、困ったね」

隠し鍵をどこかに置いておくような事はしていない。

鋼太郎が自宅前でウロウロしていると、白い自転車に乗ったおまわりさんが通りがかった。この付近ではこれまでに一度も見かけたことのない顔なので、おそらく新任なのだろう。

「ちょっとあなた、こんな夜中に何やってるんです？」

「お恥ずかしい。鍵を落としてしまって、家に入れないんです」

「しかし……中には誰か居るようですよ？」

駐在さんが示す指の方向には、窓のカーテン越しにマイさんの影があった。

「自分の家なら開けて貰えばいいじゃないですか」

「いえその、近ごろは物騒なので、家人には絶対に開けるなと言ってあるので……」

駐在さんは疑わしそうに鋼太郎を見た。

「ポケットの中のもの、見せて貰えますか？」

これでは、不審者扱いだ。職務質問だ。

「いやいや、だから、ここは私の自宅で、物騒だから開けるなと家のものには言ったけど、鍵を落としてしまって、あそこにいるのは、正確には家人ではなく、私の知人で」

鋼太郎はポケットから小銭入れとタバコとライターを出して見せた。

「本当ですか？　ちょっとそこの駐在所までご足労願っていいですか？」

明らかに着任したばかり、鋼太郎と面識のない駐在さんは疑わしそうな目で見ている。

「だったらそこの居酒屋に行って、私が誰で何者か証言……いや、もう閉店か」

「いいから来て下さい。駐在所で話を聞きましょう！」

何を勘違いしてるんだ！　と鋼太郎も腹が立ったが、「いいでしょう！　行きましょう！」と駐在所に向かった。

そこで住民台帳を照合すると、間違いなくさっきの場所にある家は鋼太郎の自宅であることが確認されたので、鋼太郎は安堵（あんど）した。

「判ってもらえましたよね？　あれは私の家だって。中から鍵をかけられて開けてもらえないっていうのもウソじゃないと信じてもらえますよね？」

「いやいや、榊さん、でしたか？　あなたが、さっき窓から見えた女性を拉致監禁(らちかんきん)している……という可能性だって」

「あのね、おまわりさん、そういう根拠のない妄想(もうそう)を持ち出さないで貰えますか？」

駐在さんに啖呵(たんか)を切り憤然と交番を出て自宅に向かっているところで、スマホが鳴った。発信元は自宅の電話だ。

訝しみながら電話に出ると、マイさんの叫びが耳に飛び込んできた。

「助けて！　誰かが入ってこようとしている！」

マイさんの背後では、なにやらガタガタバリバリと異様な音がしている。

「もしもし？　もしもしマイさん、何があった？」

「センセ！　早く帰ってきて！　助けて！」

マイさんが叫んだ途端、通話が切れた。

これはいかん！

鋼太郎は慌てて走り出した。走りながら110番通報した。自宅に賊(ぞく)が押し入ろうとしている旨と、住所を告げた。

慌てて戻った自宅前では、またもや見覚えのある黒ずくめの男三人が、玄関ドアに激しい攻撃を仕掛けていた。一人は大きなハンマーでドアを叩き壊そうとし、もう一人はハンマーの打撃の合間にドアへの体当たりを繰り返している。もう一人は可燃性ガスのガス缶にライターで着火する、いわば即席の火炎放射器でカギを焼き切ろうとしている。

玄関近くの窓ガラスは既に割られていたが、マイさんが折り畳みテーブルを窓に押し当てて防御している。

「お前ら何をしている！」

鋼太郎は喚きながら突進して、ドアに取りついていた男の背中に跳び蹴りを食らわせた。この前、整骨院の前にタムロしてタバコを捨てていた三人だ。その中でも一番背が高くてガタイのいい男に、思いきりキックを浴びせてやった。

痛みにのけ反った男は何やら叫ぶと鋼太郎に摑み掛かってきた。胸ぐらを摑まれて投げ飛ばされた鋼太郎は、倒れたところに蹴りを入れられた。

その間に他の二人は、玄関ドアロックの破壊に成功してドアを開けたが、マイさんは中からつっかい棒をかけており、ドアはそれ以上開かない。

男たちは二人がかりでドアをガタガタ揺さぶっている。それを止めさせるべく鋼太郎はドアに向かおうとしたが、三人目の男に首根っこを捕まえられて、さらに何度も投げ飛ばされてしまった。

　マイさんは鋼太郎が判らない言葉を叫んで、何やら手に持った容器から白っぽいものを二人の顔面めがけて噴射した。匂いからするとマヨネーズのようだ。それが効かないとみると、マヨネーズの容器を捨てて今度は小さなガラス瓶の中蓋を取り、中の粉末をぱぱぱっと男たちに振りかけるのが見えた。

　マヨネーズは効かなかったが胡椒による目潰しは効いたようで、二人は喚きつつ目を擦り、くしゃみを連発した。

　それでも二人は怯まない。即製の火炎放射器を使ってマイさんに炎を浴びせ、ハンマーで玄関ドアを叩き壊そうとしている。

　鋼太郎は自分の非力さを補うべく、大声で喚いた。

「火事だ！　泥棒だ！　人殺しだ！」

　周囲の窓に次々と明かりが灯り始めたが、男三人はなおも鋼太郎を殴り、蹴り、ドアの隙間からマイさんに炎を浴びせ、ハンマーでのドア破壊を続行している。

　それでも鋼太郎はめげずに喚き続けた。

「人殺し！　家が燃やされる！」

　ようやく、遠くからパトカーのサイレンが聞こえてきた。

それを聞いた三人組は、鋼太郎には理解出来ない言葉でお互い叫び合うと、鋼太郎を放り出して逃走し、闇に消えた……。


「あ、気がつきましたか」

鋼太郎が目を開けると、白衣の医者の姿が見えた。

どうやらここは近所の救急病院の治療室らしい。

「これ、何本に見えますか?」

と当直医が彼の目の前に指を二本出した。頭を殴られ投げ飛ばされたので、脳の損傷を心配したのだろう。

「二本です」

この答えに頷いた医師は、名前や生年月日、今日は何日かなどを質問し、鋼太郎はすべてに問題なく答えた。

「センセ、大丈夫?」

傍(かたわら)には心配そうなマイさんが立っていた。涙目のマイさんは、ゾクゾクするほど色っぽい。なるほど、マイさんが働いていた工場の社長が色香(いろか)に迷ったというのも無理はない、と鋼太郎は納得した。

「おれはまあ、大丈夫だと思うけど……おれの家は大丈夫？　ドアが壊されたんじゃ？」

「壊された。ドア閉まらない。だけど応急ナントカした」

マイさんはそれ以上の日本語が出来ず、手真似で、チェーンと南京錠を付けてきた、と説明した。

頭に包帯を巻かれ、殴られた箇所に大きな絆創膏を貼られた鋼太郎は、帰ってもいいと言われて治療室を出ると、廊下には錦戸と、さっきの駐在さんがいた。

「おやおや警部殿。こんな夜中にご足労恐縮です。警部殿は管理職なんだから、朝に報告を受ければいいんじゃないんですか？」

鋼太郎が錦戸に言うと、「人手不足なので、管理職もコキ使われるのです」という答えが返ってきた。錦戸の傍にいる駐在さんに、鋼太郎は大人げないと思いながら言ってしまった。

「ほら。あんた、さっきはおれを不審者扱いしてくれたけど、見てのとおり、おれは被害者ですよ。レッキとした立派な被害者！」

「ナニを言っているんですか榊さん。こんな時に威張ってもしょうがないでしょう？」と窘めた錦戸は、マイさんにたずねた。

「それで襲ってきた三人は、なんとかドアを開けようとしたわけですね。しかし、おそらく榊さん宅の金品が目当てではありません。そもそも金品がないワケですし」

「なくはないぞ！」

鋼太郎が怒ったが、錦戸は意に介さない。

「そして、榊さんがターゲットでもなかった。察するところ、賊は、マイさんを奪還しに来たのでは？　奪還、ねえ……」

錦戸は自分が言った言葉を考えた。

「奪還。やはりそうですよね。マイさんは技能実習先から逃げてきた訳ですから。ということは、監理団体か、マイさんに執着している北関東在住の雇い先が探しに来て、マイさんを連れ戻そうとしたのでしょうか。しかしマイさんに戻る意志がないと知って、反社のような集団を雇って、力ずくで拉致しようとした……そうなんじゃありませんか？」

錦戸が訊くと、マイさんは弱々しく「そうかもしれない」と歯切れの悪い返事をした。

「しかしそれをマイさんに聞いても判らんでしょう。マイさんとは面識のない連中が雇われたかもしれないのだから」

鋼太郎の言葉が助け船になったのか、マイさんは「そうだね」と言った。

「私、全然知らない連中」

「おれの記憶が正しければ……ここんとこウチの周りやクスノキでちょくちょく見掛けて

た連中に似てるような気がしたんだけど……特におれを殴った奴……」

鋼太郎にそう言われても、マイさんは否定しているし、錦戸は目撃していないのだから、否定も肯定も出来ない。

「いい機会だから駐在さんにお願いがあります。この辺にまた怪しいヤツが出没する可能性がある以上、今後は警備の強化をお願いします。毎晩、何度も巡回してよ」

鋼太郎に頼まれた駐在さんは、巡回します、と答えるしかない。

一同が鋼太郎の自宅に行くと、応急修理をしたドアがなんとか役目を果たしていた。ドアの鍵は破壊され、ドア自体もガタガタになっていたが、チェーンと南京錠でなんとかロックはされている。

その夜は、それ以上何ごともなく終わった。


翌日。

小牧ちゃんにケガを労られつつネタにされつつ、整骨院の患者からも顔の絆創膏や包帯について訊かれて好奇心と同情を半々に浴びながら、鋼太郎は仕事を終えた。

小牧ちゃんと一緒に今日もマイさんを連れて「クスノキ」に向かい、途中でヤギのメエちゃんにキャベツをやった。

メエちゃんは最初警戒していたが、マイさんが金網からキャベツを突き出して待っていると、ゆっくり近づいてきて、もぐもぐと食べ始めた。

「可愛いねえ」

鋼太郎は眼を細めた。

美女二人を連れてこれから夕食というのも悪くない、と鋼太郎は思った。

これが銀座か六本木で、行き先がキャバクラならさしずめ同伴出勤というところか。

そんな事を思いながら店まで歩いていると、鋼太郎は気のせいか、誰かに見られているような気配を感じた。ピリピリした気配というか、鋭い視線がこちらを睨んでいるように感じたのだ。昨夜整骨院を襲った三人組が、路地に潜んでいるような気がした。

「センセ、どうかしました?」

小牧ちゃんに聞かれた鋼太郎は「いやいや」と誤魔化した。気のせいかもしれないのだし。

開店前の「クスノキ」に入り、マイさんを無事に厨房の中に入れ、リンさんも出勤して、無事に店は開いた。鋼太郎と小牧ちゃんはそのまま定位置のカウンターに座って飲み食いを始めた。

「センセ、どうした?　その頭の絆創膏は」

大将に聞かれた鋼太郎は、暴漢に襲われたが撃退してやったと、大胆な脚色をして昨夜のことを話した。

「なんだその武勇伝は？　センセ、頭打っておかしくなったのか？」

大将は真顔で小牧ちゃんに訊いた。

「妙な連中が夜中にやってきて揉めたのは事実みたいですよ」

「外国の刑務所からの指示で動く窃盗団か？　しかしセンセの家には金目のモノなんてないだろ？」

大将が錦戸と同じ事を言うのが腹立たしい。

その後、三々五々と客が増え、十八時を過ぎると席のほとんどは埋まり十九時には満席、テーブルは相席になる繁盛ぶり。

「ここの食い物や酒にはなんかヤバいもんが入ってるんじゃないのか？」

と、この前、技能実習生の実態について話しているうちに気分を害して帰ってしまった地元の町工場の社長、いや田所さんが鋼太郎の横に座って店内を見渡しながら言った。

「じゃないと、こんなに繁盛するわけがない」

親愛の情から出た言葉であることは、彼の表情を見れば判った。

「ま、それだけ美味いって事で」

鋼太郎と田所社長は中生のジョッキを合わせて乾杯した。

「この前は悪かったです。初めて話す人に、ぶしつけすぎました」

田所さんは鋼太郎たちに頭を下げた。悪い人ではないのだ。

「ただね、技能実習生を雇ってる人間はみんなワルだ、搾取(さくしゅ)だ、と言われたくなくて」

「それはよく判りました。リンさんともよく話したので」

「そうだよ。日本人、いい人のほうが多い」

通りがかったリンさんがニッコリして言った。

だが、次の瞬間、「きゃっ！」と悲鳴を上げた。

何事かと鋼太郎たちが見ると、テーブル席に座ったオッサンが手を伸ばしてリンさんのお尻を撫でているのだ。

「お前、さんざん捜したぞ。こんなところにいたのか！」

痩せぎすの顔に安っぽい金属フレームのメガネが卑劣漢ぶりを強調しているようなオッサンだ。そいつはなぜか親しげにリンさんの手を握ろうとしたが、リンさんは凄い勢いで振りほどいた。

「あなた何をする！」

リンさんは振り返ってその客を睨み付けた。

「あ……違う?」

オッサンはようやく、人違いをしたことに気がついたようだ。

「あんた誰だ」

「そういうあんたこそ誰?　女性に失礼なことをするよくない!　あなたが謝れ!」

リンさんはハッキリと言った。

「ちっ!　てめえ何言ってるんだよ。ケツ触っただけだろ。減るもんじゃなし」

オッサンは照れ隠しかバツが悪いのか、居直って逆ギレした。出っ歯なのがまた大昔に外国のマンガでカリカチュアされた日本人そのままだ。つまりメガネで出っ歯のチンケな男。男は言い募った。

「こっちは客だぞ!　ちょっと触られたくらいでぎゃあぎゃあ言うな」

「おいあんた、失敬なことをしといてなにが客だ!　ここはピンサロじゃねえんだぞ、この野郎」

怒ったのは田所社長だった。

「客だったら何をしてもいいと思ってるのか、このポン助が!　お前みたいなのが居るから、日本人のオッサン全員が誤解されるんだ」

「そうだそうだ!　おれたちはただでさえ誤解されやすいんだからな!」

鋼太郎がすかさず便乗する。男は怯み、悔しそうに叫んだ。

「なんだよお前ら。日本人のくせにみんな劣等アジア人の味方かよ」

その声を聞きつけてマイさんが厨房から顔をのぞかせたが、その男を見た瞬間、ぎょっとした表情になり、すぐ奥に引っ込んだ。その不自然な動きを小牧ちゃんがめざとく見てとり、黙って席を立った。

フロアではリンさんが痴漢をしたオッサンに「セクハラよくない！　謝って！」と詰め寄り、田所社長も「このスケベ野郎が」と罵り、その男が「だからケツを触ったくらいでギャアギャア言うな！　お前らアカか！」と言い返して、言い争いは泥沼の様相を呈している。

少しして席に戻ってきた小牧ちゃんが鋼太郎に耳打ちした。

「あの痴漢したスケベオヤジ、マイさんの元雇い主だって。マイさんに愛人になれって言ったヤツ」

「えっ、そうなのか？」

「そう。マイさんがチラッと見て確認したって。たぶんリンさんと自分が似てるので間違えたんじゃないかって」

「じゃあ、あの男はマイさんを探しに来たのか？　おれをぶん殴った連中のあれが黒幕か？」

「そうかも」

鋼太郎と小牧ちゃんが小声で話していると、入口がにわかに騒がしくなって二人の男が言い争いをしながら店に入ってきた。

「アンタの言ってることはおかしい」と言っているのは、一見「絶倫色ボケ親父風」のライター・高沢で「お前なんぞに何が判る！　この頭でっかちが」と吠えているもう一人は……。

「あっ！　ゆうべコンビニでハシムを怒鳴りつけていた、クソオヤジ！」

鋼太郎は反射的に立ち上がって、そのオヤジを指差してしまった。

「コンビニでエラそうにする客ほどみっともないものはないぞ！　しかも外国人に威張るとか、自分で恥ずかしくないか！　日本人で日本語ができるのがエラいと思ってるのか？　お前は白人であることしかトリエがない、どこかの大統領の支持者みたいだな」

立て続けに言われてしまった貧相な初老の男は、真っ赤にして怒った。

「ああ、おれはエラいんだよ！　日本人だからな。当然だろ！　なんだお前は？」

鋼太郎は頭に包帯、顔に大きな絆創膏で、顔が隠れてしまっている。

「昨夜コンビニで会ったろ」

「ああ、昨日のクソ野郎か！　お前ナニサマだ？　そんなんじゃ顔が判らないだろ！」

「ゆうべあれからいろいろあったんだよ！　そういうお前こそナニサマだよ！　エラソーにしやがって。コンビニで威張るしか能がない腰抜けが！」

　いきなりボルテージが上がってしまった鋼太郎と空威張り（からいば）ジジイに挟まれたライターの高沢が「まあまあ」と間に入った。

「この人は、技能実習生の仲介をする監理団体の佐々原（ささはら）さん。技能実習生に関する取材で話を聞かせてもらいました」

　高沢は鋼太郎を罵倒しているクソジジイを紹介した。

「で、こちらは縫製工場の社長の栗木（くりき）さん」

と、リンさんのお尻を触ったスケベオヤジを紹介し、「お二人はここで、どなたかと待ち合わせですか？」と訊ねた。

「まあね。ちょっとね」

　二人を紹介された鋼太郎はわざとらしく呆れてみせた。

「なに？　こんな貧乏神ジジイが監理団体！　そしてこのスケベ野郎が雇い主か。いや驚いたね。アンタら、まともな仕事できているのかね！」

　監理団体の人間と聞くとますます、昨夜のハシムに対する佐々原の態度が許せなくなってくる。

「失礼な。プライベートと仕事は別だ！　技能実習生の監理はきっちりやってる！」

佐々原は吠えた。

「まあまあ佐々原さん、落ち着いて。こちらは、この近くで整骨院をやっている榊鋼太郎先生」

困惑した高沢が紹介すると、佐々原は鼻先で嗤って見下すような目で鋼太郎を見た。

「なんだ、お前、マッサージ屋か」

「ふん。お前みたいな人間のクズに何と言われようが腹も立たないね」

と言いつつ、鋼太郎の額には怒りのあまり、静脈が浮かび上がった。

「おい、高沢さん。なんであんた、このゲロ野郎と一緒にここに来たんだ？」

鋼太郎は高沢を詰問した。

「さっきも言ったように、取材で話を聞かせてもらったんです。で、先刻、駅でばったり会って、佐々原さんもここに来るというので一緒に歩きながら喋ってたら、なんだか意見が対立してしまって」

高沢は弁解するように言った。

「で、こっちのセクハラ野郎は、技能実習生の女性に愛人になれと言ったスケベジジイか」

「なんで知ってる！」

スケベジジイ栗木が立ち上がって鋼太郎に摑み掛ろうとしたが、高沢は「まあまあまあ」と間に入った。

「なんか、皆さん、意外にいろいろと情報をお持ちのようで」

「どうしてここに、唾棄すべき連中が集まったんだ？」

田所社長が、鋼太郎の代弁をするように詰問し、佐々原と栗木は激昂した。

「唾棄すべきだと？　名誉毀損だ！　訴えてやる！」

スケベオヤジ栗木が吠えた。

「なに訴えるだと？　こっちこそあんたを強制わいせつで告発してやる！」

「おお上等だ！　出るところに出ようじゃないか！　警察沙汰にしてやるぞ！　なにしろこっちには政府がついてるんだ！　技能実習生受け入れは国家事業なんだからな！」

と、佐々原と栗木が胸を張った。

「おれたちは仕事でここに来ているんだ。技能実習生がいなくなったんでな。国の制度で外国人を呼んでるんだから、それをキチンと監理するのがウチの任務なんだ」

佐々原は「任務」と言った。

「ウチは監理団体だが、『監理』というのは、技能実習生を監督し取り締まること。同じ『かんり』でも竹かんむりの『管理』とは違う。現地の仲介業者から紹介された技能実習生を責任もって受け入れ企業に引き渡し、その後も技能実習生に規則を適用して監督し、取り締まることが、我々の『監理』なんだよ。判ったか？」

「そうだ。佐々原さんの言うとおりだ。そして私は、技能実習生を雇った側だ。金が絡んでるんだから、勝手に逃げ出されちゃ困るんだよ」

栗木もメガネを光らせて言い切った。

「おやおやご立派なことで。まるで足抜け女郎を追い詰める、女衒みたいな口ぶりですな」

鋼太郎が憎まれ口を叩いた。

「おいお前！　口が過ぎるぞ。こっちはあくまで法に基づいて監理をしているんだ」

佐々原が怖い顔をした。だが鋼太郎はあくまでも反抗的だ。

「なんだっけ。あんたみたいなヒト、映画で見たな。アメリカ南部の農場で、黒人奴隷をムチでひっぱたいてコキ使う白人」

田所社長も加勢する。

「そうだよな。こういうロクでもない連中がいるから、受け入れ企業全部が誤解されるんだ」

「お前らナニを言ってるんだ！　実習生にはカネがかかってるんだよ！　そいつらが逃げ出したら、追いかけるのは当然だろ！　追いかけて捕まえて、厳しく罰して、決まりを守らせて当然だろ！　だいたいアジア人ってのはルーズで時間も守らないし約束も守らない連中なんだ。牛や馬と同じで口で言っても判らないんだから、他の手段で判らせるしかないだろ！」

「そうかそうか。差別野郎がご立派なことで。しかし、だからってヤクザみたいな連中を使ってこのおれに暴力を振るい、おれんちの玄関を壊してまで逃げた実習生を拉致しようとするのは犯罪だろ！　アンタら、そんな汚い手まで使って恥ずかしくないのか！」

鋼太郎は、昨夜の事件を非難した。マイさんが監理団体か元の雇い主の仕業(しわざ)だと証言したからだ。栗木と佐々原は顔を見合わせた。

「……なんのことだ？」

栗木は真顔で首を傾(かし)げた。

「意味が判らん」

「しらばっくれるんじゃないよ！　おれのこの治療費と慰謝料、玄関ドアの修理代はそっちにきっちり請求してやるからな！」

「だから、アンタの怪我とか修理代とやらに、我々がどう関係するんだ？」

栗木はなおも解せない表情のままだ。

「だから、あんたらは、実習生を家畜みたいに考えているようだが、牛や馬だって殴られたら怒って人間を蹴り返すぜ」

鋼太郎が言い返す。

「その通りだ。だからこそ、実習生は力でねじ伏せなきゃいかんのだ」

「だからってヤクザか反社か知らないが、暴力を奮っていいのか？　おれのこの怪我は」

鋼太郎は自分の頭を指さした。

「これ、昨日の夜やられたんだよ。あんたらの差し金でな！」

「さっきから訳の判らんこと言ってるが、我々がアンタを襲ったと言い張ってるのなら、それは完全な濡れ衣だ！　言いがかりだ。名誉毀損で訴えるぞ！」

「おっそろしい。盗人猛々しいとはこのことか。しれっと嘘をついた上に訴訟恫喝か？　アンタらは憲兵か、それとも特高警察か？」

「おやおや。特高とは、これまた物凄く古い喩えを持ち出しましたね」

割って入ったのは、錦戸だった。いつの間にか田所社長の隣に座ってレモンハイを飲んでいる。

「榊さん、気持ちはわかりますが、昨夜の件とそちらのお二方を結びつけるには、現段階で証拠がありません。今は止めておく方が賢明です」

錦戸は鋼太郎を諌めてから栗木たちに向き合った。

「今までのお話だと、栗木さん、あなたはご自分の工場から失踪した技能実習生を探しに来ている。そしてそちらの佐々原さんは、技能実習生を監理している団体の職員だから責任上、失踪した技能実習生を栗木さんと一緒に探している、ということですね？」

錦戸は二人に確認した。

「そういうことだよ。実習生に勝手に失踪されるのは困るんだ。こっちの責任問題にもなる」

佐々原が答えた。

「いろいろ情報を手繰るとだね、この辺で見かけたという声が多いんだよ。だからこの界隈に潜伏しているんじゃないかと」

「探すのは当たり前だろ。実習生というのはある意味、財産だから。こっちもカネをかけてるんだからな」

佐々原と栗木が口を揃えた。この二人は、錦戸の正体を知らないから警部殿に対して平気で横柄な口を利いている。

「おい。我々を北関東の田舎者だとバカにしてたらとんでもねえぞ。こっちには監理団体の強いネットワークってもんがあるんだから、絶対に探し出す」

「おお、ますます女衒だ」

鋼太郎は佐々原を心底胸糞悪いと思うようになってしまったので、ますます煽るようなことを言わずにいられない。

「確かに。お二人とも、警察よりすごい情報網をお持ちのようで。侮れませんね」

錦戸も茶化すようなことを言ったが、真面目な顔なので揶揄してるとは思われない。

「そうだよ、おれたちを舐めてもらっちゃ困るんだよ。強力なネットワークがあるんだ。警察なんかメじゃないね！　そう思わせとかないと、連中は妙にずる賢いから、すぐにサボるし、勝手なことばかり言いやがる。左翼の連中が知恵を付けるから余計だ」

栗木が吐き捨てた。

「そうだ。栗木さんの言うとおりだ。何度も言うが我々監理団体には実習生を受け入れた責任がある。失踪して怒られるのはこっちなんだ。自分勝手でカネにしか目がない、ズルい連中を監理するのは大変なんだよ！　しかも連中、最近はスマホで横の連絡を取りやがるから、余計に厄介なんだ。こっちの職場は給料が悪い待遇も悪い、そっちはマシだ、だからそっちに行く、とかもう、勝手な事ばかり言いやがってよ！」

佐々原もますます言葉がキツくなっていく。錦戸が訊いた。

「しかし佐々原さん、彼らは日本にお金を稼ぎに来てるんでしょう？　少しでも労働条件がよくて賃金がいいところに移りたいのは当然では？」

錦戸が訊くと、「何をこのトーシローが」と佐々原は吐き捨てた。

「あんた、なーんにも知らないんだな。技能実習生は好き勝手に勤め先を変えられないの。最初に契約をした事業所以外はダメなの。書類上そうなってるの。それに違反したら、日本の在留資格を失うの。判った？」

佐々原は錦戸にイチからバカ丁寧（ていねい）に教えるような、イヤミな口調で言った。

「さっきも言ったけど、こっちは労働力として日本に呼んでるんだから、連中に甘い顔はしてられないわけよ。『技能実習』ってのはお題目だよ。それは連中だって承知のことなんだよ。あんたら知りもしないで訳知り顔なこと言うけど、連中はホント、サボって金を儲けることしか考えてないクズなんだ！　それが証拠に、逃げ出した連中による犯罪が増えてるだろ？」

その通り、と栗木が頷いた。

「だから、少しでもカネになる現場があると知ったらすぐ居なくなる。最近、脱走する事が本当に増えて、困ってるんだ！」

「脱走兵を捕まえて、軍法会議か？」

　高沢が言った。本当はもっと的確な言葉を使いたそうだが、思い留まったようだ。その様子を横目で見た佐々原はイヤミな笑みを浮かべた。

「あのね、誤解があるといけないから何度も言うけどね、栗木さんみたいな受け入れ側の現場は、彼らをアテにしてるわけだよ。労働力として。それは当然だろ。それ相応のお金も使ってるし。まあ、技能実習と言っても、ぶっちゃけ、誰がどう見たって労働力なんだから。技能の伝授なんてどうせタテマエだって役所だって判ってるんだし。ね、それが行方不明になってしまうと困るでしょうよ。我々だって国から怒られるし、逃げた側だって正式には日本に居る資格がなくなって、公式な監理から外れるわけだからまともな仕事にはつけない。在留資格を調べられると実習先から逃亡したことが判ってしまうわけだから……自然と、裏の社会に入ってしまうことになる。な？」

「な？　と言われても」

　鋼太郎は返答に困ったが、田所社長はまあ、そうなんだろうねと頷いた。

「ここ墨井区で事業をしている私らは契約を守って、きちんと受け入れて技能を教えようとしてるけれども、たとえば地方で、契約関係とかそういうことに疎かったり意識が低い雇用主にとっては、一種の年季奉公というか、カネで買った奴隷みたいな意識があるんだろうね。だってそこの人、栗木さんだっけ？　あんた自身そう思ってるんだろ」

「そ、そんなことはない！」

栗木が声を上げた。

「だけどあんたはマイさんに愛人になれって言ったんでしょ？」

小牧ちゃんが追及した。

「それって、そういうことじゃん。奴隷だと思ってるってことじゃん」

「違うよ。もし仮に私にそういう意識があったら、問答無用に、その」

「手込めにしていた？　でもそれはしていないから自分たちは正しい、とでも言いたいワケ？」

「正しいわけがない。そもそも栗木さん、優越的な立場を濫用して関係を迫るのはセクハラでパワハラだ。許されないことでしょう？」

高沢も小牧ちゃんを援護した。

「はい。当然、許されませんね」

二人にお墨付を与えるように錦戸が言った。

「人権問題です。言っておきますが、日本国憲法が保障する人権は、日本国民だけではなく、日本で暮らす外国人にも適用されますからね」

「なんだこいつ、知った顔してエラソーに」

佐々原が顔を歪めて錦戸を睨んだ。

「貴様、ひと山いくらの、二束三文の、どこにでもいるインテリもどきか？」

今どき誰も使わない言い回しで、エリート臭芬々の錦戸を揶揄した。

「あんた、どうせどこかの三流大学の助教かなんかだろ」

「ちょっと違いますけどね」

錦戸は苦笑いしたが、いきなり鋼太郎が立ち上がった。

「ここにおわすこの方をどなたと心得る！」

ここぞとばかりに声を張り上げた。

「こちらは警視庁墨井署、生活安全課課長の錦戸警部。元警視であらせられるぞ！」

鋼太郎が紹介すると、錦戸はまったく悪びれずに鷹揚に頷いた。

「まあ、そういうことです」

「ちょっとセンセ、止めなよ。水戸黄門ゴッコするのは」

小牧ちゃんが諌めたが、錦戸がワルノリして警察の身分証を取り出し、まるで印籠のように見せびらかすと、佐々原と栗木は固まってしまった。

「まあ、たしかに私は警察の人間ですが、別にあなた方を逮捕したりはしませんよ。酒の席ですから、穏やかに参りましょう」

　さんざん見せびらかした後、錦戸は身分証を仕舞い、一同を座らせた。

「ところで佐々原さん。さっき、あなたは、技能実習生の監理団体同士の強固なネットワークがあって、失踪した技能実習生の消息が摑めるとおっしゃってましたね？　警察なんかメじゃないと」

「そうは言ってません。そのようなことは申しておりません」

　錦戸の正体を知った佐々原は、手の平を返すように殊勝になった。

「ウソ！　言ったじゃん」

　小牧ちゃんが口を出した。

　そこに、厨房からマイさんが出て来て、腰に両手を当て、栗木の前に立った。

「あ」

　栗木はマイさんを見て実に複雑な表情を見せた。最初は驚き、次にどう反応していいのか判断出来ずにフリーズし、数秒後、愛する女が目の前に現れた事実にニヤケたが、それもマズいと思ったのか、逆に不自然なムッツリ顔になった。

「クリキ社長、あなた、私があなたのこと本気で好きだとでも思っていたか？　あの時は立場が弱くてはっきり言えなかっただけ」

マイさんは栗木に向かってハッキリと拒絶の意志を表示した。

「いや、ちょっと……誤解があったら、それは謝る。しかし、キミにも考えて欲しいんだが……その」

栗木は狼狽え、体面を気にして、取り繕おうとした。

「私が仕事と色恋を絡めた、とキミが思ってしまったのなら、それは謝るが……それは誤解だ。まったくの誤解なんだよ」

「誤解？　それならさっき言ってたことおかしいし、どうしてここまでアナタが来る？　そこの爺さん……ササハラに任せておけばいいのではないの？」

「いやいやそれは……我々にだってキミらを雇っている者の責任というモノが……しかし、キミは、ウチから出ていってかなりの期間、どこで何してたんだ？　もしかして……あれか？　あの連中というか、集団に」

「それは……」

マイさんは急にオドオドし始めて、何も言わず、不意に厨房に戻ってしまった。

鋼太郎は小牧ちゃんと顔を見合わせた。なにかある、と思わずにはいられない態度の急変だ。

「社長、店を変えよう」

佐々原もよほど居づらくなったのだろう、同じくきわめて居たたまれない様子になっているスケベオヤジの栗木に声をかけて腰を浮かせた。

栗木も、まさかこの店でこういう事になるとは思っていなかったのだろう。二つ返事で佐々原に同意すると万札をテーブルに置いて、そそくさと店から出て行った。

「しかしあの二人、ヨリにもよって、どうしてこの店で待ち合わせしたんだろう？」

出て行く二人を見送りながら鋼太郎が言った。

「そりゃウチで出す酒と料理が美味いからに決まってるだろ！」

大将は自信満々、当たり前のことを訊くなという態度だ。

だが二人が店を出てすぐ、外で何やら二言三言、怒鳴る声がした。

「なんだ？　あの二人、店を出てから癇癪でも起こしたのか？　ここでは引き下がったが、その鬱憤を外で怒鳴って晴らしてるとか？」

大将が呆れたように一同に言い、鋼太郎も感想を述べた。

「それにしてもあの二人、かなりフイてましたね。警察より強力な『脱走技能実習生捕獲ネットワーク』を持っているんだと」

だが錦戸は笑っていない。

「あり得るかもしれませんよ。彼らは技能実習生で商売してるんだから、居なくなったら草の根を分けても捜すでしょう」

「やっぱり足抜け女郎や奴隷の扱いと同じだ」

　鋼太郎が言い、高沢も付け加えた。

「口封じの意図もあるでしょうね。逃げ出した経緯がバレて公になると困るケースも多いはずですから。給料不払いとか暴力沙汰とか……」

　高沢は続けて説明した。

「その一方で、佐々原が言ったことも事実ですよ。監理団体としては技能実習生に失踪されては困るし、失踪した技能実習生も日本に居てはいけない存在になるわけだから、どうしても裏に潜らないとやっていけなくなる。彼らは生きていくために犯罪に手を染めるしかなくなる。それを阻止したいという意図もあるのでしょう」

　高沢はライターらしく公平公正なことを言い、錦戸が頷いた。

「そうですね。警察としても、そういう認識です。犯罪は防止しなくてはなりません。まあ、犯罪に手を染めると言っても、彼らの場合、身内に金を貸して話がこじれるケースとか、違法な賭博のカモにされて揉めるようなケースがほとんどですが……けれど、それが殺人に発展することもあるし、ヤクザや反社と繋がりができてしまう事例も増えています」

リンさんは黙ってしまったし、鋼太郎がカウンター越しに厨房を覗くと、マイさんも目を伏せて心なしか小さくなっている。

「まあ、警部殿。そういう話はもういいじゃないですか。女衒みたいな連中は行ってしまったんだし」

それからは、みんな馬鹿話に終始して盛り上がり、ことに鋼太郎は昨夜の件をさらに大幅に脚色して一大武勇伝に仕立て上げて滔々と語り、田所社長とは同じ中小企業の経営者同士、すっかり意気投合した。高沢と錦戸は、なにか妙に真面目な顔で語り合っていたし、小牧ちゃんはリンさんと「女子トーク」に花を咲かせた。

が。

急に女子トークを止めた小牧ちゃんが、鋼太郎に耳打ちした。

「マイさんの様子がおかしいよ?」

「なんで?」

「ゴミ出しに一度外に出て、なかなか戻ってこなくて、大将が見に行ったら戻ってきたんだけど……それからますます静かになって仕事の手も止まってるし」

それを聞いた鋼太郎はそっと席を立って外に出ると、すぐに戻ってきて錦戸に二言三言耳打ちしたあと、二人でまた店の外に出た。

その動きが急で、切迫した感じがあったので、他の三人も何事かと外に出た。

だが店の外では、鋼太郎と錦戸が立っているだけだった。

「どうしたんです？」

高沢が二人に聞くと、鋼太郎が不安そうに答えた。

「怪しいヤツが二、三人うろついていて、しゃがみ込んだりしてたので声をかけたら、走って逃げたんだが」

鋼太郎はあっちの方だ、と指を差した。

「どうもゆうべ、おれを襲った連中に似てたんだ。黒ずくめの格好とか……おれを待ち伏せてたのかな？」

「榊さんを？　殴り足りなくて？　それとも実は榊さんは誤爆(ごばく)で、本当のターゲットは他にいたとか？」

錦戸はそう言いながら一同を見渡した。

「この中で襲う価値がありそうなのは……高沢さんですか？」

高沢はライターであり、情報を発信するヒトだから、敵もいるだろう。

「しかし榊さんは一介の整体師だし、田所社長は地道に働く地場産業の社長だし……」

「一介の、というのが余計です」

鋼太郎は錦戸に抗議した。

「社長は、工場で揉め事はないんですか？」

「それは、無くはないさ。今日だって給料の件で揉めたし……人を使うのは大変なんだよ。儲からないしさ」

「とは言っても、社長の工場は自分の土地でしょう？　地上げ目的のヤクザとか反社が暗躍しているかもしれないですよ」

警察官なのに一般市民を脅かす錦戸。

「いや、自分の土地とは言っても、とっくに抵当に入ってるからね。あまり旨味はないだろう。ヤクザはそのへん利口だから、カネにならない物件には手を出しませんよ」

「じゃあ……やっぱり、高沢さん？」

みんなの視線を浴びた高沢の顔が引き攣った。

「心当たりはありませんか？　最近はほら、テレビで論陣を張る大学の先生が襲われたし、ライターも昔から脅されたりって事はあると聞きますよ」

錦戸の言葉に、高沢は鋼太郎の絆創膏だらけの顔を改めて見た。

「……そろそろ帰ります」

「それがいい。街に人が歩いている間に帰った方がいいです」

錦戸は頷いた。

「しかし高沢さんはどうして『クスノキ』に来たんです？」

小牧ちゃんが訊いた。

「それは、この界隈に住むようになったし、『クスノキ』は評判いいですからね」

常連のみなさんに加えていただけたら、と高沢は言ったあと、そのまま帰っていった。

「じゃあ我々も、店が終わったらとっとと帰るか」

一同は店の中に戻り、看板まで飲み食いすることにして、鋼太郎と小牧ちゃんは、マイさんが仕事を終えるのを待った。が、二人の横には錦戸も居座っている。

「警部殿は？　帰らないんですか？」

「なんとなく、マイさんが気になって……リンさんのこともです」

「警官の勘ってヤツ？」

鋼太郎は冗談にしようとしたが、少し考えて「実は……」と話し出した。

「こう言うと、もしかしたら差別的に聞こえてしまうかもしれないけど……そんなつもりはまったくないから誤解しないで欲しいんだが」

鋼太郎はさっき店の外で見たことを話し始めた。

「おれが店から出て行くと、店の勝手口から中を覗き込んでるヤツらがいたって事は話したよね？　そいつらが、なんだか日本人じゃない感じなんだ。さっきも言ったけど、ゆうべおれを襲った連中に似ていた。着てる服も黒っぽい色のフード付きで。同じ年格好の日本人と、服装が微妙に違うっていうか。最近の中国の人はそうでもなくなったけど、以前はけっこうセンスが違っていて、一目で日本人じゃないと判っただろ？　あんな感じ。それと、顔立ちも中国人とか韓国の人だと日本人と見分けがつかないこともあるけど、東南アジアの人になると、ちょっと違うじゃない？」

「じゃあ、その、リンさんやマイさんの仲間が……ってこと？」

小牧ちゃんがぼそっと言うと、それまで口を挟まなかったリンさんが「違うねそれ！」と声を上げた。

「仲間なんかじゃないね。日本人、東南アジアの人を一緒くたにする。よくないね、それ！」

いつになくキツい口調で言うので、小牧ちゃんは慌てて謝った。

「ごめんなさい！　そういうつもりじゃない……というか、とにかくごめんなさい！」

「それは、日本人にはありがちな誤解だよ。私がずーっと前の若い頃に海外旅行したとき……」

田所社長が思い出話を始めた。

「まだ鉄のカーテンってものがあって、共産圏が存在していた時代に、東ヨーロッパに行ったんだが、そこでベトナムからきた留学生と知り合ったんだよ。けど当時の共産国で留学生って言うともうエリートなんだよ。国費留学生だからね。その一方で、働きに来ているベトナムの青年とも知り合った。こっちは出稼ぎ労働者だよね。おれとしては悪気なくエリートのほうに『君の友達』って労働者のことを言ったら『私の友人ではない』とピシャリと言われてしまった。同じ国の人だろって意味で言ったんだけど……ようするに階級が違うんだ。エリートの知識階級と労働者階級だ。だから、同じ国の人だからって一緒にはできないんだよ」

「そうか。日本人だっていろいろだから、同じ日本人ってだけで一緒くたにされるのは……やっぱり違うよね。おれだってさっきの佐々原なんかと一緒にされたくないもの」

鋼太郎も言った。同じアジア圏でも、それぞれの国の事情を理解するのは難しい。

「片付け終わったよ！　帰りましょう」

マイさんが厨房から出て来て、昨夜と同じく鋼太郎の家に帰ることにしたが……今夜は大勢がぞろぞろついてきた。その中には何故か、リンさんも錦戸警部も、小牧ちゃんもいる。

「人数が多い方が安心でしょう？　私は腕が立つし、警部殿は拳銃を持ってるし」

そういう小牧ちゃんに、錦戸は即座に「持ってません！」と否定した。

「警官と刑事なら常に拳銃を携帯しているというのは刑事ドラマの大きな誤りです。刑事は必要なときだけ武器庫から拳銃を出します。制服警官は常時持ってますけど……」

そんなことを喋りながら歩いていると、ヤギのいる空き地を素通りして、鋼太郎の家に着いた。

全員が、整骨院の自宅部分の狭いリビングに車座で座る形になったので、なんだかリンさんとマイさんを襲撃から守る態勢のようだ。だが、誰もそれを口にしない。

誰から守っているのだ？　という話になれば、外国人犯罪集団が、と言うことになり、偏見だ差別だとマイさんにもリンさんにも感じさせてしまう。必然的にみんな口数が少なくなり、鋼太郎と小牧ちゃんが淹れたお茶を所在なく啜っているうち、ついに沈黙に耐えられなくなったのか、マイさんが話し始めた。

「あの……私、言ってなかったことがある」

マイさんは、「クスノキ」でリンさんのお尻を触っていたスケベオヤジ・栗木の工場から逃げ出したが、後先考えずに飛び出したので、頼る人がいなかった。旧知のリンさんが日本にいるのは知っていたが、メモをなくして連絡先が判らない。どうしようと思いつつ一日が経ち二日経ち、所持金も底を突いて困り果てたときに、同国人のグループが存在する事をスマホのＳＮＳで知って、連絡を取った、と。

「それ、逃げ出した技能実習生のグループね。タカザワさんや、あのササハラが言っていた人たち。私、日本の地理が判らない。電車の乗り方もよく判っていなくて、北のほうでウロウロしていた私を、グループの人が車で迎えに来てくれて、三日くらいアパートに泊めてくれたよ。でも、それ、ただの親切じゃなかったね」

マイさんは、ある仕事に誘われたと言った。

「お店に行って、売っているものを取ってこいって」

万引きを強要されたということか。

「私、農業も畜産もやったことがない。だからくだものを木からもいで、たくさん盗むのは無理。子牛や豚やヤギを抱きかかえて盗むのも無理と言ったら、何でもいい、そのへんの店で何かかっぱらってこいと。私、店まで行ったよ。でも出来なかった。それで怒られて……そこにも居られなくなって……」

「最近増えている犯罪です」

錦戸が頷いた。

「そういう大量窃盗事件の犯人は、農園や畜産の実務の経験がある人間、それも失踪した技能実習生ではないかと囁（ささや）かれています。しかしほとんどの場合、証拠がないので、報道もされないのです」

それを聞いたマイさんは、言いにくそうに付け加えた。

「私のクニの人たち、クスリを売っている人もいる。日本の悪いヒトの、子分になったりもしてる」

だけど、とマイさんは慌てて言い足した。

「その人たちだって、最初から悪いヤツじゃなかったね。借金して日本に来たけど、日本の扱い最悪。田舎の工場や建設現場で殴られたり蹴られたり、リンチされたり。なのに誰も警察に知らせない。誰も助けてくれない。ほかにも会社が潰れたりとか寮を追い出されたりとか、給料を払ってくれないとか、メチャクチャな話、多いよ。最近マシになったって言うけど、そもそも、ヒトをタダ働きさせたり、言葉が通じなくても殴ったり蹴ったりしていいはずがないよ！　それに、ひどい会社をあてがわれても、会社を変わることは許されないんだよ！　ほんとにひどい話だよ！」

「そうだよ。マイさんの言うとおり」

リンさんも怒った。

「文句を言ったら帰国させられる。借金返せてないのに帰国させられる。借金だけ残るね！　私たち困る。日本人、ナニ考えてるの！」

でも、とリンさんは言った。

「クスノキの大将はいい人よ。前のトコがひどかったから、ほんと大将は神様みたいだよ」

「リンさんは、前は何処にいたんですか？」

小牧ちゃんが訊くと、「マイさんと同じ、北の方だけど違う会社」と答えた。

「マイさんは我慢強いけど私はすぐ、この会社はダメとわかった。だからスマホで調べたよ。助けてくれるところを見つけた。マイさんにも一緒に行こうと言ったけど、もう少し頑張るって言うから……」

リンさんは調べて見つけたＮＰＯの力を借りて東京に出て来て、寮の賄いを経て、クスノキに来たと言った。

「リンさんやマイさんの言うことは正しいです。ウソはない」

錦戸が断じた。

「技能実習生は、制度的に本当に弱い立場です。監理団体に実習先の問題を訴え出ても、次の職場を紹介してもらえなかったり、それどころかトラブルを起こした面倒なやつだと無理やり帰国させられるケースは少なくありません。それが見せしめとなるので、借金を抱える実習生たちは我慢してしまう。そこにブラックな企業や、それと結託した監理団体が付け込むのです。これは『技能実習生』という制度の限界です。ほかの国、例えば韓国ではもっと制度はスッキリしていて、外国人労働者の権利も守られているのに」

「かと言って、監理団体からも逃げて行方不明状態になった技能実習生は、不法滞在の外国人ということになって、生きていくためには、犯罪に手を染めることも多いわけですよね？」

鋼太郎は嘆息した。

「どうすればいいのかなあ……」

それを聞きながらスマホをいじっていた錦戸が「ほほう」と声を漏らした。

「……おや、皆さん、なにか耳よりな情報が？　と私に訊かないのですか？」

鋼太郎や小牧ちゃんが全然反応してくれないのが、警部殿はご不満の様子だ。

「聞かれなくても申しますが……佐々原の監理団体が監理していた技能実習生はかなり失踪しているようです。そしてそれは男性の方が多い。佐々原としては失踪者が多いと団体の監理能力を問われるので、捕まえるのに必死なのでしょう」

そんなことより待遇を改善したりブラック企業との癒着（ゆちゃく）を止めるべきなのに、と錦戸。

「そういや、さっき、監理団体の佐々原と元雇用主の栗木が『クスノキ』を出たすぐあと、外でなんか叫び声がしたでしょ？」

小牧ちゃんの言葉に、したしたとみんなが頷いた。

「あれって、もしかして、佐々原が失踪技能実習生と鉢合わせて、佐々原が『待てっ！』とか怒鳴って追いかけたんじゃ？」

「待てと言われて待つヤツはいませんが」

錦戸が冷静に指摘したが、全員が無視した。

「でも、もし、そうだとすると……」

小牧ちゃんはマイさんを見た。

「店の外にゴミを出しに行った後、マイさん、凄く怖い顔でお店に戻ってきましたよね？もしかしてマイさんと同じ、『元』技能実習生がそこにいた？」

そう言われたマイさんは、小さく頷いた。

「……はい。私が、ちょっとお世話になって、悪い事を誘ってきた人たちが、いました。たぶん、私を探しに来たのだと」

「どうしてマイさんを探すの？」

小牧ちゃんは想像がつかない様子だ。

「そりゃ、マイさんの口から自分たちの悪事がバレないように、だろ」

鋼太郎が代わりに答えた。

「いや、ってことは……ウチを襲撃しておれの頭を殴った連中は……」

「そいつらかも！」

小牧ちゃんはすっと立ち上がって道路に面した窓がある整骨院の治療室に行くと、すぐに戻ってきた。

「今、外に人影が見えた。噂をすれば影ってやつ？」

「気味悪いな。今度はウチに火とかつけられないだろうな」

鋼太郎はそう言って、まだ下ろしていなかったシャッターをガラガラと閉じた。

「……ここまでの情報を総合すると」

錦戸が考え込みながら、口を開いた。

「佐々原が追っている、失踪した技能実習生が、どうやらこの辺にいる、ということですね？　彼らも佐々原とは因縁がある、というわけです。そして彼らは、栗木と同じく、マイさんを狙っている」

それを聞いたマイさんは思わず隣のリンさんにしがみついた。

「私、怖い。あの連中、私が邪魔。口封じに殺そうとするよ！」

「なんとかしろよ警部殿。あんた警察だろ！」

鋼太郎も錦戸に迫った。

「なんとかしましょう。私も一計を案じたので」

錦戸はもったいぶって、そう言った。

「じゃあ、それやろうよ！」

と、簡単に言う鋼太郎に錦戸は待ったを掛けた。

「いや、それをやるにはまだ機が熟していません」

「機が熟すって、おれんちが燃やされたり、マイさんが拉致されたりするまで待つってのか？」

「まあ、それくらいの事件が起きないと、世論が味方してくれそうもないです」

「いったいあんた、何を考えてるんだ？」

全員が一斉に錦戸を見たが、警部殿はいずれ判ります、と余裕の笑みを見せるだけだ。


その夜はなんとなくみんな帰りそびれて、というか外に出るのが躊躇われたので、鋼太郎の自宅と治療院に分かれて、全員が雑魚寝のような形で泊まった。

そろそろ外が明るくなったと思ったら、いきなり「西部警察」のテーマ曲が響き渡った。

「どうも。みなさん、起こしてしまって申し訳ない」

錦戸のスマホの呼び出し音だった。

「ちょっとは選曲を考えてくれよ、警部殿」

鋼太郎が突っ込んだが、しかし応答した錦戸の声はいきなり切迫した。

「何っ？　判った。すぐ現場に向かう。今いる場所は現場のすぐ近くなんだ！」

通話を切って脱いだスーツを身につけている警部殿に、鋼太郎が何が起きたのか訊いた。

「大変です！　ヤギが盗まれました！」

「なんですと！　あのメエちゃんが？」

ヤギが盗まれた、というと、反射的に頭に浮かぶのは、「連中」のことだ。失踪して闇落ちした元技能実習生……。メエちゃんはヤギ鍋にされてしまうのか？

まだ七時過ぎだが、リンさんマイさんを含めた五人は、メエちゃんのいた空き地に急行した。

現場には制服警官が既に二人いて、通報者であろう近所の老人から話を聞いている。

「いや朝の散歩に出たらね、いつも草を食んでるメエちゃんがいないのよ。おかしいなあ、まだ寝てるのかなあと思って小屋の近くまで移動して覗き込んだら、中にもいない。さては誰かが盗んだな、と思って。ほれ、公園の鳩を食うために捕ったとか、養豚場の子豚を盗んで食ったとかあったでしょ、そういう事件、最近全国で多いじゃないか」

老人の説明を聞いていた制服警官は、錦戸が来たので姿勢を正して敬礼をした。

この近所には防犯カメラが数台用意されている。

「あのカメラの記録映像を見れば判るんじゃないか？」

錦戸はもう一人の制服警官に訊いた。

「はい。これは墨井区役所が管理しているものなので、区役所が始まる時間に出向いて見せて貰います」

時刻はもうじき九時になるところだった。五人全員はそのまま歩いて墨井区役所に向かったが、その移動中にマイさんのスマホが鳴った。

「ＬＩＮＥが来たよ……」

と言いながらスマホを見たマイさんは悲鳴を上げた。

「きょ、脅迫状が」

「ちょっと見せて貰っていいですか？」と錦戸はマイさんの許しを得てスマホを借りて画面を見た。

「見た事がない文字だな……。私は世界各国語に通じておりますので……これはタイ語でもないしミャンマー語でもないし、ベトナム語ならローマ字を使うし……」

と、錦戸はさんざんゴタクを並べた末に、その文字列の解読を諦めてスマホをマイさんに返して「読んでください」と頼んだ。

「ええと……ヤギは預かった。返して欲しければ……ちょっと日本語での言い方判らない」

マイさんは途中で口ごもり、スマホを見ようとしたリンさんから、慌てて画面を隠そうとした。

「それ脅迫状？　何故私に見せない？」

リンさんが日本語で文句を言い、二人の母国語で少し言い争いをしたが……やがてリンさんが頷いてみんなに通訳した。

「ヤギは盗んだ。返して欲しかったらカネを寄越せと言っている」

「差出人は誰ですか？」

錦戸は鋭い調子で訊いたが、リンさんは肩をすくめた。

「さあ？　それは書いてないみたいね」

「まあいいです。防犯カメラの映像を見れば判るでしょう」

一同は区役所に着き、受付で錦戸が用件を話した。

墨井署生活安全課課長じきじきの申請だけに手続きはスムーズに進み、区役所の五階の安全支援課に行くと、既に防犯カメラの映像を見る準備は終わっていた。

「問題の空き地は、四台の防犯カメラの画角に入っています。では、日が暮れる午後五時頃から見ていきましょう」

区の安全支援課課長はテキパキと指示を出して、まず空き地の東側から撮った映像を早送りで再生開始した。画面の下には時間が秒単位で表示される。

二十五時過ぎに、空き地の中に数人の人影が動く映像があった。

「そこです。巻き戻して、等倍で見せてください」

錦戸の指示で映像は戻されて、普通の速度で再生された。

空き地に三人の人物が侵入して、小屋の中からヤギを引き擦り出している。一人が前足を、もう一人が後ろ足を摑み、三人目が腹を抱えるようにした。

小屋から無理やり引き擦り出されたヤギは抵抗しているが、その三人は手慣れた様子でヤギを抱え込むと、フレームから消えた。光源は街灯のみで、全体に暗い。「犯人」たちはフードを被っている上に、角度的に陰になっていて、顔が判らない。

「カメラBを見ます。これは空き地を南側から撮っています」

その映像もやはり全体に暗いので「犯人」の顔は判らない。

カメラCは空き地の西側から撮ったものだが、やはり「犯人」たちは黒っぽい服でフードを被っていることしか判らない。

カメラDは北側から撮ったもので、「犯人」の姿を背中から撮る形になっている。

錦戸たちは、カメラA・B・Cの三台が撮った映像を感度を上げ、微調整をして何度も見た。

「これ……私に暴力を振るった連中に似てます。この服装、この感じ、覚えてます」

鋼太郎が証言した。

「私が知ってる人たちに、似ているような……」

曖昧(あいまい)さを残しながらも、マイさんも証言した。

「しかし、これだけでは被疑者の特定は出来ませんね。防犯カメラの範囲を広げて、彼らがヤギをどこに持ち去ったのか追跡しましょう。そうすれば被疑者のアジトなども割れるかもしれません」

錦戸は区が管理している他の防犯カメラの映像も集めて貰い、署に持ち帰ることにした。

「みなさんとはここでお別れしましょう。結果は後ほどお伝えします」

区役所で錦戸と別れた四人は、区役所の食堂で朝昼兼用の食事をしてから、鋼太郎の整骨院に戻った。

「ねえちょっと待って！　見て、あれ」

整骨院の前まで来て、小牧ちゃんが叫んだ。

「あれは……小太郎か？」

整骨院の前に、猫が横たわっていた。サバトラ柄なので一瞬、整骨院で飼っている小太郎に見えた。しかし……その猫は、動かない。がくん、と首をうしろにのけぞらせた不自然な体勢で倒れている。人間が近づけば動くか逃げるか、反応するはずなのに、ピクリともしない。

真っ青になった小牧ちゃんに背中を押された鋼太郎が近づいて見ると、それはやはり、猫の死骸だった。首のあたりが不自然に折れ曲がっている。

「ひどい……人間が、首の骨を折ったんだ、可哀想に……」

「小太郎？　小太郎なの？　ちょっと！　足で退かしたりしないでよ！」

小牧ちゃんが震える声で叫んだ。恐る恐る近寄って見ようとしたところに、別のサバトラ猫がにゃーんと鳴きながら現れた。

「あ、小太郎！」

小牧ちゃんが叫んでふらふらとしゃがみ込み、その猫・小太郎を抱き上げると、ぎゅっと抱きしめた。

「良かった……って、言っちゃうと、その猫に申し訳ないか……」

死んだ猫は小太郎ではないが、猫が殺されてしまったことに変わりはない。

「誰かが殺してここに置いた……？」

鋼太郎は家の中に入って、古いバスタオルを持ってくると、猫の死骸をそっとくるんだ。

「公園に埋めるわけにもいかないし……」

「ペットの移動火葬屋さんを頼みましょう」

小牧ちゃんが有無を言わせない調子で言って、小太郎を鋼太郎に渡すと、スマホで検索して電話をかけた。

「だって、この猫も可哀想でしょう？」

火葬車はすぐ来ることになったので、小牧ちゃんは整骨院から小さな箱を探してくると、猫の亡骸（なきがら）を持ち上げて、箱の中に横たえた。

そこで初めてリンさんとマイさんを見ると、二人とも真っ青な顔になっていた。

「大丈夫よ。入りましょう」

四人が整骨院に入り、小牧ちゃんがコーヒーを淹れているところに、新たな客が来た。

「すみません、整骨院は今日は臨時休業なので」

と小牧ちゃんが言いかけたが、やって来たのはフリーライターの高沢だった。しかし彼は左目に眼帯をして、顔の左半分が紫色に変色している。

「高沢さん、どうしたんですか、それ！」

鋼太郎が驚くと、高沢は弱々しく笑った。

「あんたも悪漢どもにやられたのか？　おれをこんな顔にしたのは、たぶん、マイさんを連れ戻しに来たあのスケベ社長か悪徳監理団体の差し金だと思うけど」

「僕の場合はハッキリしてます。そのスケベ社長です」

高沢はハッキリ言った。

「正確に言うと、スケベ社長の息子です。技能実習生に給料も払わないで奴隷のように使っていたのは岐阜県あたりが特に悪名高かったんですが、最近は北関東で……そのことを記事にしたら、スケベ社長の息子がね、『よくもあんな記事を書きやがったな！』って、僕の仕事場に殴り込んできて」

「それ、傷害事件じゃないですか！」

鋼太郎や小牧ちゃんは驚いた。リンさんやマイさんは、ますます青くなって抱き合って震えている。

「私、もう外に出たくないよ。『クスノキ』に行くの、怖い」

マイさんがそう訴え、リンさんも「私も……怖いよ」と言った。

「しかし、急に二人とも休まれると、大将も困ってしまうな」

「私が代打で行こうか？」

小牧ちゃんが手をあげたが、「君は料理とか出来ないだろ？」と速攻で鋼太郎に突っ込まれてムッとした。

「出来ます！　私は三食作れます！」

「だけど、お金取ってお客に出す料理だよ？」

「だって、『クスノキ』で出す料理って基本、焼いたり煮たりするだけじゃないですか。刺身を引くのは大将がやるんだし」

「その焼いたり煮たりの味付けと火加減が難しいんだろ！」

と、二人がやり合っているところに、錦戸がやって来た。

「いろいろ判ってきました」

錦戸はそう言うと、マイさんの前に立った。

「マイさん。正直にすべて話して貰えませんか？」

マイさんは曖昧な笑みを浮かべたが、逃がさないぞと言うような錦戸の鋭い目に射すくめられると、大きな溜息をついた。

「……私、ちょっと隠していたことがある」

マイさんはぽつりぽつりと打ち明けはじめた。

「私が、あのスケベ社長のところから逃げたハナシはしたよね？」

一同は頷いた。

「逃げたあと、リンさんを頼ろうとしたけど、リンさん、どこにいるかわからなかった。何日もたってお金もなくなったとき、私の国の人たちのグループのある事、スマホで見て連絡を取った、と言ったよね？」

「そのグループが、高沢さんも言っていた、逃げ出した技能実習生の人たちだったのよね？　マイさん、そこで犯罪に誘われたんだよね？」

小牧ちゃんが確認するように言った。

「そう。車で迎えに来てくれて、三日くらいアパートに泊めてくれたけど、万引きしてくるように言われた。でも私、盗みなんかできない。果物や子牛とか子豚を盗ってくることもできない。何も出来ないと居られなくなって……」

「そこまでは聞いたけど……」

口ごもりつつ訥々（とつとつ）と話すマイさんは、何が言いたいのだろうか。

「私……そのグループの男と昔からの知り合いだったね。それ、みなさんに言えなかった。だから、その男から連絡があったときは嬉しかったし……何と言うか……日本語で……渡りにフェリー？」

「それを言うなら『渡りに船』かな？」

鋼太郎が助け船を出した。

「そうそれ。それで私、彼のところに行って……その、あの、男と女の」

まあ、そういうことはあるだろうと一同は異論を挟まなかった。

「その彼の名前は、ハイ・ズオンですね？」

そう言った錦戸は、スマホを取り出して顔写真を表示させた。色浅黒く、精悍そうな顔立ちが印象的な長髪のイケメンだ。日本人や中国人、韓国人のような東アジア人よりもう少し南の人のようだ。

「あ！　こいつだ！」

それを見た鋼太郎が叫んだ！

「おれをぶん殴ったのは、こいつだ！」

一方、マイさんはスマホを見て硬直している。そして……やがて、か細い声で「そうです。この人が、ハイ・ズオンです」と認めた。

「この人とは私、結婚する前からの知り合いだった。子どもの時からずっと、私、彼の事が好きだった。それに私、困っていた。知り合いもいない。お金もなかった」

マイさんは必死になって言い訳をした。

「いやいや大丈夫ですよ。誰もマイさんのことを非難してません」

高沢がそう言って、マイさんを落ち着かせた。

「そうだよ。マイさんは悪くない」

小牧ちゃんもそう言うと、リンさんがホッとしたような顔になった。

「その事、言わなかったのは悪かった。ごめんなさい」

マイさんは頭を下げた。

「つまり、このハイ・ズオンが居るグループが、マイさんを連れ戻しに来た。そういうことですね？」

錦戸が警官らしく話を戻した。

「そう。私が言うのもヘンだけど、彼、私のことが好き。だから、私を連れ戻しに来た」

「マイさん、モテるね！」

鋼太郎が思わず言って、小牧ちゃんにたしなめられた。

「そういう話じゃないでしょうが。マイさんは困ってるんだよ！」

「それで、マイさんはどうするつもりですか？　彼らのもとには戻りたくないんでしょう？」

錦戸が聞くと、マイさんは戻りたくない、と首を横に振った。

「ハイ・ズオン、悪い人だった。ここの玄関を壊した。センセイのことも殴った。好きの気持ち、なくなった。それに、今戻ったら、絶対に、悪いことさせられる。それは絶対にイヤ！」

マイさんはハッキリと言った。リンさんもおずおずと言った。

「あの三人、最初から悪いヤツじゃなかった。ハイだって元は悪い男じゃないね。でも逃げたら、何かをしてお金を作らないとどうしようもない」

悪いことをする彼らにだって事情はある、と言いたいのだろう。

「それは、判ります。しかし、たとえばヤギを盗み出して、返して欲しかったらカネを寄越せ、と要求するのは窃盗と脅迫であって、これは日本の法律で裁かれないといけません」

錦戸はキッパリと言った。

「これはもう、技能実習生と監理団体と雇い主の問題ではありません。外国人犯罪集団をどう捕まえるかということになります。民間のあなた方がなんとかする事案ではなくなりました」

「だから警察がなんとかしなさいよ」

鋼太郎が口を尖らせた。

「言われなくても判ってます。ここに来る前に署長に事件の概要を伝えて、すみやかに犯罪集団逮捕を、と訴えました。しかし署長は……」

　腰砕けになった口調の錦戸に鋼太郎が言った。

「わかるよ。署長は動かなかったんだろ？　墨井署の署長ポストって、定年待ちなんだよな。この辺は特に事件も起きないから、特に遣り手でもない平凡なオッサンが定年を待つ、事なかれポストなんだよ。だから署長は何もしたくないんだろ？」

「その通りです」

「ちょっと待って」

　マイさんが手をあげて発言を求めた。

「錦戸さん、どうして彼の顔写真持ってる？　ハイから私に来たＬＩＮＥのメッセージの事をなぜアナタが知ってる？　私さっき『ヤギは盗んだ。返して欲しかったらカネを寄越せと言っている』とリンさんに伝えたけれど、私を差し出せとは言わなかったよ。あなた私の国の言葉、判らなかったし」

「日本の警察、あなたが思うより賢いね」

　マイさんの口調に釣られつつ、錦戸は得意げな笑みを浮かべた。

「捜査権を使って、ＬＩＮＥのサーバーと通話記録を調べました。そのうえでマイさんに届いたメッセージを特定し、送信したアカウントの持ち主を調べて、出入国在留管理庁の記録を照会しました。その上で、メッセージの翻訳を専門家に依頼して、内容を把握した上で、ここに来たのです」

　錦戸はマイさんに向き合った。

「今一度確認します。マイさんにメッセージを送ってきたハイ・ズオンは、マイさんの昔の恋人で、今、マイさんとヨリを戻したがっている。そうですね？」

　マイさんは、顔を赤くして俯いた。

「日本の警察、凄い……」

「しかし、ここまで判っているのに、そして私が対処を進言しているのに、ウチの署長は動こうとしない。あくまでも『外国人同士の内輪揉め』として処理したい、つまり放置する意向でした。しかし、大勢の区民から愛されているヤギのメエちゃんが盗まれてしまった以上、そうはいきません。ね？」

　錦戸の目は熱を帯びた。本気になっている証拠だ。

「そこで、名案が浮かびました。これで一気に解決です！」

　そう言った錦戸は、ニンマリした。

「署長を動かす名案を思いついたのです」

「なんだそれは？」

「ほかでもない、榊さんたちも知っているスナック『ぷりめーら』のママ、麗子さんを使うのです」

「え？　麗子ママを使うって？」

麗子ママはこの界隈のおじさんたちに人気のあるママだ。年増だが非常に色っぽい。

「そのママ麗子さんの自宅にまで嫌がらせがあった、ということにします。そして麗子ママから署長に直訴させるのです。署長は、麗子ママのことなら光の速さで動きます。なにゆえ、署長が麗子ママに弱いか？　それは、かねてより署長はあのスナックに通い詰めており、麗子ママを狙っているからです。本官は警視庁の監察に伝手があるので、この事実を把握しております。まあ、それが警察官としての不祥事に発展している、というわけではありませんが、警察は幹部の動向を常に監視しておりますので」

錦戸は一気に喋り、さらに一計を案じた、と言った。

「そうすれば外国人犯罪集団のみならず悪の監理団体、そしてマイさん、あなたにつきまとう元の雇用主までも一網打尽にすることができます。これは名案ではありますが、大胆すぎて、私単独で仕込むことは出来ません」

錦戸はマイさんに向き直った。

「それには、マイさん、あなたに囮になって貰う必要があります。スケベ社長もハイ・ズオンも、両人ともマイさんを手に入れたいのだから誘いに乗るでしょう。どうです？　勇気を出してやってみませんか？　そうすればあなたは、スケベ社長のような悪い日本人からも、お国の犯罪集団からも自由になれます！」

「警部殿、それはどういうことなんだ？」

鋼太郎を始め一同は、錦戸の「企み」に注目した。

「はい。つまり監理団体の佐々原と元の雇用主のセクハラ社長・栗木を、例の三人組の犯罪集団が襲うように仕組むのです。そして連中が襲いかかったところを、現行犯逮捕！という寸法です」

しかし錦戸以外の五人はまだ作戦を理解出来ないでいる。

「説明しましょう。ヤギを盗んだ男たちは、防犯カメラに映っていた三人、つまりマイさんを追っているハイ・ズオンをリーダーとする失踪技能実習生たちです。全員の氏名も判明しています。ハイ・ズオン、ホアン・レー、ナム・ブイ」

錦戸は男性三人の名前を読み上げた。

「そして……佐々原は、この三人の行方も追っている。そうですよね？」

五人は頷いた。

「佐々原とこの三人が出くわせばただでは済みません。そしてマイさんに囮になってもらえれば、両者をおびき出せます」

　錦戸の意図を五人は理解出来ず、お互い顔を見合わせた。

「どういうこと？」

　小牧ちゃんがやっと口を開いた。

「だから……マイさんを付け狙っている二つの集団を相討ちにさせようというのです。佐々原と栗木を三人組に襲わせる。その決定的な現場を警察が押さえる。そうすれば現行犯で逮捕出来ます」

「しかしそんな『用心棒』みたいなこと……上手くいきますか？　三船だって失敗したんだし」

「『用心棒』と言うより、むしろハメットと言って戴きたい。ハメットの『血の収穫』です」

　ハードボイルドの蘊蓄を無駄に披露する錦戸。

「まさか、決闘させるって事？　たしかまだ『決闘罪』ってありましたよね？」

　高沢はそう言ってスマホで調べた。

「『明治二十二年法律第三十四号、決闘罪ニ関スル件』！」

「もちろん知ってますよ」

　錦戸は涼しい顔で応じた。

「憲法が変わっても、この法律は今も生きています」

「そんな歴史ある法律を、警部殿が破らせていいんですか？」

鋼太郎は半分呆れて、訊いた。

「いいんです。決闘罪で逮捕するわけではありませんから。ハイ・ズオンたちが佐々原や栗木を襲撃しようとしたら速攻、暴行罪の現行犯で逮捕するつもりです。決闘の結果、両者滅びる、ということではなく、我々警察が逮捕するんですからね。それに、ズオンたちだけではなく、佐々原も栗木も法令違反をしていますしね」

問題ない、と錦戸は言った。

つまりこういうことですか、と鋼太郎は確認した。

「マイさんのお国のあの連中は、技能実習生として来日して以降に受けたひどい処遇により、脱走せざるを得なくなったので佐々原に恨みがある。一方、佐々原も逃げた連中の所在が判れば、元の職場に戻らせるなり、違約金を取って帰国させようとするだろう。つまり、両者が出会えばタダでは済まないと」

「そういうことです」

でもね、とマイさんが訴えるように言った。

「ズオンたちだって、悪いことをするために日本に来たわけじゃない。サカキさんも、ニシキドさんも、それは、わかってほしい」

　マイさんは泣きそうな顔になって続けた。

「かわいそうな女の人の話がある。日本で好きになった人がいて、子供が出来てしまったけど、それを言ったらクビになる。帰国させられる。だから誰にも言えなくて一人アパートで子供を産んだけど、その子は死んでしまって、相談する人もいなくて、ほんのちょっとの間だけ部屋にその赤ちゃんを置いておいたら、シタイイキで警察に捕まった。そんな女の人。日本の扱い、ひどすぎるのがいけないよ」

「本当にひどい……そんなことまであったの？　ねえ、こんな事ばかり続けていたら、そのうち日本に誰も来てくれなくなるよね？」

　小牧ちゃんが驚き、鋼太郎もそうだよな、と頷いた。

　高沢も彼ら三人組に同情的だ。

「まともな監理団体の仲介で来日していれば、彼らもこんなことには……」

「しかし高沢さん。彼ら三人は罪を犯しているのです。同情すべき点は多々あるとしても、犯罪を見逃したり不問に付すわけにはいきません。そこはご理解いただかないと」

　錦戸にそう言われた高沢も反論はしなかったが、鋼太郎はなおも懐疑的だ。

「しかし、警部殿の計画でうまくいくかねえ……」

「榊さん。これまで、私の計画が失敗したことはありますか？」

あったような気もするが、墨井区に来て以来、錦戸は運が強い。失敗スレスレで成功した薄氷の勝利ばかりとも言えるが、少なくとも失敗はしていない、と思う。

「よろしい。では、仕込みを開始します」

錦戸は、スナック「ぷりめーら」のママ・麗子に電話を入れて頼み、ママは「あら面白いじゃない」と快諾して、署長に電話で「架空の脅し」について話すことを約束してくれた。

「そして、マイさん。彼らをおびき出すには、あなたの協力が必要です」

錦戸は改めてマイさんの説得にかかった。

「でも……マイさんを囮にするのはあまりにも危険だし、マイさんの気持ちを無視してませんか？」

小牧ちゃんは不満そうだ。しかし、マイさんは決意したように頷いた。

「……そうね。判った。私、人身御供（ひとみごくう）になるよ」

「その言い方をされるとつらいな」

鋼太郎がぼそっと言ったが、錦戸は無視して続けた。

「そこまでの危険は無いと思いますよ。要するに、マイさんからあの栗木に連絡して、呼び出して貰えばいいんです。できれば、栗木と会って、ズオンに見せつけるよう、親しげに話して貰えれば、もっといい」

「それくらいなら、やるよ」

マイさんは再び、大きく頷いた。

そこに、錦戸に電話が入った。墨井署の署長からだ。

「はい、署長。承知致しました！　可及的速やかに対処いたします！」

直立不動で受け答えした錦戸は、一礼しつつ通話を切った。

「私の進言が通りました。『厳しい対応を命じる』との命令が下りました。麗子ママの威力は凄いです」

まさに、鮮やかな掌返し。

「では、早速動きましょう。マイさんには、栗木と会う約束をして貰います」

錦戸は、栗木の連絡先を調べはじめた……。


その日の、十三時。

隅田川に面するカフェで、マイさんは栗木と会った。オープンカフェだから、栗木もマイさんに妙な振る舞いには及ばないだろうという、錦戸の御膳立(おぜんだて)だ。

「この前、あなたにひどいことを言って悪かったよ。私、あれから反省したね。日本で働くのなら、やはりあなたの言うことを、私聞くよ」

「おおそうかマイ！　私も嬉しいよ」

マイさんは立ち上がり、向かい合わせの席から、栗木の横に移動した。そしてカラダをピッタリと寄せた。

「私、東京の暮らし、もう大変すぎて我慢できないよ。クリキさんの工場に戻りたい」

「そうか！　よく言ってくれた。今からでも帰ろう。特急に乗ればすぐだ」

栗木は浮き足だって腰を浮かせた。

「ああでも今すぐはダメね。私にも都合がある」

「じゃあ、いつがいい？　いつなら一緒に帰れる？」

栗木は今にも溶けてしまいそうな顔でデレデレした甘い声を出した。

「いつがいいかなあ……」

マイさんは小首を傾げて、思わせぶりに間を持たせた。じらすための引き延ばしだ。天性の資質があるのか、マイさんの演技は堂に入っている。

その様子を、錦戸と鋼太郎、高沢が盗み撮りをしている。小牧ちゃんもその脇で見守っている。隅田川を挟んだ対岸の公園の木陰から、超望遠レンズを使ってマイさんと栗木のツーショットを撮影しているのだ。マイさんには隠しマイクを仕込んで、音声は電波で飛ばしている。この機械は高沢から拝借した。仕事柄、こういう機材は揃えているという。

『……都合って……何かの後始末か？』

『そう。今バイトしてるお店、黙って辞めるわけにはいかない』

『律儀だね。お前のそういうところが好きなんだ』

栗木がマイさんの肩に手を回して抱き寄せると、マイさんはさすがに強ばった表情になった。

「今夜、クスノキですかね？」

鋼太郎は錦戸に訊いた。

「しかしクスノキでは、大将に迷惑がかかってしまうかもしれないが……」

心配する鋼太郎に錦戸は大丈夫ですよ、たぶん、と安請け合いした。

「ハイ・ズオンたちだって店の中で乱闘すると大変なことになると判ってるでしょうし、弁償はしたくないでしょう。そうなる前に逮捕しますから」

錦戸は、動画から何枚かの画像をキャプチャした。マイさんが仲むつまじく栗木に寄り添っている画像、栗木が「この女はおれのもの」と言わんばかりにマイさんの肩に手を回している画像……。

数枚を選んで、マイさんに執着している同郷の男・ハイにメッセージを送信した。それには「助けてほしい。私、悪い日本人に弱味を握られて言うことをきくように脅されている。今夜十七時に、『クスノキ』でまた会うことになっている」という内容を既に専門家に翻訳して貰っているので、それも添付して、流した。

「あとは、我々は『クスノキ』で待つだけです。細工は流流仕上げを御覧じろ、ってやつです」

隅田川の対岸のカフェでは話が付いたのかマイさんが席を立ち、その手を栗木が握りしめて別れを惜しんでいる。錦戸たちも撤収することにした。


その日の夜、十七時。

錦戸、鋼太郎、小牧ちゃん、高沢の四人は、クスノキの二階で関係者が揃うのを待っていた。以前は宴会場として使っていたが、そういう宴会はクスノキでは開かれなくなったので、今は倉庫兼、大将が家に帰るのが面倒になった時の寝床になっている。

錦戸たちが潜んでいると怪しまれないように、店内に数ヵ所の小型カメラを設置して、この二階でモニターすることにしたのだ。

厨房にいるマイさんは、栗木が来たら客席に現れるダンドリになっている。

大将は、常連客には「今日は貸し切りだから」と断りを入れておいたので、一般の客はいない。

やがて栗木と佐々原が店にやってきた。

あらかじめ打ち合わせたとおり、マイさんが厨房から出て、栗木の横に座った。

栗木は、佐々原がいるので、露骨にいちゃつくことも出来ず、普通に酒を飲み、マイさんに話しかけている。

店内には、栗木と佐々原、そしてマイさんの三人だけだ。

「どうした？　ハイ・ズオンたち、現れないじゃないか」

モニターを見ながら鋼太郎は錦戸に言った。

「連中、ワナだと勘付いたのでは？」

「いやいや、そんなことはないでしょう」

錦戸は自分が立案した作戦に絶対の自信を持っている。

「だけど警部殿……マイさんと栗木が写ってる例の画像、一体誰が撮ったんだってことになりませんか？」

鋼太郎は、ハイ・ズオンに送った画像を疑問視した。

「どう考えても『盗撮』じゃないですか。誰が撮ったんだって、疑問に感じて、それで警戒されたのでは？」

「たしかに……言われてみればセンセの言うとおりかもね」

小牧ちゃんも同意した。

そんなことはありません、大丈夫です、と錦戸は断言した。

「この画像を見たハイ・ズオンは頭に血が上って、おかしいとかどうとか考えないと思いますよ。なにしろ惚(ほ)れた女がよその男といちゃついているのですから。それに今、小牧ちゃんも言ったでしょう？　言われてみればって。つまり、言われなければわからない。パッと見て『誰が撮った』とは思わないってことです」

「そうかなあ？」

鋼太郎は首を傾げた。

「これでしくじったら、ハナシはこじれますよ？」

大丈夫です！　と言い切った錦戸だが、十七時三十分になっても十八時になっても、ハイたちが現れないので、次第に自信のない顔になってきた。

「いや……大丈夫です。間違いありません」

錦戸の顔色は、だんだん青くなってきた。これが失敗すると、囮になったマイさんは本当に栗木の愛人にならねばならなくなるかもしれないし、こういう作戦を立案・実行した錦戸も責任を取らされることは間違いない。墨井署というういわばぬるま湯的な署から、もっと田舎の、辺境の地の交番勤務にさらに左遷されるかもしれない……。

「ところで、ハイたちが殴り込みをかけてきたら、我々が飛び出すんですか？」

高沢の問いに錦戸は首を横に振った。

「イエイエ、皆さんをそんな危険な目には遭わせません。店にも危害が加えられないように、近くに応援を待機させております」

「じゃあ、空振りだったら、応援の警察官の分の人件費は、警部殿が自腹で弁償するんですか？」

鋼太郎が半笑いで訊いた。

「それはあり得ません。捜査は常に成功するわけではありません。失敗もする。その際、いちいち捜査責任者が自腹を切っていてはキリがありません！」

ムキになって反論する錦戸。

「なんですか榊さん。アナタは私に失敗して苦境に落ちて欲しがってるように感じますが」

滅相もない、と鋼太郎は手を振った。

「しかし……ハイ・ズオンのグループは失踪している元技能実習生ですよね？　何か事を起こして捕まるのは絶対にイヤなはずでしょう？　いくら佐々原が憎くても……出てきますかね？」

鋼太郎は再度、疑問を口にした。

「いいえ。私なら、この際、いい機会だから、と思うかもしれません。惚れた女を奪われたという怒りと、日本人への憎しみが必ず勝ちます」

錦戸は言い切った。

「でも、これで捕まったら借金だけが残るし、日本の牢屋(ろうや)に入れられるんですよ？」

「捕まる前にマイさんを奪還して逃げるつもりでしょう。それに万が一、捕まっても、佐々原と栗木の非道を告発して道連れにできます」

錦戸はそう言って頷いた。しかし、その頷きからは自信は消えている。

「あ、モニター見てよ！」

小牧ちゃんが叫んだ。

モニターには、三人の男たちが下の店に入ってくる姿が映し出されていた。ようやくハイ・ズオンたちが現れたのだ。全員が手に手に棒のようなものを持っている。

彼らを見た栗木が仰天してマイさんを見た。

「なんだこれは！　謀(はか)ったな？」

マイさんは咄嗟に逃げようとしたが、栗木が彼女の腕を摑んで引き寄せた。

「マイを離せ！」

ハイが怒鳴ったが、栗木も離すわけがない。

年配の日本人二人、対するのは凶器を持った若くて力がある三人。これではすでに勝負はついている。

「ハイ・ズオン、ホアン・レー、ナム・ブイだな？　ずいぶん捜したぞ！　黙って工場に戻れ！」

舐められまいとしたのか佐々原が怒鳴ると、リーダーのハイが怒鳴り返した。

「あんな地獄みたいなところに戻るわけないだろ！」

「そうだこの嘘つき！」

「詐欺師の日本人が！」

「うるさい！　お前たちは黙ってこっちの言うことに従ってればいいんだ！」

「バカ言うな！　おれたちは奴隷じゃない！」

「奴隷じゃない？　生意気を言うな！　マイをダシに使って我々を呼び出したのはハイ、お前の考えか？」

「ナニを言ってるのか全くわからん！　おれはマイから助けてと言われて、ここに来たんだ！」

「マイが助けてと言った？　なんだそれは？」

　マイさんは黙ったままだ。

　クスノキの店内で、二組が睨み合って罵声を浴びせ合った。

　錦戸は、といえば控えている応援の警察官に出動を命じるのかと思いきや、まだ動かない。

「まだです……もう少し引っ張ります」

「しかし、乱闘が始まったら大変ですよ！」

「榊さん。私だってプロですよ！　見くびって貰っちゃ困ります！」

「だけど、警部殿の作戦、もうバレてますよ？」

「大丈夫！　私は犯罪者の心理を読むのに長けている専門家ですよ！　ハイたちはワケが判らなくなると、絶対に爆発します！」

　錦戸はエリート警察官のプライドを前面に押し出して鋼太郎を黙らせた。

　果たして……我慢できなくなったハイが、マイさんを奪還しようとして、ついに栗木に殴りかかった。しかし栗木は、テーブル上のヤキトリの串入れを投げつけた。それはハイ・ズオンの額に命中して皮膚を切り、血が噴き出した。

「なんじゃこりゃあ！」

ハイがそう言ったように聞こえ、叫び声を上げた彼は栗木めがけて突進した。

それが開戦の合図となった。マイさんは栗木の手に噛みついて逃げ出し、それを見たハイが手にした棒で栗木を殴った。

「もういいでしょう！　すでに流血してますよ！」

鋼太郎は錦戸を急かした。

「いや……まだまだです」

どうやら警部殿は、ハイだけではなく、佐々原側が決定的な暴力を振るうのを待っているようだ。

ハイが持っていた棍棒が佐々原に取り上げられて遠くに蹴られた。

「あのクソジジイ、なかなかやるじゃねえか！」

鋼太郎が思わず叫んだ。そこで他の元実習生二人が佐々原にむしゃぶりついてボコボコにし始めた。

今だ、とばかり錦戸はスマホに向かって叫んだ。

「出動だ！　決闘罪と暴行罪で全員、現行犯逮捕！」

叫んだ錦戸は階下に走り、それに鋼太郎や小牧ちゃん、高沢も続いた。

近くに控えていた制服警官や捜査一係の刑事数名が駆けつけて割って入ったが……すでに店内は修羅場と化していた。

醤油や割り箸などは投げつけられて散乱し、テーブルや椅子も乱闘のどさくさにひっくり返されて大破し足も折れている。卓上ガスコンロにまで点火してそれを投げたりと、もう、メチャクチャだ。

「おい、催涙弾とか使わないの？　放水は？」

貸し切りにしておいて本当によかったと鋼太郎は震え上がった。

若い頃、機動隊と戦ったことでもあるのか、鋼太郎は錦戸に詰問した。

「機動隊は呼んでませんから」

錦戸は冷静に言ったが、ここでずい、と前に出た。

「こちらは警視庁墨井署生活安全課である！　地域の安全を乱し、集団で暴力を行使した容疑で、全員を刑法第一〇六条騒乱罪で現行犯逮捕する！」

その声に、佐々原と栗木はへなへなとその場に崩れ落ちた。

店の中は、かなり破壊され、荒らされてしまった。ハイ・ズオンら三人はすでに、制服警官や刑事たちが床に押さえつけている。

「たしかに警部殿が言ったとおり……頭に血が上った連中は、前後の見境がありませんでしたな。日本人側のおっさん二人を含め」

鋼太郎は店の惨状を見て、錦戸に言った。

「これも自腹で弁償ですか？」

それには錦戸も答えられなかった。

＊

「強引な手法ではなかった、とは必ずしも言い切れませんが」

墨井署の署長室で、錦戸はでんと座った署長に弁解した。

「しかし、私としては、監理団体の不正を暴いた上で、失踪した技能実習生の身柄も確保、複数の社会的課題解決の一助になったと自負しております」

「いや、そうとも言えるんだけどね」

苦労人なのが外見に現れて、顔色悪く頭髪も乏しい署長は溜息をついた。

「本庁からは、もっと穏便な解決策はなかったのかと、かなりキツいお叱りが来ている。幸い懲罰（ちょうばつ）は免れたが、今後はもう少し穏当で穏便な解決策を考えてくれんか」

定年間近でトラブルは起こしたくない署長は、ボヤくように言った。

「破壊された『クスノキ』は、店には保険を掛けてあったので、これを機会に改装するそうです。その費用は保険で賄うと」

　錦戸の後ろに控えていた鋼太郎が補足し、署長も鋼太郎たちに教えてくれた。

「地域の人たちから愛されていたヤギのメエちゃんは、ハイたちが潜伏していたアパートの裏庭で見つかった。無事だ」

　ヤギ鍋にされていなくてよかった。

「そして佐々原と栗木が逮捕された結果、マイさんも支援に繋がることができた。まともなＮＰＯが、新たな職場を紹介してくれたそうだ」

　署長の言葉に、鋼太郎の横に立っているマイさんはニッコリ笑った。

「はい。リンさんが前に勤めていた寮の寮母さんやるね。リンさんの時より仕事が多い分、お給料もいいいね！」

　それを聞いた高沢も、そしてリンさんも安堵の表情を浮かべている。

　小牧ちゃんが「ところで」と真顔になった。

「佐々原とその監理団体はどうなるんですか？」

「まあそれは警察がどうこうできる事ではないから、聞いた話になるが」

と前置きして署長が説明した。

「佐々原の監理団体は問題のある雇用主を放置しただけではなく雇用主と結託して技能実習生を苦しめたので、団体は解散ということになるだろう。佐々原は地元商工会から出向していたのだが、雇い主側から金品などのワイロを受け取っていたことも判明しているので、贈賄した側の栗木などを含めて刑法第一九八条並びに刑法第一九七条で起訴されることになる」

「ああそれと」

高沢が話に入った。

「私も取材してきたんですが、今回の件で法務省も動きまして、北関東全域の監理団体に査察が入って、きちんと法令に則った業務を実行しているかどうか、厳しく指導して居るとも聞きました」

錦戸はマイさんとリンさんに向かって、深々と頭を下げた。

「日本人として、そして司法警察官として申し訳なく思っています。私、個人としては、技能実習生という制度自体に問題があると思っています。とは言え、運用する側がまともに仕事をすれば、ある程度まではトラブルも防げるとも思っています。警察としては、今後ともこのシステムを悪用して技能実習生のみなさんを苦しめる悪党を、ビシビシ取り締まる所存です」

そう言った錦戸は、マイさんに向かって、再度頭を下げた。

「これ、記事にしていいですか？」

高沢が訊いて、錦戸は「どうぞどうぞ！」と言ってしまってから、署長の顔を窺った。

「かまいませんよね、署長？」

「ああ。見事解決したんだから……まあいいんじゃないかな」

署長のお許しが出た。

「なんだよ。警部殿が一人勝ちというか、一番いい役回りになってるじゃないか」

横で見ていた鋼太郎がボヤいた。

「警部殿のオゴリで許してやるか」

「いや、ここは署長のオゴリでは」

言ってしまってから、署長の渋い顔を見て「またまた大変失礼を申しました」と敬礼した。

「まあ……錦戸課長、君の警視庁での覚えはめでたくないが、私としては頼りにしているよ。一杯くらいなら贈収賄（ぞうしゅうわい）にはならんだろう」

そう言うと署長は立ち上がった。

「何処へ？」

錦戸が訊くと、署長は笑顔で答えた。

「決まってるだろう！　クスノキに行こうじゃないか」

「いやしかし、店は破壊されて休業中ですが……」

そういう錦戸に、署長は笑った。

「二階でちょっと、飲ませてもらおうや……お詫びがてら」

「大将、きっと怒ってるだろうな」

心配そうに言いながら、一同はクスノキに向かった。

第二話　クレイマー・クレイマー

「最近、裏の保育園がうるさくてね」

治療台の上で年配の婦人が愚痴(ぐち)った。

「子供がぎゃんぎゃん泣くの。それもただ泣いてるんじゃないの。それはもう異常なほど泣き喚(わめ)くのよ」

「ん？　君枝(きみえ)先生、まさかそれは子供の声がうるさいから保育園を閉鎖に追い込もうって話じゃないですよね？」

整体の施術(せじゅつ)をしながら鋼太郎(こうたろう)は冗談めかした。患者のこの老婦人は口やかましいことで有名な存在だからだ。

「ほら、ちょっと前に子供の遊ぶ声がうるさいからって、公園を閉鎖に追い込んだ大学名誉教授がいたじゃないですか」

「違うわよ！　それとは全然違います。墨井(すみい)保育園は地域にとっても社会にとっても、大事な場所だと思ってるわよ！」

　整骨院の常連である君枝先生はキッパリと言い切った。

「ワタクシ自身の子供だってお世話になってるんです。由緒(ゆいしょ)ある保育園ですよ」

　だから気になるのよ、と君枝先生は続けた。

「普通のうるささじゃないのよ。普通に叱(しか)られて泣いているとか、ワガママが通らなくて癇癪(かんしゃく)を起こしているとかじゃないの。ワタクシは長年保育園の裏に住んでいますし、そういうのはずっと聞いて暮らしているし慣れてるから、全然うるさいとは思いませんよ。普通、ならね」

「はい君枝先生、どこか痛いところありませんか？」

　鋼太郎は君枝の腰に手を置き、腰椎(ようつい)五番の周囲の筋肉の緊張を取りながら、聞いた。

「ああ、ちょうどその辺がちょっと痛くて……でね、墨井保育園だけど、いわゆるギャン泣き、って言うのかしら、それが凄くて、ちょっと尋常(じんじょう)じゃない感じでね」

「尋常じゃないというのは、ただ大泣きしてるワケじゃない感じで？」

　鋼太郎は特に保育園に興味はないが、聞いた。客に喋(しゃべ)らせるのは客商売の基本だ。

「なんて言うのかしら。子供がいれば判るでしょう？　先生だってお子さんいるなら判るでしょ？」

「いやあ、もう四十年以上前の事ですからねえ……よく覚えてないです」

「男親はそれでいいのよね。仕事に逃げて、面倒なことは全部奥さんに丸投げするから。アナタもどうせその口なんでしょ？」

いきなり直球が来て、妻に逃げられた鋼太郎の急所をヒットした。

「え。先生、どうして判るんですか？」

「それは実際に子育てに関わって夜泣きに困り果てたり、何をしても泣き止まないのに途方に暮れた経験があれば、よく覚えてないなんて口が裂けても言えませんよ」

鋼太郎はぐうの音も出なかったが……しかしこの君枝先生は、この界隈では有名なクレーマーだ。近所のスーパーにも始終投書している。トイレ近くの掲示板の「お客様の声」には常に彼女のクレームが貼られている。町内会の掲示板にも「ゴミ集積場が汚い」「犬の糞が放置状態なのは困る」はまだ良いとして、「資源ゴミのペットボトルに、完全に潰されていないものが三本もあった」「公共スペースである筈の集会所の前にタバコの吸い殻が落ちていた。たった一本ではあるが、本来あってはならないことだ」「猫に服を着せて飼っている住人がいる。虐待では？」などなど、ありとあらゆることに意見と異論を述べる、非常に面倒くさいタイプの女性だ。夫に先立たれ、子供たちも独立して一人暮らしなので、孤独を紛らわすための「抗議活動」なのかもしれない。

だがしかし……君枝は言葉数は多いが、主張にはスジは通っていて間違った事は言っていない。齢八十五でありながら背筋も伸びて足腰は丈夫、言語明瞭で声にもハリがあり、頭脳も明晰だ。美しい白髪をいつもきちんとセットして、それなりに金のかかった服装。スマートフォンも高価な最新機種を使いこなしている。

元小学校の先生だから頭も良い。彼女が文句を言うときはほぼ完璧な理論構築が出来ているので、ヘタに反論すると完膚なきまでに叩き潰されてしまう。クレームを受けた側も身構えざるを得ない。だから彼女のことをみんな「君枝さん」「君枝先生」ときちんと呼んでいる。この辺には彼女の教え子のおじさんおばさんも多数棲息しているから、余計に彼女に楯突けないのだ。かくいう鋼太郎も、君枝の教え子だ。

「ワタクシ思うに、あの保育園では、実は、子供への虐待が行われているのではないかと」

「先生、それは保育園の子供のうるさい声だけで判断したんですか？」

「そうね。よく聞くと、保育園の先生が怒鳴ってる声がちょっと聞こえたりもするわけですよ。ちょっとだけ。だけどその後に子供が、火が点いたみたいに泣き出すわけ。だからこれはワタクシのただの推測とも言えないんじゃないかしら。明らかにヘンでしょう？　いわば教師をやってた者としての勘ですよ。でも、ワタクシの判断はだいたいが正しいのよ。この前の町内会の町内会費の着服、ワタクシが睨んだとおり、町内会の副会長が犯人だったでしょ！」

たしかに、最近やたら町内会の副会長が旅行に行ったり出歩いてるなと思ったら、町内会費を横領していたことが判った。町内会の経理を長年担当していた副会長は、家業の酒屋が潰れそうなのに三泊四日の北海道旅行をしたり近所で一番高いレストランで週何度も豪華ディナーを食べていたりしていたのだ。その横領が露見して、全額返すから警察沙汰にはしないでくれと懇願されて、町内会とそのメンバーは全員、この件をウヤムヤにしたのだが、この事件の発端も、君枝先生だった。

『最近、副会長の暮らしぶりがなんだか派手よねえ。酒屋はコンビニに押されてお客は来ないのに、その割には株で損した儲けたと自慢しているし、独立した息子さんとは疎遠だから援助もないだろうし……庭から小判でも出てきたのかしらねえ？　ってカマ掛けたら、遠縁の遺産を相続したって。自分の遺産が相続されるようなトシしてよく言うわよねえ』

と、ここで整体の施術を受けながら君枝先生が話した事を、待合室にいた町内会の有力者（実は副会長と子供の頃から仲が悪い）が耳にして、帳簿を調べて発覚したのだ。

「はい君枝先生、今日はこれでいいですよ」

施術を終えて鋼太郎は君枝先生を起こした。

「でもね、いくらワタクシが虐待じゃないかしら、と訴えても、警察は物的証拠がないと、の一点張りで」

　彼女は治療台から降りて着衣を正しながら言った。

「門前払いですよ。でも物的証拠ってどういうことかしら？　子供さんの身体の傷？　だけど、親でもないのに写真なんか撮れませんよ」

「君枝先生、警察に行ったんですか！」

　鋼太郎は驚いた。

「ええ。行ったと言っても、警察署に出向いてきちんと書類を出したわけではないの。散歩をしていたら、たまたま交番にお巡りさんがいたから、立ち寄ってお話をした程度よ。でも、全然相手にされなかったのが悔しくて」

「それはそうでしょう」

　と一応同情してみせたものの、このヒトなら仕方がない、と鋼太郎は思った。筋の通った言い分でも、何でもかんでも噛（か）みついていたら煙たがられるだけだ。

　とは言え……話の内容を聞くと、ただの噂話で済ませられることでもないかもしれない。

「でも、泣き声だけじゃあ警察も動けないですよね」

「それよ。ワタクシだって子供がうるさいというだけで、いちいち警察に申し入れるほどモーロクしてませんよ」

　君枝先生は、実はねと声を潜めた。今日は待合室には誰もいないが、重大な話をアナタにだけは明かす、という風情だ。

「良からぬ噂を聞いたのよ。あそこの保育園には悪い先生がいて、子供をいじめてるって」

「え！」

「子供を迎えに来たお母さんたちが世間話をしてるのを聞いてしまったのよ」

　君枝先生は多少耳が遠いが、外国製の最新鋭補聴器を使っている。

「子供が親御さんに泣いて訴えたそうなんだけど、ルミコ先生は評判がいいし、朝のお迎えの時も、帰りのお見送りの時も素敵な笑顔の先生だから、まさかね、って」

「そのルミコ先生一人がいじめてるんですか？」

「そうでもないらしいの。でもね、ワタクシが話を聞こうとしたら、お母さんたちはわざとらしく笑って行ってしまったから、詳しい事が訊けないの。でも、何でもないことだったら、聞かれたことには答えるんじゃないかしら？　妙に隠しているみたいなところが、どうも気になってね」

「それは君枝先生がコトを荒立てそうだから、じゃないんですか？」

鋼太郎は彼女の『前科』を遠回しにほのめかした。

「それはそうかもしれないけど、本当に何にもなければ、ワタクシの誤解を解（と）こうとするはずじゃなくて？」

「それもそうですね……それはたしかに、ちょっと心配ですね」

「でしょ？　榊（さかき）クンもそう思うでしょう？　ああよかった。ワタクシだけじゃなくて」

君枝先生はホッとしたような笑みを浮かべた。

「そうだ！　やっぱり今からもう一度……今度はきちんと警察に行くから、榊クンもついてきてよ！　生活安全課のエラい人と榊クン、仲がいいって自慢してたじゃないの！」

「いやそれは……」

どうせヒマなんでしょ！　と鋼太郎は有無（うむ）を言う暇もなく、強引に墨井警察署に連行されてしまった。

「なるほど」

事情聴取に使う面談室で君枝先生の訴えを聞いた錦戸（にしきど）は、しげしげと君枝先生を見た。

「……井戸田（いとだ）さん、井戸田君枝さん、八十五歳でらっしゃる。お元気そうでなによりです」

錦戸はあくまでもジェントルな態度で君枝先生に接した。

「ところで……は、……でしたっけ？」

「は？　なに？　なんですか？」

君枝先生は耳をそばだてた。

「ですから、……は……ですかと伺ったのですが」

「あなた、錦戸さん？　声が小さいですよ。もっとハッキリ言ってくれなくちゃ」

君枝先生は文句を言った。

「今伺ったのは、お使いの補聴器はいつお求めになられたのかと言うことです」

「あなたは補聴器のセールスマンなの？　ほら、ご覧になって。これは最新型よ」

君枝先生は耳から補聴器を外して錦戸に渡した。

彼は手に取って微に入り細をうがつように眺めた末に、言った。

「井戸田さん。申し訳ないのですが、この補聴器は最新型ではないです。もう四年も前の製品で……それでもメンテナンスをきちんとしていれば初期の性能を維持できるのですが、その辺はどうです？」

「電池は替えてますけど？　聞こえにくくなったと思ったら交換してますよ」

「あの、電池交換だけじゃなくて、補聴器は精密機器なので、マイクの部分とスピーカーの部分、増幅の部分のチェックをする必要があります。特に耳に入れる部分は……」

　錦戸は机の引き出しからコンパスを取り出すと、その針の部分で補聴器の耳の内部に当たる部分を綺麗に掃除して、カスを取り出した。

「大変申し訳ありませんが、こういう初歩のメンテナンスをしないと、どんな高い補聴器もきちんと機能しませんよ。ご老人にこういうことを申し上げるのは心苦しいのですが」

「じゃあなんですか、アナタは、私の耳が悪いとでも仰るの？」

　君枝先生は怒った。

「いえ、補聴器は精密機器ですから、中の部分が不調になって、雑音が生じている可能性もある、ということです」

「ちょっと！　この人はナニを言っているのかしら？」

　君枝先生は怒って、付き添ってきた鋼太郎を睨み、錦戸を指差した。

「この方は本当に警察官なの？　生活安全課のヒトなんてウソじゃないの？」

「ウソではありません、先生。警視庁墨井署生活安全課の課長の、錦戸警部です」

　鋼太郎はそう答えたところで、錦戸の言わんとするところを悟り、補足した。

「つまり警部殿は、君枝先生の補聴器がきちんと作動しているかを問題にしているのです」

　それを聞いた君枝先生は怒った。

「ワタクシはきちんと聞こえております！　だいたい警部如きがなんですか？　補聴器のプロでもないくせに！　もっとエラい人を連れてらっしゃい！」

　君枝先生は吠えた。

「いえ、先生。警部殿が生活安全課で一番エラい人です。この上になると署長になってしまいます」

　鋼太郎が説明したが先生は聞き入れない。

「ウソおっしゃい！　副署長がいるでしょ！」

「あの、副署長は広報担当ですので、捜査的には関与はあまり……」

　ここで錦戸は、露骨に辟易した表情を見せた。

「あの、井戸田さん。井戸田さんは、この辺ではなんにでも噛みつくクレーマーとして有名なんですよ。ご自身でお判りになっていますか？」

「失礼な！　だって子供を怒鳴りつける、凄い声が聞こえるんですよ！」

　君枝先生は怯まない。

「先ほどのお話では、子供の泣き声が尋常ではないとはおっしゃいましたが、子供を怒鳴りつける声が凄いとはおっしゃいませんでしたよ」

錦戸は冷静に指摘した。

「このままでは、これも井戸田さんの数あるクレームの一つでしかない、ということになってしまいます。まぁた井戸田さんか仕方がないな、警察もそんなにヒマじゃないんだよな～で終わりですよ」

「なんですかそれは！」

いきり立つ君枝先生に、錦戸は諭すように言った。

「井戸田さん、ご自分のこれまでのクレーム、覚えてますか？　たとえば近所の人たちの犬や猫の飼い方が悪い、猫に服を着せるな、毛繕いができないのは猫にとって人がスマホを奪われるに等しいストレスであるとか。もっとひどいのは、食券の券売機の前でいつまでも迷っている人がいるからなんとかしてほしい、なんてのまでありました。それは決められない客に言ってくださいって話ですよ。警察ではなくて。あなたはね、これまで、どうでもいいようなことをさんざん苦情として申し立ててきたんですよ。お判りか？」

錦戸の言い方があまりにもつっけんどんなので、鋼太郎は腹を立てた。

「ちょっと警部殿。その言い方は君枝先生に失礼じゃないですか」

「そうですか？　であるならば、お詫びします」

錦戸は儀礼的に頭を下げた。全然心がこもっていない謝罪だ。当然、君枝先生は納得しない。

「ですから子供を怒鳴る声もしたんですよ。言い忘れましたけど、保育園の先生が怒鳴ってる声がちょっと聞こえたりもするわけですよ。ちょっとだけ、ですけどね。でもその後に子供が、火が点いたみたいにギャン泣きするわけ。お判り？　明らかにヘンでしょう？これは教師をやってた者としての勘ですよ。何度も言いますけど。それにワタクシの勘は外れません。例の町内会の」

「町内会費の横領については、きちんと警察沙汰にすべき事でしたね。まさにゴメンで済めば警察いらない、です。都合の良い時だけ警察を利用しようというのは、如何なものでしょう」

錦戸は木で鼻を括ったように言った。

「とにかくですね、戸井田さんの言い分では、あくまで『子供を怒鳴ってる声を聞いた気がする』程度なんですよ。具体的な証拠がないと」

「証拠証拠とおっしゃいますけどね、よほど激しく叱られるか折檻されないと、あんなに火が点いたみたいに泣きませんよ！」

君枝先生はなおも言い募った。

「やれやれ。堂々巡りだ、これでは……」

錦戸は西洋人のようにオーバーに肩を竦めて鋼太郎を見た。どうにかしてくれと目で訴えている。だが君枝先生も一歩も退かない。

「あなた、ワタクシの長年の教師の勘と、母親の勘を信用しないのね？　アレは絶対、保育園で虐待が起きてますよ！」

＊

居酒屋クスノキで、鋼太郎はボヤいた。

「とにかく君枝先生も頑固だから、一度言ったことは引っ込めないし、警部殿も理詰め一辺倒で、証拠がなければ、としか言わないから平行線でさあ」

愚痴る相手は小牧ちゃんだ。

「それで夕方休診にしたんですか？　君枝先生のあとの施術を全部キャンセルして？　そんなことしてたらタダでさえ少ない患者さん、もっと減らしますよ」

小牧ちゃんは小言を言った。

「整骨院が潰れたら、退職金ドーンと貰いますからね！」

「イヤなこと言うなよ……」

鋼太郎は小牧ちゃんに言い返そうとしたが、反論する材料が何ひとつないことに気がつき、絶句してしまった。

そこに、以前はこの「クスノキ」でバイトをしていた女子高生トリオ、ケバい純子(じゅんこ)・おとなしいかおり・真面目なメガネ女子瑞穂(みずほ)が、珍しくやってきた。女子高生がお酒も提供する店でアルバイトをしてはイカンと指摘されたので、今は土日のランチタイムだけのシフトだ。

「あ、いらっしゃい!」

彼女たちの後釜(あとがま)として働いているリンさんが三人に声をかけた。

「どうする? アナタたち、ナニ食べるか?」

「あ……今、お金ないし」

トリオで一番真面目な瑞穂が遠慮したが、リンさんは心得顔(こころえがお)でうなずいて厨房(ちゅうぼう)に入り、しばらくして出て来たと思ったら焼きそばを三皿、どんとテーブルに置いた。

「これ間違って多く作ったね。食べて」

間違って作ることはない。これは大将とリンさんの好意だ。

「あ、じゃあ戴(いただ)きます!」

調子のいい純子が答えて、三人は焼きそばを美味(おい)しそうに食べ始めたが、それでもヒソヒソと何かを話し合っている。

「おじさんに話す？」

「いや、まだ確証がないから……本人に直当たりして頼んでみる」

「そのヒト、この店に来ることがあるってマジ？」

「そう聞いたけど……」

と、その時、女性の三人組が入ってきた。二十代・三十代・四十代のある意味バランスが取れた三人組だが、店の奥の方のテーブル席について、リンさんに「ハイボール三つね！」と声をかけた。

「あの人たちだ」

女子高生トリオはお互いに頷き合い、マナジリを決した。

討ち入り直前の赤穂浪士か、はたまた桜田門に向かう勤王の志士か、と鋼太郎は思ったが、いったい彼女たちは何をするつもりなのか。

どうした、と声をかけようとしたとき、トリオの中で一番しっかりした瑞穂が立ち上がり、それに遅れて他の二人も立ち上がると、さっき入ってきた女性三人組のテーブルにツカツカと歩み寄った。

「あの、みなさん、ちょっといいですか？」

瑞穂が口火を切った。

「はい？」

三人の中の三十代に見える女性が顔を上げた。ぱっと見は目鼻立ちがくっきりした美人。薄いブルーのブルゾンを羽織って明るい印象で、背が高くてスレンダーでスポーツをやっていた感じがある。

対する女子高生トリオは、瑞穂が代表して話している様子だが、鋼太郎からは背を向けた位置になっているので、その様子は見えず、声もよく聞こえない。

「はい？　ちょっとナニ言ってるのか判らないんですけど」

その「ぱっと見美人」は大きな声と明るい顔で笑みを浮かべて首を傾げた。お客様係がクレームに対応している感じだ。

他の二人、二十代と四十代は黙っている。どちらも地味目でダーク系の服を着て、俯いたままだ。ぱっと見美人は、だが、次第に苛立ってきたようだ。

「なに？　何が言いたいのよあんたたち？　ちょっとなに言ってるか判らないんですけどぉ」

ここが笑うところだというように、彼女はツレの二人を交互に観た。

瑞穂はまた何か言ったようだが、その女性にはまったく相手にされない様子で、結局、女子高生トリオはすごすごと自分の席に戻って来た。

「やっぱり駄目だよ……証拠もないし」

「出直すしかないか……」

「でもなんか、あの人感じ悪いよね。マジでそういうことしてそう」

トリオは小声でヒソヒソと語り合っていたが、鋼太郎が事情を訊く前に、「帰ります！」と店から出て行ってしまった。

鋼太郎が女性三人のテーブルを見ると、さっきの「ぱっと見美人」が帰っていく女子高生トリオの方を見て、ギャハハと大笑いしている。その顔にはバカにしきった表情が浮かんでいて、残りの二人はお追従笑いを浮かべている。

「子供だから判ってないんですよ。な～んにも」

そう言ったのは四十代に見えるおばさん。明らかに「ぱっと見美人」に迎合している。

「そうよねえ」

ぱっと見美人はこのグループのリーダーなのだろう。余裕の笑みを浮かべて鷹揚に頷いた。

「そうですよ。高校生なんてエラソーにしてても、まだまだガキですから」

おばさんは、ハエのように手をすってボスに擦り寄らんばかりだ。

「あら、アナタそのピアス、新しく買ったの？」

リーダーのぱっと見美女は擦り寄りおばさんの右耳を指で弾いた。

「え？　あ。はい。たまたまセールだったので……」

「いいわね〜。あたしら正規職員は報酬カットで、アクセサリーなんか最近、全然買ったこともないのに、あなた、生意気じゃない？　あーあ、いいわよねえ、契約の人は責任ないくせにお給料いいし」

そんな事を言われた擦り寄りおばさんは、大慌てで手を振って否定した。

「そっ、そんなことないです！　お給料なんか全然安いんですよ。私らには社会保険もないし……あの、よかったらこのピアス、三沢センセイ、つけてみます？」

おばさんは自分の耳からピアスを外すとリーダーに渡した。

「あら、いいの？」

そう言いながら遠慮せずに自分の耳に付けると、三沢と呼ばれたリーダーはおばさんと、もう一人の若い女性にかわるがわる横顔を見せた。

「とても似合ってますよ！　お似合いです！」

「そ？」

リーダーは外すフリをしたが、それは格好だけだと言うことは仕種で判る。

「あ、そのままそのまま。外さなくて結構です。宜しければ使ってください」

「そ？」

リーダーは耳から手を離した。

「悪いわね。成田さん、アナタの次の契約更新、悪いようにはしないから。園長に言っといたげる。アナタはウチの園で一番長いし、勝手も判ってるもんね！」

「ありがとうございます！」

成田と呼ばれたおばさんは平身低頭した。

「雇い止めになったら、あたし、本当に困るんで」

成田はリーダーのグラスが空いているのを見て「ハイボールお代わりね！」と叫んだ。

「大丈夫よ。あの園長、頼りないけど、あたしの言うことなら大体聞いてくれるから」

「有り難うございます。なんといっても三沢先生、三沢瑠美子先生は園長の右腕ですもんね。瑠美子先生がいなければ園長、なんにも出来ませんよ。あの二代目、なんにも判ってないんだから」

おばさんはモーレッにゴマをすった。

「何言ってるのよ成田さん。アナタは私より古くてホントは先輩でしょ。先代の頃から園にいるんだもの」

「いえいえ私なんかただ古いだけですから」

成田は、必死に謙遜して見せた。

「だけど先代が急に亡くなってサラリーマンから急遽転職した園長もねえ。息子さんだからって無理がありますよねえ。素人だからなんにも判ってないしねえ」

リーダーみたいなのが三沢瑠美子、擦り寄りおばさんが成田というのか、と鋼太郎は観察しながら思った。小牧ちゃんも黙っているが興味津々であの三人を眺めている。

やがて保育園の正規職員の三沢瑠美子と契約職員の成田の矛先は、三人目の若い女性に向いた。

その女性は三人の中で一番若く、小柄で気が弱そうで、おどおどと二人の会話を聞いている。

「あのさ丹羽ちゃん、アナタに注意しようと思ってたんだけどさ、アナタ園児に甘すぎるよ。あれじゃどんどん園児がワガママになってどうしようもなくなるよ」

リーダーの瑠美子先生が言った。丹羽ちゃんと呼ばれた一番若い女性は、リスみたいに小さくて、可愛い。

「そうだよ丹羽ちゃん。瑠美子先生の言うとおりだよ」

成田もそれに乗っかった。

「丹羽ちゃんね、うちらがせっかくガキどもをしつけてルールを守らせているのに、あんた一人が甘やかすから台無しじゃん。あんたの甘やかしがみんなの迷惑になってること、気づいてる？」

丹羽さんは成田に追い打ちをかけられ、硬い表情と動きでこくりと頷いた。

「成田さんの言うとおりだよ。あんた、この仕事向いてないんじゃない？　さっさとやめたら？」

嵩に掛かって瑠美子先生も追撃する。

「そんな……墨井保育園を辞めさせられたら、私、どうしたら……これ以上家族に迷惑かけられないんです」

丹羽さんにはいろいろ事情がありそうだ。

リーダーの瑠美子はあはは、と笑って手を叩いた。

「冗談よ、冗談。そうやってすぐパニクるから、丹羽ちゃんって面白い」

瑠美子は爆笑している。

「あんた面白いから……そう簡単にやめさせないって。安心しな」

それを聞いた丹羽さんは、ホッとしたように表情を緩めた。

「ありがとうございます。でも……今日みたいなことは……あおいちゃんのこと、何もあんなに怒らなくても。あんたみたいな駄目な子は死んだほうがいいとか、もう来なくてもいいとか、お母さんに言いつけて叱ってもらうとか、あれはひどすぎると思うんですが」

あおいちゃんはすっかり怯えて、普段しないお漏らしまでしてしまったんです、と丹羽さんは必死になって訴えた。

すると瑠美子先生の顔から笑顔が消えて、目が吊り上がって般若の形相になった。

「何よあんた？　非正規のくせに生意気なのよ。ちょっと丹羽さん！　丹羽琴美さん！」

三沢瑠美子は丹羽さんの名前を連呼した。

「知ってるんだからね。あんた小学校の時からずっと頭が悪くて運動もダメで、クラスのお荷物だったって。あんたみたいなグズのダメ人間に育てられたらそれこそ、あおいちゃんが駄目なグズになってしまうでしょ？　それじゃ可哀想だから、うちらはあえて厳しくしてるわけ。あんた、それ判らないの？　やっぱり園長に言いつけてあんたのこと、クビにしてやろうか？　こっちの意図も判らないようじゃ、保育士失格だわ」

丹羽さんは真っ青になって、テーブルに手をつき、額を擦りつけるようにして謝った。

「それだけは……それだけは勘弁してください。生意気なことを言いました。ごめんなさい」

「ふーん。ほんとうに悪いと思ってるの？」

リーダーの瑠美子は、腰巾着（こしぎんちゃく）の成田に訊（たず）ねた、というかほとんど同意を強要した。

「ねえ成田さん、どう思う？」

成田さんはここぞとばかりに頷いた。

「瑠美子先生のおっしゃるとおりです！　こいつ、全然悪いなんて思ってませんよ」

そう言い放たれた丹羽さんは呆然（ぼうぜん）としている。

「だから、本当に悪いと思ってるんなら、その気持ちを行動に表してもらわないとねえ。こっちは判りませんよねえ」

瑠美子先生と成田のクズ女二人に寄ってたかって責められた丹羽さんは、意を決したように立ち上がると、なんと「クスノキ」の土間に座り込み、手をつき、額を擦りつけて土下座してしまった。

「どうか……どうかお許しください！」

その光景を見た小牧ちゃんは、ブルブルと震えだした。恐怖ではなく、怒りに震えているのだ。

「あんたたち、何やってんのよ！」

鋼太郎が止める間もなく、小牧ちゃんは立ち上がると瑠美子たちのテーブルにツカツカと歩み寄ってしまった。

「さっきから聞いてたら何よアンタら！　幼稚園だか保育園だか知らないけど、子供を教える立場の人が、なにそれ？　こんな風に同僚の先生をイビって虐めるわけ？」

そう言われた三沢と成田は目を丸くして驚いている。

「なんなのアンタ。関係ない人が口出さないでくれる？」

「口出すわよ！　みっともないって言うか、ひどすぎでしょ！　ヒトに土下座とかさせて平気なわけ？　アタマ大丈夫？　おまえら正気か？　ああっ？」

小牧ちゃんは目を剝き、頭の脇に指を突き立ててグリグリした。

文字通り怒り心頭の小牧ちゃんにはらはらした鋼太郎は止めようとしたが、元ヤン小牧ちゃんの怒りの迫力に思わず怯んでしまった。

「ほら、丹羽さんだっけ？　あなたも黙ってないで、こんな理不尽で非道なことには抗議すべきよ！」

しかし丹羽さんは、三沢と成田、そして小牧ちゃんにまで頭を下げて「ごめんなさい、ごめんなさい」とひたすら謝るばかりだ。

そこに、厨房から大将が現れ、瑠美子先生がホッとしたように泣きついた。

「ねえ大将、このヒトがいきなり人の話に入ってきて喧嘩を売ってくるんです。迷惑ですよね！　大将からも言ってやってください！」

しかし大将は怒りの表情で三沢と成田を睨みつけた。

「あんたら、けえってくんな。お代は要らねえよ。うちの店はテメエらがいじめを楽しむためにあるんじゃねえんだよ。さあ、とっとと帰れ。そして、今後は出入り禁止だ！」

「え？」

大将の言葉が理解出来ない、という表情の三沢と成田は、口を半開きにして茫然自失のテイだ。

「だって、私たち、客ですよ？」

「だから、お代はいいって言ってンだろ？　金を取らなきゃ客でもなんでもねえや！」

さ、けえってくんな！　と大将が追い出しにかかるので、三沢と成田の二人はしぶしぶ店を出て行った。一歩遅れて、丹羽さんは二人の後を追おうとしたが、小牧ちゃんに両肩をつかまれ、押さえつけられるように空いた席に座らされた。

「やめな。あんたまで出てくことないから」

大将は入口に出て、往年の力士・水戸泉のように豪快に塩を撒いている。

「一昨日来やがれ！」

店内では、泣き出した丹羽さんに小牧ちゃんが水を飲ませて落ち着かせた。

「今一緒に外に出たら、あの二人に吊し上げられるよ」

「でも……でも、明日のことを考えると……」

困り果てた様子の丹羽さんを見て、鋼太郎は腕を組んで考え込んだ。

「あの瑠美子先生って女は相当プライド高そうだから、たしかに、恥をかかされたって丹羽さんに怒り心頭なんじゃないのかな」

「だってそんなのおかしいじゃん！　怒るのはアタシや大将にであって、丹羽さんに怒るのは筋違いだよ」

小牧ちゃんが憤慨（ふんがい）した。

「いやいや、あの二人の論法だと、そもそも私らを怒らせたのはアンタだからね、と丹羽さんが元凶（げんきょう）ってことになってるはずだ」

塩を撒き終え、戻ってきた大将も「そうだろうな」と同意した。

「ウチの店には怒りようがないから、当然、矛先は丹羽さんに向かうだろうな……明日、保育園に出勤するなら、あんた、覚悟した方が」

「ちょっと、大将まで脅かしてどうするのよ！　丹羽さんを窮地（きゅうち）に追い込んだのは私たちなんだからね」

小牧ちゃんも、テーブルで泣いている丹羽さんの周りをウロウロしながら考えている。

「明日、私たちが保育園についていくっていうのは？」

「それはおかしいだろう。保育園児の保護者じゃあるまいし」

鋼太郎が言い終える前に、丹羽さんが言った。

「それは、大丈夫です。私はもう大人だし、これまでだって、何度も何度も同じようなことはありましたから、慣れてるというか……これに耐えなきゃって思ってます」

大丈夫ですから、と丹羽さんは気丈に立ち上がると、大将たちに頭を下げて店を出て行った。

「店の外に瑠美子先生が待ち構えていたりして」

鋼太郎がそう言ったので、小牧ちゃんがなだめた。

「この前のあの騒動とは違うよ。保育園の先生たちは犯罪集団ってわけじゃないから」

そんな事を言っていると、「この前のあの騒動」の当事者だったリンさんが、食べてくださいとちくわの磯辺揚げを持ってきた。

「あの三人、最近よく来て、いつもあの調子だったよ。いつも一番若くて、一番美人の丹羽さんをいじめて喜んでた」

「おれたちは今日初めて見たけどね」

「たまたまタイミングが合わなかっただけでしょ」

と小牧ちゃん。

「いつもいじめられているあのヒト、かわいそうだったよ」

リンさんは再度、小牧ちゃんと鋼太郎に告げた。

*

翌日の午後。

鋼太郎の整骨院に、女子高生トリオが顔を出した。

「センセイ、相変わらずおヒマですね」

三人の中で一番ケバい純子が言った。

「君ら、学校は？　今日は平日だろ」

「今日は先生たちが研修で午前中だけだったんです」

真面目な眼鏡少女・瑞穂が答えた。

「だからサボってるわけじゃないです」

「じゃあ、図書館かどこかで勉強をしたらどうなんだ」

「最近、図書館で勉強してると、『ここは本を読むところで勉強する場所じゃない』って言われて、スタバに行ったら『ここはコーヒーを飲むところだ』って言われるし、ファミレスも最近減ってるし……」

と、かおりは困り顔だが、純子は「いいじゃん。お客さんいないんだし」と言い放った。

「で、どうしたい？　なんかあるんだろ、話したいことが？」

鋼太郎が落語のご隠居さんが与太郎に話しかけるように訊くと、瑞穂が頷いた。

「昨日、あれからどうなったかなと思って」

「ああ、君らが意見しに行って蹴散らされた保育園の先生のことか？　あれからひどいことになったけど、小牧ちゃんがカタキを取ってくれたぞ！」

鋼太郎は彼女たちに小牧ちゃんの武勇伝を話した。

「まあね。一番若い先生に土下座させて笑ってるアイツらに、我慢ができなくなって」

「じゃあ、センセと小牧ちゃんは昨日が初めてだったんですね？　土曜のランチにはよく来るんです、あのヒトたち」

「そう。無料サービスのサラダと小鉢を爆食いして帰ります」

「ドリンクも、バカみたいに飲んで帰るよね。タダだともう、凄いの」

女子高生トリオは口々に言い募ったが、その中で純子の元気が段々なくなってきた。

「実はね……あたしの弟があの保育園の卒園生なんだけど。その弟の同級生の、妹がいじめられているらしいんだ。佐伯あおいちゃんっていうんだけど」

それも保育園の先生に、と純子は付け足した。純子の弟は小学生だ。

小牧ちゃんが純子に訊いた。

「先生にいじめられているの？　あの三人の先生に？」

純子は頷いた。

「あの中の誰かはよく判らないんだけど……一番若い先生じゃあないと思う」

「でもそれは、その佐伯あおいちゃんって子の保護者に言わないと。親御さんから保育園に抗議してもらわなきゃ」

小牧ちゃんはまっとうなことを言った。

「それはそうなんだけど、あおいちゃんのお母さん、すごく忙しいし、けっこう難しい人なので、言ったら絶対オオゴトになっちゃうから、言えないみたいなんだ」

「どういうこと？」

「ええとね、聞いたハナシだと……お母さんはバリキャリ。企業法務か何かで弁護士かなんかの資格を持っていて、国内出張も海外出張もしまくって、凄い人らしいの。お父さんは家でなんかやってて、子供は二人。その、いじめられているあおいちゃんって女の子と、小学生のお兄ちゃん……お兄ちゃんのほうがあたしの弟の同級生ね、その二人なんだけど、送り迎えも家事も、宿題を教えたりとかも、全部お父さんがやってるって」

　純子が答えた。

「専業主夫ってやつだね」

　鋼太郎が頷いた。

「あおいちゃんのパパは、家事をマメにこなして料理も上手で、そこそこイケメンらしいんだけど……なんか、頼りなくて、いまひとつ、ハッキリしない感じらしいんだよね」

　純子は更に言った。

「どうしてそんなことが判る？」

「そんなの、遊びに行って、少し話してれば判るでしょ？　な〜んかハッキリしないヒトだなって」

　これ、なんとかなりませんか、という純子に、小牧ちゃんは考え込んだ。

「でも、よそのお宅のことだし、私たちがしゃしゃり出ていくのもねえ……」

　小牧ちゃんはそう言って鋼太郎を見た。

「そうだよな。こういう事は、親が言わないとなあ。その親に相談されて、ということならおれたちが出ていく事も出来ると思うけど」

「だけど、そんなこと言ってる間にも、あおいちゃんはいじめられているんだよ？　お母さんは忙しくて保育園のことはパパ任せだし、パパはパパでめっちゃ頼りないし、あれじゃあ保育園の先生にガツンと言ってやることなんて絶対、無理」

鋼太郎は、昨夜の瑠美子先生の口調を思い出した。なるほど、あの感じでグイグイ攻め込まれたら、気弱な男は腰砕けになってしまいそうだ。

「そのパパって、どんな感じのヒト？」

小牧ちゃんが訊いた。

「えっとね、見た目はけっこうイケてるよ。あと、なに訊いても教えてくれるし、知らないことないみたいな」

「さしずめインテリだな」

鋼太郎が車寅次郎（くるまとらじろう）みたいな口調で言った。

「インテリゲンちゃんってヤツだ」

「背が高くてわりとカッコいいかな。喋り方も優しいし、スイーツとか自分で作ったりもするんだよ。スマートで脚が長くて、いわゆる『シュッとして』るイケメン」

「何やってるヒトなの？」

「えっとね、自分の部屋でパソコンに向かってた」

遊びにいった純子が答えた。

「トレーダー？　部屋から株とかの売り買いしてるアレ？」

小牧ちゃんが興味を持って訊いた。

「パソコンの画面には文字ばっかり出てたよ。数字やグラフは無かったから、トレーダーではないいんじゃないかな。書いてるのは文章だよ」

「売れない小説家？　自宅警備員？　それともテレビで見た事をそのまんまネットに書いてるヒト？」

「そこまでダメな人には見えなかったけど。でも、奥さんより全然儲かってない感じだったかな」

瑞穂は首を傾げた。

「水戸黄門じゃないけど、もう少し様子を見ましょう、としか言えないな」

鋼太郎がまとめるように言った。

「だけど、そんなこと言ってる間に、あおいちゃんに何か起きたら……その時はノンビリしたことを言った、センセの責任だからね！」

そんな事を言われても……と鋼太郎は思ったが、状況としてはその通りなのだ。

「どうしたもんかねえ……」

しかし、どうすべきか、解決策が思いつかない……。

＊

「こら！　駄目だろ！　何度言わせるんだよ！　このバカが！」

　三沢瑠美子が声を張り上げた。

　保育園の給食の時間。ほとんどの園児が食べ終わっているのに、一人だけ食べるのが遅くて、いつまでも食べている女の子がいる。おめめパッチリのなかなかの美人さんだが、口の周りはスパゲティ・ナポリタンのケチャップで真っ赤だ。

「あおいちゃん！　あんたねえ、あんた一人だけ遅いから、みんな迷惑してるじゃん！　片付かないしさあ！　さっさと食べなよ！」

　たしかに他の園児は給食の時間がなかなか終わらないので焦れて騒ぎはじめている。保育士は三沢、成田、丹羽の三人だけ。大勢の園児を抱えて、みんな手一杯だ。

「ほら！　みんな遊びたいんだよ！　あんたが食べてるから、いつまで経っても給食の時間が終わらないだろ！」

　瑠美子先生が、あおいちゃんを強い調子で詰った。しかしあおいちゃんは泣き出すかと思いきや、キッとした目で瑠美子先生を睨み返した。

「あおいは悪くない。パパが、ゆっくりきちんと嚙んで食べなさい、急いで食べるとよくないんだよって、いつも言ってるんだよ！」

「だから、そういうのはいいから早く食べなって言ってるのよ！　もしもし〜？　聞こえますか〜！　佐伯あおいちゃん？」

「聞こえてるよっ！　でも急いで食べるとショーカフリョーになるし、栄養にならなくて全部脂肪になっちゃうんだよ！」

「だからそういう屁理屈はいいんだよ！」

子供相手に本気で腹を立てる瑠美子先生に、あおいちゃんはなおも言い返した。

「みさわせんせい、すぐに大声を出すけど、そうゆうのはいけない、人のはなしは静かに、さいごまで聞かなくちゃだめだってママがいってた」

「あんたさあ、自分はアタマいいって自惚れてるでしょ？　自分はアタマいいから、先生の言うことなんてバカバカしくて聞いてらんないとか思ってるでしょ！　優秀なママの血を引いたのがそんなに自慢なわけ？」

瑠美子先生はあおいちゃんを怒鳴りつけ、他の保育士にも大声で命令した。

「ほら、成田さんに丹羽さん！　他のみんなと遊んであげて！」

二人の保育士は、瑠美子先生の指示に従い、他の園児を庭に連れ出そうとした。

「ホラ！　アンタのせいで遊ぶのがこんなに遅れちゃった！　みんな迷惑だと思ってるよ」

　瑠美子先生は怒鳴ったが、あおいちゃんも負けてはいない。

「みんなってだれのことですか？　たまよちゃんやみさとちゃんはおとなしくしてます！」

「ああもうっ！　あー言えばこー言う可愛げのないガキだね！　いいか、モノには程度ってモノがあるの。だいたいあんたは遅すぎるんだよ限度を超えてるんだよ！」

「そんなことない。にんげんそれぞれにペースがあるって、パパだっていってたよ！」

　うるさいうるさいっ！　と瑠美子先生は一喝した。

「あんたみたいな子は何をやっても駄目なんだからね。小学校に上がっても、まわりに迷惑をかけるだけでみんなから嫌われるんだよ」

「だからみんなってだれですか？」

　あおいちゃんは再度「みんな責め」を繰り出した。

「『みんな』っていうヒトをしんじちゃダメだってママがいってた」

「あらそう。ママが言うことはなんでも正しいの？」

「ただしいよ！　少なくともせんせいが言うことよりただしいよ！　あおいのママは、スーパーママなんだからね！」

あおいはまったく負けていない。と言うより、瑠美子先生が言い負かされそうな勢いだ。

「だから口答えするんじゃない！　そういう生意気な、空気の読めない子は、日本の社会じゃやってけないし、みんなから嫌われていじめられて居場所がなくなるんだよ！」

わざと難しい表現を混ぜてみたが、あおいに全然堪えた様子はない。

「いばしょがなくなるってだれがいつ言ったの？　何年何月何時何分何秒に言ったの？ねえねえいつだれが言ったの？」

「うるさいっ！」

頭に来た瑠美子先生は、あおいちゃんを怒鳴りつけてフローリングの床をドン！　と踏み鳴らした。

それにはまだ部屋に残っていた他の園児たちも驚いて、騒がしかった部屋はしんと静まりかえった。

腰巾着の成田は離れた場所から傍観しているが、一番若い丹羽はさすがに見かねて口を出した。

「あの……ちょっと三沢先生……小さな子相手にそこまで言わなくても」

「あん？」

瑠美子先生は丹羽をじろっと睨むと、薄笑いを浮かべた。

「なによあんた？　このクソガキの味方をする気？　せっかくあたしがシツケをしてやっているのに？　あんたも居場所をなくしたいの？　あんた一人クビにするくらい、簡単なことなんだからね！」

瑠美子先生は吸血鬼のように歯を剝き出しにして笑った。

「園長はあたしの言うことなら何でも聞くんだからね。丹羽ちゃん、それ、判ってるよね？　え？」

恫喝（どうかつ）する瑠美子先生に、丹羽は怯えて黙ってしまった。しかし丹羽に代わってあおいちゃんが、瑠美子先生を物凄い眼力で睨みつけた。

「ナニよあんた、その目は？」

瑠美子先生はテーブルに置いてあった、「あるもの」を手にとった……。


せんせいがおおごえであやまれって言った。くやしいのでせんせいを睨んだら、せんせいはおこってテーブルから銀色のカッターナイフをとった。

「あんたみたいな悪い子には、これでしるしをつけてあげようか？」

こわくてなきそうになったけど、ひっしにがまんした。ここでないたら、まけてしまうから。

「なかないんだ？　しぶとい子だね。だったら……そうだ、あれをやろう」

せんせいはかべの小さなとびらをあけた。ものおきだけど、なかはほとんどからっぽだ。

「さあここにはいってはんせいするんだよ。ごめんなさいっていったらだしてあげる」

たろうちゃんもみさこちゃんも、ここにとじこめられてみんな泣いていた。なくもんか、とわたしはおもったけれど……。

だめだった。とびらをしめられて、しばらくがまんしたけれど、まっくらなので、すぐにこわくてたまらなくなった。

「ごめんなさいごめんなさい、もうしません、せんせいごめんなさい、出してください」

あおいちゃんがあまりにも凄い声で泣き叫ぶので、さすがに成田が「ちょっと、これは……」と瑠美子先生に声をかけた。

「外に声が漏れたら、何を言われるか……瑠美子先生さん」

成田に言われてようやく、瑠美子先生は物置きの扉を開けた。

そこには涙と鼻水で顔をグズグズにしたあおいちゃんが、この世の終わりのような大声で泣き叫んでいた。

「ほら、静かにしな！」

瑠美子先生はあおいちゃんの腕を掴んで、乱暴に引っ張り出した。

物置から出された途端に、あおいちゃんはぴたりと泣き止んで、瑠美子先生をまた睨みつけた。

「まぁたそんな目をして。あんた本当に根性曲がってるね。先生の言うことを聞きなさい！」

「ヤダ」

あおいちゃんは床に座り込んだまま、いっそう反抗的な目付きで睨んできた。

「ふ〜ん。そういうことね。だったらこれでどう？」

瑠美子先生はいきなりあおいちゃんの両足首を掴むと、ずるずると引っ張って持ち上げ、そのまま逆さ吊り状態にしてしまった。

「どうよ？　エッラソーな口を利いても、結局は弱いガキなんだよアンタは！」

そう言った瑠美子先生は、ぎゃはははと笑った。

それを見た丹羽は、震えあがった。

「なんなの丹羽？　文句あるの？　そんな鬼を見るような目で」

瑠美子先生は丹羽にガンを飛ばしたが……そこで何か悪巧みを思いついたように、ニヤリと笑った。

「ほら、これ、あんたが持ちなさい」

丹羽は瑠美子先生に逆さ吊りにしたままのあおいちゃんを押し付けられ、否応なく彼女の両足首を持たされてしまった。

次の瞬間、「ほら、丹羽ちゃん、もっと笑いなさいよ！」という声が飛んだ。

なんと瑠美子先生が構えたスマホで、この様子を撮影しているのだ。

あおいちゃんの両足首を摑んで、まるでハンターが狩りをして獲った獣を高く掲げて、戦利品として誇示するような動画を……。

「ほら、先生として叱りなさいよ！　こんなことしちゃ駄目でしょう！　とか」

丹羽は、言われるままに、「駄目でしょうあおいちゃん！」と叱る言葉を反射的に口にしてしまった。

どうしよう……こんなことをさせられて、動画まで撮られてしまった……。

丹羽は、自分がどうしようもなく追い詰められてしまったことを悟った。

＊

次の日の朝。

保育園児たちが保護者に連れられて登園してくる前に、丹羽たち「下級の保育士」たちが掃除をしている。これは日課で、年齢別に二クラスある保育園で、丹羽たち非正規の保育士が外回りの掃除を分担しているのだ。瑠美子先生などのクラス担当の正規職員二人は室内の掃除を担当するが、ウェットモップでさーっと拭いてテーブルや窓ガラスをさっと拭けば終了。特に瑠美子先生はほとんど掃除をしない。

成田のような非正規だが年季の入った、「上級に入れて貰った職員」たちも適当にトイレ掃除などを終えると、コーヒーを飲んで談笑している。

だがヒエラルキーの一番下の丹羽は、外回りをすべて掃除して中庭の遊具も点検、園児たちの安全確認の完璧を期していると、そこに園長が通りかかった。先代の園長、柔和だが教育者として一本筋が通っていた父親とは違って、二代目である現園長は、保育園の経営を引き継いで間もない素人だ。

現園長・東谷慎一郎の前職はサラリーマンで保育士の資格も持っていない、言わば「経理担当」みたいな存在だ。

三十そこそこでまだ若く、気が弱く、見た目も優男風の色白。銀縁メガネで前髪サラサラ。ブランドのポロシャツと、いつもクリーニングでパリッと折り目のついたチノパンで小綺麗にまとめたファッション。園児の世話で汚れてもいい格好ではない。なぜなら園長は園児の世話を一切しないからだ。園児たちに声はかけるが触れることが一切ない。実は子供が嫌いなのかもしれない。

一部のママさんたちには「イケメン園長」と人気があるが、元ヤンのギャル系の母親からは「あの園長、園児を相手にしないで数字ばかり見ている」と、軽んじられている。それは、特に三沢や成田のような古株からも同じだ。だから、園と園児に関する実務はすべて、正規職員で園歴十年超、実質的に副園長みたいな存在の三沢に持ち込まれるのだ。

しかし……その三沢瑠美子先生の行状に問題がある。

非正規の若手・丹羽としては園長に訴えるしかないのだ。

彼女は、通りかかった園長に、勇気を振り絞って話しかけた。

「あの、園長先生、ちょっとお話が……あおいちゃんがいじめられているんです」

「いじめ？　園児と園児の間で？　そんなのキミたち保育士さんたちでどうにかしてよ。ボクは忙しいんだから」

「違うんです。園児同士じゃなくて、瑠美子先生さんがあおいちゃんを目の敵にして……それを成田さんも一緒になって」

「目の敵？　キミの考えすぎでしょ。大人が、それも二人がかりで子どもをいじめるなんて、ありえないから。特に三沢先生に関しては、そんなことあるわけないでしょ」

園長は三沢への異様なほどの絶対の信頼を口にした。

「でも……本当の事なんです。これは園長先生じゃないと」

そこに、「おはようございます！」と声がかかった。

やって来たのは、まさにその「いじめられているあおいちゃん」の手を引いた母親だった。もう片方の手には、小学校中学年の男の子を連れている。

あおいちゃんの母親・佐伯沙香は、まさに知性美とはこういうものか、と思わせる理知的な美しさに溢れた女性だ。美貌だけではない。三十そこそこの、大人の落ち着きも兼ね備えているので、インテリジェンスがさらに匂い立つようだ。落ち着いた声に、洗練されたファッション。超有名大卒でアイヴィ・リーグの大学に留学経験もある東証プライム上場企業の総合職で、住まいは高級マンション。愛車はアウディ。

「おやおやあおいちゃんのお母さん、今朝はお父さん付き添いの登園ではないんですね？」

保育園から大学まで、子供絡みだとどんなバリキャリ女性も「ナニナニちゃんのお母さん」になってしまう。しかしあおいちゃんのママは、にこやかに挨拶するイケメン園長に笑顔を返した。

「お早うございます。佐伯あおいの母、佐伯沙香でございます。いつも、あおいがお世話になっております」

　あおいちゃんのママは丁寧に頭を下げた。ビジネスウーマンとしてまったく非の打ち所のない、スマートな身のこなしだ。

「今日はこれから出張なのですが、たまたま飛行機の時間が遅いものですから。今朝は早く出る必要がなくて」

「それでも充分に早いですよ。お母さんもお仕事大変ですね」

「はい、毎日頑張ってます。今回は近くで助かりますけど。二日で帰ってこられるので」

「近くというと……北海道とか？」

「いえ、シンガポールにちょっと」

　話が弾んでいるところに、丹羽が割り込んだ。「あおいちゃんがいじめられている」件を保護者に訴えるには、今しかない、と思ったのだ。

「あの……あおいちゃんのお母さん……ちょっとお話ししたいことが」

　すると園長の機嫌が悪くなった。

「キミ、今じゃなくてもいいだろう？　あおいちゃんのお母さんは、これからお仕事なんだから。弁(わきま)えなさい」

　そう言うと母親に向かって頭を下げた。

「どうもすみませんね。この職員は慣れていないので」

丹羽は、しゅんとして引き下がるしかなくなった。そこに、入れ替わるように瑠美子先生が割り込んできた。

「あらぁ、あおいちゃんのお母さん。おはようございます。お兄ちゃんも！　啓輔くん、卒園して久しぶりね！　会いたかったわぁ！」

瑠美子先生は、はち切れんばかりの笑顔をあおいちゃんにも向けた。

「よかったねえ、あおいちゃん、今朝はママのお見送りで……お母さんが送ってくるって珍しいじゃないですか。お車、すごいですね、アウディですか？　カッコいいですねぇ！」

と、如才なくお世辞を使う。

「いえいえ、中古ですから。空港に置いておくので、今朝は私の車で」

園内の正門左には、シルバーのアウディＡ５が駐まっている。

「あおいちゃんのパパ、送り迎えは歩きか軽自動車ですもんね」

瑠美子先生は愛想はいいが、その目の中には嫉妬の炎がめらめら燃えている。

「それじゃ先生、私は行きますけど、あおいのこと、くれぐれもよろしくお願いします。いつもすみません。母親としてあまり関われなくて、申し訳なく思っています」

あおいちゃんのママは丁寧に頭を下げると、あおいの兄の啓輔と一緒にアウディに乗り込み、颯爽と去って行った。

それを見送った瑠美子先生は、待ってましたとばかりに園長に、母親への悪意をぶちまけた。近くにあおいちゃんがいるのなんかお構いなしだ。

「なんなんでしょうね、あれ。ここぞとばかりに母親ヅラしちゃって。あたしはアウディに乗って海外出張するご身分ですのよって、バリキャリアピですか？　ほんと感じ悪〜い」

それを聞いたあおいちゃんは、当然ながら黙ってはいない。

「ちがうよ。ママはすこしでもあおいと一緒に居たいからって、それでけさはくるまにのせてくれたんだよ。ママのことを悪くいうな！」

それに対する瑠美子先生も容赦はない。

「うるさいわね。あんたは黙ってなさい。大人の話に口を出さないっ！」

あろうことかイケメン園長も、それを黙って苦笑いして見ているだけだ。

保護者を悪し様に罵るこの職員を、園長は注意もできないのか……。

丹羽はこの光景を見て、絶望した。

その視線を感じたのか、瑠美子先生は丹羽を見咎めると、彼女の方にずんずんやって来た。

「ちょっと丹羽。何見てんの？　あんた出戻りなんだから、その意味をよーく考えなさいよ」

瑠美子先生はそう言って睨みつけた。

丹羽には、一度ここを辞めた経緯がある。二年前に同じ瑠美子先生にいじめのターゲットにされて参ってしまい、ここを辞めて、他県に逃げて保育園に勤めたのだが、そこでもいじめられて身体を壊して実家に戻り、地元のこの街で、改めてこの保育園に就職するしかなかったのだ。入るときに「私も丸くなって心を入れ替えたから」と瑠美子先生が言ったのだが、彼女の邪悪な本性は、まるっきり変わっていなかったのだ。

信じた私が悪いのだ、と丹羽は自分を責めた。

その瑠美子先生は最近、ずっと一人の園児、佐伯あおいに狙いを定めていじめている。

今はどこの保育園もそうだが、ここもスタッフの人数が全然足りていない。「待機児童ゼロ」を政府が打ち出したのはよいのだが、保育士の待遇が追いついていない。激務に見合わない低賃金が嫌われ、どこも人手不足なのだ。本来の仕事以外の雑務も多いから、ストレスも溜まる。しかし、それを園児に向けるのは一番いけないことだ。なのに瑠美子先生は、あおいちゃんという、頭がよくて大人びている分、ヒトコト多いヒネた幼児をターゲットにしてしまったのだ。

そのキッカケは、あおいちゃんの「るみこせんせいはすぐに大声を出すけれど、それはダメなんだよ！　ひとの話はしずかに最後まで聞かなくちゃダメだって、ママが言ってた」というひと言だった。

この年頃の子供は、男の子より女の子の方が賢くて口が達者だ。しかも子供なので思った事をストレートに口にするから、あおいちゃんによる批判は図星だけに、瑠美子先生の胸にグサグサと突き刺さった。

結果、非の打ち所がないあおいちゃんのママに、瑠美子先生が筋違いのコンプレックスを抱いていたこともあって、その仕返しのようにあおいちゃんをいじめ始めたのだ。

あおいちゃんの普段の送り迎えは、父親の担当だ。エリート総合職で超多忙な母親に代わって家事一切を引き受ける、優しくて家庭的なパパだ。しかもイケメンでインテリで育児に積極的で、保育園の行事にも欠かさず参加する理想的なイクメンであることも、瑠美子先生の嫉妬の炎をかきたてている。

「ちょっと丹羽ちゃん、いろいろ気をつけなさいよ。アンタをここに居られなくするのなんか、簡単なんだからね」

瑠美子先生は丹羽に必殺の脅し文句を言うと、満足そうな笑みを浮かべた。

その日ばかりは、瑠美子先生もあからさまにあおいちゃんをいじめるのは控えて、普通に接した。さすがに、やり過ぎるとヤバいと思うようになったのだろう。

その午後。

あおいちゃんを迎えに、パパがやって来た。スマートで長身、優しい顔立ちの物静かなインテリ風。ベージュのスラックスとジャケットにクリーム色のシャツという、パステル調のファッションが似合うタイプだ。

そんなパパに、丹羽はまたも意を決していじめの件を打ち明けようとした。

「あの……あおいちゃんのお父さん、ちょっとだけお知らせしたいことが」

しかし、その途端、どこからともなくすっ飛んで来た瑠美子先生が、華やかな笑顔と甲高い声を武器に、強引に話に割って入ってしまった。

「あらぁああおいちゃんのパパさん！　今日もお迎えごくろうさまです。いつも大変ですね。みんな感心してるんですよ、ここまでお子さんの面倒を見るパパはいないって。真のイクメンですね。イクメンだけじゃなくてイケメンですね！　若い保母さんたち全員、みんな俊彦（としひこ）さんに憧れてますよ！　結婚するなら、ああいう男の人がいいって」

ママの名前は口にしないのに、パパの名前は調べてしっかり覚えている。

「ママさんがお忙しいからって、パパさんが家事をすべてやるなんて、なかなか出来ることではありませんよね！　その上、俊彦さんはおうちでお仕事なさってるんでしょう？　え？　小説家？　凄いですよね！　どんなの書いてるんですか？」

「いやいや、あんまり売れてないので……」

「いえいえご謙遜を！　私なんか、文章なんか全然書けませんもん！」

尊敬しちゃいますぅ、と瑠美子先生は見え透いたお世辞を平然と口にした。

だが、瑠美子先生が中心になって、甲斐性無しだヒモだと、あおいちゃんのパパ、ことを俊彦の悪口にいつも花が咲いているのを、丹羽は知っているのだ。そして、SNSにあれこれ悪口を書き込んでいることも知っている。文章が書けないなんて言った、その口で。

「それじゃあまた明日！　バイバ〜イあおいちゃん！」

瑠美子先生や成田は笑顔でパパやあおいちゃんに手を振って別れの挨拶をした。その時、あおいちゃんの表情が微妙だったのを丹羽は見逃さなかった。しかし瑠美子先生たちは子供など観ないでパパばかり観ていたので気づいていない。

あおいちゃんとパパが軽自動車に乗って行ってしまうと、途端に瑠美子先生たちの表情は陰険なものに変わった。

「あおいちゃんのパパ、バリバリの奥さんのお尻に敷かれちゃって可哀想ね」

「そりゃ仕方ないでしょ。稼ぎも、社会的地位っていうの？　それもダンチだし」

「あの奥さん、自分がバリキャリで、稼ぎがいいのを鼻にかけているものねえ」

「これみよがしのバッグとかスーツとか、全部ブランドだし。年収軽く一千万超えじゃないの？」

「アウディがピカピカなの、ダンナが毎朝磨かされてたりして？」

「あおいちゃんもあんないびつな家庭で育つんじゃ、きっとロクな子に育たないわね」

「そういやお兄ちゃんはバカだったよね。けっこうオシッコ漏らしたりして」

「あおいちゃんは口から先に生まれてきたみたいだけど、ああいうタイプは中学校に上がるまでにグレるか、よくてみんなにハブられて不登校よ」

「あの……」

そこで、丹羽がおずおずと割って入った。

「その、親御さんや園児のことまで悪く言うのは如何なものかと……」

あまりに聞くに堪えない言葉の連続に丹羽が堪りかねて止めに入ったのだが、効果がないどころか、激烈な副反応が丹羽に返ってきてしまった。

「何よ、あんた仕事もできないくせに、一人前の口きいてんじゃないわよ！」

そういうモロモロがあるので、丹羽も瑠美子先生を遮ってまで、保護者に打ち明ける勇気はないのだ。

「はいはい、優等生の非正規さんの言うこと聞いて、やることやってお酒飲もう！」

　瑠美子先生がバカにするように言った。

「だけど、『クスノキ』は出禁になっちゃったよねえ、誰かさんのせいで」

　成田がお前のせいだと言うように、丹羽を睨んで言った。

「別の店開拓しましょ。あんなシケた貧乏オヤジが集まる店なんか、辛気くさくて行ってらんないわよ！」

　じゃあどうして今まで行ってたんだと丹羽は問い返したくなったが、もちろん黙っていた。


　翌朝。

　いつものようにあおいちゃんを連れた俊彦パパがやって来たが、昨日とは様子が違った。妙に険しく、硬い表情なのだ。

「ちょっと、いいですか？」

　パパは瑠美子先生の方に真っ直ぐやって来るなり、開口一番にそう言った。

「ズバリお聞きします。あおいはいじめられてるんですか？」

「え？　なんのことです？」

瑠美子先生は咄嗟(とっさ)にトボケた。

「いやね、うちの子にいろいろと聞いたら……あおいだけが先生方に叱られているということで……何かの誤解だと思うんですけどね、うちの子が言うことを聞かなくて、保育士さんたちにご迷惑をかけているんじゃないかと、心配になってしまったので」

「あおいちゃんは、どう言ったんですか?」

瑠美子先生は懸命に平静を保とうとした。

保護者から抗議が来るのはまずい。ことに、この俊彦パパはチョロいが、たまに来るバリキャリ母親は、みるからに意識が高い、教育にも何でも一家言(いっかげん)ありそうな、見るからにうるさ型タイプだ。

「あのですねお父さん。私たちも大勢の子供を相手にしているので、声を張ったりすることもありますし、誤解されることもあると思います。あおいちゃんはとてもいい子で、私たちが迷惑を被ったりすることはありません。ですけど、あおいちゃんは、その、ちょっと……というか、かなりマイペースなお子さんなので、私たちも指導やしつけに熱心になるあまり、つい感情的になったりすることもあると思います」

そこはお父様にも御理解いただかないと、と瑠美子先生は言葉を選んで慎重に話した。

同時に、俊彦の視線を敏感に察知した。

彼の視線が、自分の胸のあたりを粘っこく徘徊っているのが判ったのだ。

もしかして、強い奥さんとさせて貰ってない？　子供をふたり作ったから、もう終了とか？

瑠美子先生は、彼の気持ちを見透かしたように、わざとバストを突き出して、彼の腕にスリスリせんばかりに身体を寄せてみた。

「それにね、お父さん。今は朝で、私たち、子供たちを迎えて保育の仕事を始めなければならないんです。こういう問題を話し合うには時間がありません」

「それは……そうですね」

俊彦パパは頷き、頭を下げた。

「忙しい時間に、申し訳ありません」

父親があっさりと引き下がったのを目の当たりにしたあおいちゃんは、絶望の表情を浮かべた。しかし、父親は気がつかない。すべてを理解しているのは、この一部始終を見ている丹羽だけだ。

「それでも、これは大事なことだと思いますし、お父様の誤解を解くためにも、改めてお時間を作っていただいて、お話し合いの場を持ちたいと思います。如何でしょう？」

「そうですね、そうしましょう」

俊彦は、落とし所が見つかって、あからさまにホッとした表情を浮かべたが、あおいちゃんの顔はこわばっている。さすがにパパもそれに気づいた。

「どうしたあおい？　怖い顔して。どこか痛いところでもあるの？」

「ココロがいたい……」

「またまた〜昨日観たドラマみたいなこと言って。そんなんじゃあおいが好きなコーヘイくんに嫌われちゃうゾ！　さあ今日も一日、元気でいってみよー！」

俊彦パパは異様な明るさで、暗い顔をしているあおいちゃんを送り出した。


その日の、お昼。

保育園で給食の時間になったとき、瑠美子先生がスマホを耳に当て、「え！」と声を上げた。

「それは大変！　すぐ行きます！」

血相を変えた瑠美子先生は、給食の面倒も見ずに園長のところに飛んでいった。

「身内が……事故に遭って、救急車で運ばれたと、今、連絡が」

「それはいけません。すぐに行ってあげてください」

瑠美子先生にだけはやたら甘い園長は、彼女の早退をすぐさま許可した。

「様子が分かり次第、戻りますので！」

そう言い残すと、瑠美子先生は保育園を飛び出した。

＊

ぴんぽ～んとインターフォンが鳴った。

パソコンに向かって、持ち込むアテもない原稿を書いていた俊彦は「何だよ。宅配便が来る予定もないのに」とブツブツ言いながらドアモニターを見た。

画面には保育園の瑠美子先生が立っていた。

「墨井保育園の三沢です。佐伯俊彦さん、佐伯あおいちゃんのお父さん、今朝方のお話の続きをするために時間を作って、伺わせていただきました」

ドアモニターのカメラに、三沢瑠美子は一礼した。

「すぐ開けます！」

このマンションはドアロックを解除すると玄関が開き、マンションの中に立ち入れる。

三沢先生が急にやって来たのは、重大な話だからだろうか、と俊彦は不安になった。僕が余計なことを言ったから、彼女は仕事を放り出してまで駆けつけたのか？

しばらくすると、今度はドアチャイムが鳴り、俊彦はドアを開けて瑠美子先生を室内に迎え入れた。

「俊彦さん、急に押しかけて申し訳ありません。今、保育園は給食と遊びとお昼寝の時間なので、時間が取れると思いまして……お迎えの時間だと、あおいちゃんがそばに居るので、ゆっくりお話し出来ないかともと思いましたし……あの、あおいちゃんのお兄さんは？」

「啓輔はまだ学校ですから」

まあどうぞと俊彦は瑠美子先生をリビングに案内して、ちょうど淹れたばかりのコーヒーを振る舞った。

「きれいにしてらっしゃいますね」

瑠美子先生は本心から言った。この界隈では一番高層のマンションの、それも最上階だ。隅田川が見下ろせ、窓外にはスカイツリーが間近に聳え立っている。

広々したリビングには白を基調にしたL字型のソファ。足元には天然の染料で染めたとおぼしきラグマット。窓際には大きな観葉植物。部屋のコーナーには大型テレビにオーディオが並んでいるが、巧くレイアウトしてあるので部屋の広さを損なわない。大きな窓にはレースのカーテンがなびいている。

瑠美子先生は自慢の巨乳を誇示するような、身体にぴったりフィットしたニットを着ている。ボトムは、確か今朝は動きやすいストレッチのジーンズを穿いていた筈なのに、今はミニスカートだ。俊彦が初めて見る、彼女のキレイな脚が伸びている。

改めて見ると……この瑠美子先生はなかなかの美人だ。ウチの妻も美人だが、と俊彦は思った。会社で部下に指示を出しまくっているせいか、妻は口調がきついし、表情もすぐに険しくなる。以前はその気の強いところさえキュートに感じて、俊彦自身がどちらかというとMだから、妻のSっぽさに惹かれていたのだが……十年経つと、さすがに疲れてきた。家のことも、将来設計も妻主導で、男としてやるせない感じもある。かと言って、今の自分の仕事はと言えば、無職も同然……いや、専業主夫なのだが、書いている小説はまったく売れないし、本になったのはもう三年前で、それ以降、モノになった作品はない。資料は購入するし好きな映画のディスクも買うが、すべて妻のカネだ。もちろん浮気したり女遊びをしたいわけではない。それでも完全に妻の掌の上で暮らしているのは、男として不甲斐ないし、情けない……。

「どうかしましたか？」

瑠美子先生に声をかけられて、俊彦はハッとして我に返った。一人で居る時間が多すぎるので、ついつい夢想癖というか一人で考える事が増えてしまった。

とは言え、今目の前にいる瑠美子先生は、非常にセクシーだ。なによりも胸が大きいところが魅力だ。バストが小さいウチの奥さんは……と俊彦はまたも思った。隙がなくてビシッとしてるが、巨乳のこの先生は、隙だらけでユルユルという感じなところが、また良い……。

夢想にふける俊彦の耳に瑠美子先生の甘い声が飛び込んできた。

「……なので、ウチの保育園、いろいろあるんです。だから、園児に迷惑かけてるかもしれないと、申し訳ないと思ってるので、こうして……でもそれだけじゃなく」

瑠美子先生は頭を下げたが、顔を上げると立ち上がり、俊彦の隣に座った。そして、ひた、と迫ってきて告白した。

「実はあたし……いじめられているんですぅ」

そう言うと瑠美子先生は、目を潤ませてさらに俊彦にスリ寄ってきた。

彼女の脚は行儀良く閉じられているが、ミニがたくし上げられた形になって、太腿まで露出している。それを彼女は気づいていないのか。話すことに夢中になっているのか。

「ほら、あたし、若いですけど、正規の職員として働いているので、パートさんや派遣さんに指示を出す立場なんです。でも若いくせに、とか経験不足なくせにって思われて、風当たりがきついし、少し注意するだけでも逆恨みされたりして……。あたしは短大の保育科出たんですけど、派遣の人は大学の教育学部出てて、派遣のくせに、あれこれうるさくて……あおいちゃんにも、もっと厳しくしなくちゃダメだと言われて、ほら、あの派遣の非正規さんが、厳しく命令してくるんですぅ」

誰のことだろう？　彼女より若い非正規の保育士が学歴の高さを笠に着て、彼女に嫌がらせをしているということか？

「はあ、そうですか……いろいろ大変ですね」

そう言って同情して見せると、瑠美子はここぞとばかりに憂いの表情を浮かべて、俊彦に訴えた。

「大変なんですよ。そのヒト、派遣なのにホント、エラそうなんです。それだけじゃなく、あたしと同じ短大の保育科を出たベテランの先生は、年がいってるだけ私よりも経験値が高いし、その派遣の若いヒトは経験もないのに、高学歴でなんだかんだと屁理屈を垂れるし……」

「それは本当に大変ですね」

俊彦がそう言うと、瑠美子の顔の輝きが増してくる。

「あの、俊彦さん、相談に乗ってもらっていいですか？」

「ええまあ、僕で判ることであれば……」

「人間関係なんです。やっぱりこういう事は、男のヒトの意見も是非、お聞きしたいと思って……」

彼女はいっそう俊彦ににじり寄って、胸の膨らみを擦りつけてきた。あと少しで俊彦の胸に顔を埋めそうな勢いだ。

「いや、先生……ちょっとこれは」

「済みません……でも、俊彦さんは私のタイプなんです。以前からとても好意を持っていて……こんな凄いマンションに住んで、アウディに乗って、悠悠自適にご自宅で仕事をしてらして、掃除は完璧だし、お子さんふたりの面倒もキッチリ見てらっしゃるし……お料理もお上手なんでしょう？」

「まあ、僕のビーフ・ストロガノフや、舌平目のムニエルは好評ですけどね」

「凄いわ！　そんな料理、レストランでも食べたことないです。保育園の保育士って、正職員でもお給料凄く安いんですよ」

「……よろしければ、今度ご馳走しますよ」

俊彦としては、目の前で目を潤ませて頬を赤く染めた美女にせがまれたら、そう言うしかない。

「まあ、うれしい！」

瑠美子先生は、キャピキャピと声を張り上げた。

「で、そのう、相談というのは……？」

「話せば長くなりますので……おいおい」

瑠美子先生は、ここでなんとか「決定的な関係」に持ち込んでおきたいと思っているようだ。それは大人なら、いくら朴訥（ぼくとつ）でオクテの男でも判る。

「あ……でも、これだけはぜひとも言っておかなくては」

瑠美子先生は俊彦から身体を離すと、きっちり正対した。

「あおいちゃんが何を言ったのか知りませんが、あたしは、あおいちゃんをいじめていません。多少声が大きくなって、言葉もキツくなった時もあるかもしれませんが、それは大勢の子供たちを見ているからで、仕方がないのです。それに……さっきも言いましたが、厳しい指導をしろと、年長の非正規職員の方からも指導されているので……仕方なく……」

「判ります。まあ、子供はワガママだし、オトナの事情なんかまるで忖度（そんたく）してくれませんからね。あおいも自己主張が強い子だから、ご迷惑をおかけしているのだと思います。それはあの子に言い聞かせます」

「ご理解戴いて有り難うございます。あおいちゃんは頭がよくて、この年頃の女の子にはありがちですが口が達者なので、こちらもつい大人扱いしてしまって、厳しく応対することがあって……それがあおいちゃんには『いじめられた』と感じられたのかもしれません」

瑠美子先生は殊勝な顔をして頭を下げた。

「そういうことなら、よく判りました。うちの妻には言わないでおきますし、あおいにもよく言いきかせます」

「有り難うございます！」

俊彦から言質を取って、瑠美子先生はひと安心の表情になった。

「でね、お父さん……いえ、俊彦さんとお呼びしてもいいかしら？」

瑠美子先生の顔は、保育士からいきなり「女」になった。そして、心を許したかのように両脚も緩くなって、股間の下着がチラと見えてしまった。その色は赤だった。

「あの、こちらにお邪魔したのは、その件だけではなくて……」

彼女は俊彦をじっと見つめた。結婚してから、いや、結婚前も、彼は妻にじっと見つめられることはあまりなかった。二歳年上の妻・沙香とは同じ会社で知り合って、最初からSな上司とMな部下という関係性は、恋人同士になっても続いた。お互いそれで満足していた。そして俊彦は学生時代から趣味でやっていた創作活動に本腰を入れたいと思い、妻は妻で仕事に全力を尽くしたいので、利害が一致した。会社も妻の能力の方を買っていたので、俊彦が退社して専業主夫となったのだが、一人で部屋に居る時間が長くなっている今、心境に変化が生じていた。Sなバリキャリ妻も愛しているが、三沢瑠美子のような、何のてらいもなく女を前面に出した、胸の大きなセクシーな女性にも惹かれてしまう。

それは、三沢瑠美子に迫られて、初めて覚醒した衝動だった。なぜなら、今日まで、妻以外の女性に触れることはほとんどなかったから。

腕に、彼女の柔らかな胸の膨らみを感じた俊彦は、激しく戸惑ったが、それはすぐに希望的観測に変わった。

『彼女は、僕を求めているのだ。僕に男としての魅力を感じているのだ』

人間は、自分に都合のいい考えに傾きがちだ。俊彦もそうだった。しかも今は、妻は海外出張していて今日は遅くまで帰ってこないし、二人の子供も学校と保育園で当分戻ってはこない……。

人生、真面目なだけでは面白くないだろう。妻との結婚だって、二度とはないチャンスをものにした結果だ。そして今、目の前にいる保育士さんは、彼女のほうから俊彦を求めているのだ。言わば、据え膳(すえぜん)食わぬはナントヤラ状態だ。ここで彼女を拒否する選択肢はないだろう。何故拒否する必要がある？　妻への貞操？　それを守る義務には明らかに抵触するが、でも、判らなければいいだろう。ちょっとくらいなら……。そういうのは男として仕方がないじゃないか。男には狩猟本能というモノがあるのだ……。

俊彦は、彼なりの理論武装を整えると、三沢瑠美子の肩を抱き、思い切って自分のほうに引き寄せた。

それを待っていたように彼女はそのまま倒れ込み、俊彦の胸の中に顔を埋めた。

俊彦は、本能の赴くままに手を伸ばし、彼女の腰のくびれから太腿を経て、ヒップに至る曲線を撫でた。思えば、気の強い妻に、こういう行為をしたことがあったっけ?

瑠美子先生は嫌がるどころか、喉の奥から甘い溜息を漏らした。

妻ほど美人ではないが、そこそこ男好きのする顔が、目の前にあって……しかも彼女は目を閉じている。

彼は、自然の成り行きで、唇を重ねた。柔らかくて温かい唇。その瞬間、唇の間から舌が伸びてきて、彼のそれに絡まるように触れてきた。

「!」

これはもう、最後までいいわよというサインだろう!

俊彦は彼女の弾力あるヒップを撫でていた手をミニの下に滑り込ませた。さらに薄いパンティの下に手を入れた。

「あン……」

瑠美子先生はまた甘い声を出しつつ、その手は俊彦のズボンに伸びた。そしてジッパーをゆっくりと焦らすように降ろした。

彼の欲棒はすでに屹立して雄々しく猛り立っている。

いいぞいいぞ。こうなりゃ猪突猛進だ。

彼は指を先生のたわわなヒップの谷間に這わせて、柔らかな肛腔に触れた。

「そこはダメ……」

やんわり拒否されたので、彼は素直に従って、指をその先に進めた。

と、そこは熱い泉が湧いていた。

おおう……。こういう興奮は、何時以来だ？　妻と初めて結ばれたとき以来か？　僕はほとんど童貞状態で妻とセックスして、オナニーのしすぎで遅漏状態だったのを妻に喜ばれて、怪我の功名とはこのことだとか思ったんだよなあ……。

俊彦は、熱く潤った女芯に指を先を……。

……と思ったところでピンポーンとドアチャイムが鳴った。鳴ったかと思ったらガチャンとドアが乱暴に開いて、ドタドタと足音が聞こえた。

俊彦が慌てて瑠美子から身体を離してズボンのジッパーを閉めて立ち上がったのと、小学三年生の息子・啓輔がリビングに入ってきたのはほぼ同時だった。ズボンの上からでもその盛りあがりはハッキリ判るので、父親はクッションを股間に押し当てた。

「ただいまぁ！」

と元気いっぱいに言った啓輔は、ソファの上で不自然な体勢で座っている若い女を見た。

「あれ？　保育園の……」

「ああ、瑠美子先生にはお前、習わなかったっけ？」

「……習ってない」

啓輔は即座に否定した。

「先生は家庭訪問に見えて、パパと話をしていて急に気分が悪くなって……」

瑠美子は即座にそれに話を合わせた。

「ああ、もう大丈夫です。申し訳ありませんでした。最近疲れが溜まってしまって……」

「あ〜、よかったら、しばらく休んで行かれたら如何ですか？」

不審そうな顔をしている啓輔と仮病（けびょう）を取り繕う瑠美子を見比べながら、俊彦はぎこちない笑みを浮かべた。

「あの、私、もう大丈夫ですので……そろそろ保育園に戻らないと、退園時間で……」

「ああ、そうだ。僕もあおいを迎えに行かなければ……」

パパと啓輔の目が合った。

「しかし啓輔、お前はどうしてこんな時間に？」

「給食のナントカが不調になって、今日は給食が出せなくなったので、午後の授業は打切りになったんだよ」

「そうか。じゃあ昼はまだなんだな？　キッチンにパンもカップラーメンもあるから、食べてて。パパは先生を送って、あおいを迎えにいかなきゃ」

そう言っているうちに、三沢瑠美子は立ち上がって、たくし上がったスカートをきちんと整えた。

「じゃ、パパは保育園に行ってくるから」

俊彦はそう言いながらリビングから出て行こうとして、啓輔に囁(ささや)いた。

「誤解されるといけないから、先生が来てたこと、ママには言うなよ」

啓輔がなにか言いたそうだったので、パパは咄嗟に買収することにした。

「今度、お前が欲しがってたゲームを買うか、焼肉の食べ放題に連れてってやるから……判ったな？」

そういうと、啓輔は頭の中でソロバンを弾いたのか、「判った」と頷いた。

＊

『ねえ、ちょっと、ネットの動画なんだけど琴美、晒されてない？』

数週間後の早朝、寝ていた丹羽琴美はスマホの着信に起こされた。電話してきたのは大学時代の保育科の同窓生で、今でもたまに会う友人だ。

「なんのこと……」

ほとんど寝ぼけたまま応答した丹羽は時計を見た。まだ六時前だ。

『朝起きてネットを見たら驚いたわよ！　琴美の動画がバズってるんだよ！　虐待保育士だ、鬼だ悪魔だって』

「はぁ？」

訝しみつつ、丹羽は「観てみるから」と通話を切って、ネットに繋げてみた。

ほぼ検索する間もなくスマホの画面に表示されたのは、あの動画だった。彼女があおいちゃんの足首を持たされて逆さ吊りにしている、あの時に撮影されたものだ。あの時、瑠美子先生は撮りながら「ほら、もっと笑いなさいよ！」と言っていたが、その音声は消されて、丹羽の声だけが残っている。「駄目でしょうあおいちゃん！」という声が。

起き抜けのぼんやりしていた頭が一気に覚醒し、彼女にも、これは大変なことになった、と判った。あの動画が公開されてしまったのだ……。

これ以上、ネットを見るのが怖くなった。前後の事情を無視して切り取られた動画だ。そこだけ見れば言語道断なだけに、一気に拡散されてしまったに違いない。こうなってしまっては丹羽としては為す術がない。言い訳しても無視されるか、火に油を注ぐことになるだけだ。

スマホが鳴った。発信者は登録されていない。つまり、知らない人だ。

「もしもし……？」

『お早うございます。丹羽さんですね？　丹羽琴美さん？　私、ブジテレビの朝の番組「バッチリ！」と申しますが……現在ネットで拡散されている動画について、お話を』

そこで丹羽は慌てて通話を切り、スマホの電源も落としてしまった。

電話に出るのが怖い。外に出るのも怖い。外には取材の人がいるんじゃないか……。

彼女はそう思って窓外を見た。住んでいるのはワンルームマンションの二階で、狭い路地に面している。

果たして。窓から見える路上には、ビデオカメラやマイクを持った人たちがタムロしていた。それも信じられないほど大勢。さすがにマンションの中にまで立ち入って、ドアをノックしたりチャイムを押すヤカラは居ないようだが。

その瞬間、カーテンの陰から下を見ている彼女を察知した取材の連中が、一斉にこちらを見上げてカメラも向けた。

飛び退くように窓から離れた彼女は、布団を被って震えた。

もう、外にも出られない。

だけど……三沢先生はどうしてあの動画をネットにあげたりしたのだろう?

あの動画をあげたら、私があおいちゃんをいじめていると世間一般には思われる。そうやって、自分の罪を逃れたい? どうして? あおいちゃんをいじめていることは、保育園の中だけの話なのに? いえ、私がお父さんにイジメの事実を話そうとしたから……?

突然、ドアチャイムが鳴った。続いてドアがどんどんと叩かれる音に、丹羽琴美は口から心臓が飛び出るほど驚いた。

「僕だ。墨井保育園の園長の東谷だ」

園長先生が、ここに来た……。

「丹羽君。丹羽先生。君を迎えに来たんだ。外は結構な騒ぎになっていて、君だけでは園まで来られないと思ってね。それに、このままじゃ収まりがつかないんだ。園の方にも朝早くから取材の人が来ている。取りあえず保育園は今日は急遽お休みにしたので、この事態をどう収拾するか、これから話し合いたいんだ。謝罪会見もしなければいけないし」

だから出て来なさい、一緒に保育園に行こうと促されて、琴美は仕方なく支度をして部屋を出た。

マンションの中には報道人はいなかったが、外に出た途端に揉みくちゃにされた。カメラのレンズやマイクが身体に当たって痛い。

「丹羽さんですね？　保育園でのいじめについて反省してますか？」

「丹羽さん、イジメの事実を認めますね？」

「丹羽さん、あなたに保育士の資格があると思いますか？」

矢のような質問……ではなく批判が礫のように飛んできた。

東谷園長は険しい顔で黙ったまま丹羽を軽自動車に押し込むように乗せ、自分も運転席に乗り込むと発車させた。車が軽なのは、いつも乗っているジャガーでは反感を買うと計算したのだろう。

車にまで突進してくるマスコミを掻き分け押しのけて、車はゆっくりと発進した。路地を抜けるとさすがに追っては来なかった。どうせ保育園に先回りすればいいと思っているのだ。

車中では園長は無言だった。まったく何も訊いてこない。硬い表情のままハンドルを握っているのが余計に不気味だ。

保育園に着くと、本日休園を知らないで園児を送ってきた保護者が数人、文句を言いながら帰っていくのが見えた。

その後ろ姿に、園長と丹羽は深々と頭を下げた。

しかし……悪いのは三沢瑠美子なのだ。

中に入ると、毎月開かれる職員会議のように、保育室にテーブルが並べられて、保育士たちが座っていた。別のクラスの保育士も含めて総勢六人に、園長と事務職員も加わった。

園長と丹羽が着席したところで、会議が始まった。議題はもちろん「あおいちゃんいじめ事件をどうするか」だ。

「丹羽先生が悪いのだから、丹羽先生が謝罪して園を辞めればいいんじゃないんですか？」

そう平然と言い放ったのは、三沢瑠美子だった。それに成田も賛成した。別のクラスの保育士さんは、よく判らないという態度で黙っている。

しかし、この件は実際には、全面的に三沢が悪いのだ。

「違います！　あの時、私は三沢先生からあおいちゃんを押しつけられたんです！　三沢先生が逆さ吊りにしていた、あおいちゃんの足首を、私が持つようにって！」

「ええええええ？」

三沢は大袈裟に驚くフリをして目を剝いた。

「なにアナタ、私に罪をなすりつけようってわけ？　動かぬ証拠の動画が残ってるのに、なぁに言ってるの？　往生際が悪いってこのことよ！　派遣のくせに！　この卑怯者！」

「そうよそうよ。丹羽先生、今更ナニを言ってるの？　頭おかしくなったんじゃないの？」

腰巾着の成田も三沢に完全に迎合した。

「そうなんです！　成田先生の言うとおり、みんなこいつが悪いんですぅ。うちらは無理やり協力させられただけでぇ」

三沢は今にも泣きそうな顔を作って、丹羽を指差した。

「そうなんですぅ」

泣きそうな顔で同調し、頷いてみせる成田に、三沢はさらに勢いづいて続けた。

「丹羽先生は大学で何をお勉強したのか知りませんが、私たち経験が長い者にあれこれ議論を吹きかけてぇ、理想論ばかり言って私たちのやり方をいつも否定してぇ、業務の邪魔をするんですぅ！　ほんと、丹羽先生のおかげで、やりにくくってしかたがないんですぅ」

成田は相変わらず首が千切れんばかりに頷いている。ボブルヘッド人形か。

しかし、三沢の実態を普段から見聞きしていて、三沢の影響力から少し離れている別クラスの保育士たちは、そうやすやすと三沢には賛同しない。それでも園長お気に入りで事実上のナンバー2である三沢に楯突くと、今度は自分たちに矛先が向いてしまう。そういうことが判っているだけに、反論もならず、みんな黙って俯くばかりだ。

「僕は、三沢先生を全面的に信頼しているのですが」

園長は三沢を見た。その目には信頼以上の、明らかに男女の仲を思わせる感情が籠っているように見えた。

「……まあ、丹羽先生の処遇については、改めて検討することにして、あの動画がある以上、丹羽先生が佐伯あおいちゃんを虐待したことに間違いはないですよね。これについては園として謝罪して、佐伯さん宅に謝罪に行かねばならない。そうですよね？」

園長の言葉に一同は頷いた。

「こういう事は時間を置くとよくない。あの保育園は悪いと思っていないのだ、などとネットに書かれて、そういう世論は報道にも影響を与えるでしょう。まず、佐伯さんのお宅に謝罪に行き、その時の佐伯さんの反応を踏まえて、謝罪会見をやりましょう」

さすが元サラリーマンの園長は、おろおろする保育士や事務職員のなかで、テキパキと段取りを組んだ。

「しかし手ぶらじゃ行けないね。ここに来るときは時間も早かったからコンビニしか開いてなかったけど、そろそろお店も開くだろう。三越や髙島屋で買うのが理想だけど、その時間もないから、芳賀さん、この界隈で一番の老舗の和菓子でも買ってきてもらえませんか？」

園長は年配の事務員である芳賀さんに頼んだが、彼女は難色を示した。

「いえ、私だって今、園の外に出るのはイヤです。マスコミに殺されそうです。電話で注文して、持ってきてもらいましょう」

三十分後。浅草に近い老舗の和菓子が届いたので、丹羽と園長は佐伯家に謝罪に向かったが、二人が乗る軽自動車は追跡されたし、佐伯一家が住むタワーマンション「墨井グランドタワー」にも、どこから名前が漏れたのか、報道陣が待ち構えていた。

それでも丹羽と園長は車を降りて、マンションのインターフォンを押した。

「墨井保育園の……」

と園長が名乗り始めた瞬間に、あおいちゃんのママ・沙香の冷たい声が返ってきた。

「お目にかかるつもりはございません。お帰りください」

「あの、謝罪だけでも是非」

「お断りします。お帰りください。帰っていただけないなら、警察を呼びますよ」

そう言われて、なお食い下がることは出来ない。謝罪を受けることを無理強いは出来ない。

丹羽と園長は顔面蒼白になり、顔を引き攣らせて外に出た。報道陣を掻き分けて車に乗り、園に引き返すしかない。

が、その途中で、丹羽は「途中で降ろして貰えませんか」と園長に頼んだ。

「だって、もうすぐだよ」

「ここで降ろしてください。ちょっと一人で冷静になって考えたいので」

園長は、それを、丹羽が辞めるために会見で言うことを整理したいのだと受け取った。

「じゃあ……僕はずっと園にいるから。しかし、謝罪会見をしなければならないからね。それは今日中にやりたいから。それ、判ってるよね。そのへんよろしくね」

園長は念を押して、丹羽を車から降ろすと、園に戻っていった。

丹羽は、完全に絶望していた。

園児へのいじめを止めようとしたのに、逆に自分がいじめの首謀者にされてしまった。

保育園は、自分が辞めるのを待っている。いや、もしかしたら、自分が自殺するのを期待しているのかもしれない。いじめの首謀者が死んでしまえば、それだけ罪の意識が深かったと言うことになるし、それ以上真相を追及されることもなくなる……。

丹羽は、隅田川に飛び込んでしまおうか、それとも電車に飛び込もうか、迷った。しかしこの辺りの線路はみんな高架になってしまっている。飛び込むには北千住か京成亀戸線の方に行くしかない。かと言って隅田川に飛び込むのはもっと嫌だ。冷たいし臭そうだし、溺死するまでには時間もかかるだろう。その間、きっと苦しいに違いない……。

丹羽琴美は、そんなことを考えながら、フラフラと歩き続けた。

もう、何がなんだか判らない。

誰も信じられない。

自分は無価値だ……生きてる意味もない……私がいなくなっても、誰も困らない……。むしろ喜ぶ人がいる……。

私って、なんだろ。

そんなことを考えていると、頭の中が真っ白になって……。

「危ない！」

という声とともに激しいブレーキ音が響いた。誰かに腕を摑まれ、思い切り引き戻された丹羽は、ハッとして我に返った……。

フラフラと車道に出て行こうとした若い女性の腕を、鋼太郎は無我夢中で摑み、思いきり引き戻した。

ぎゃギャーッという怪物のようなブレーキ音がして大型トラックが急停車、運転台から男が顔を出して「あぶねえだろ！　死ぬ気か！」と怒鳴った。

勢い余って尻餅をついた鋼太郎は反射的に「すみません！」と謝った。引き戻した女性も傍に倒れている。

赤信号の横断歩道にふらふらと出ていこうとしていた若い女性に、鋼太郎が危ない！と声をかけ、それでも足を止めないので慌てて駆け寄り、腕を摑んだのだ。

大型トラックは走り去り、歩道には鋼太郎と若い女性が残された。

「……大丈夫ですか？」

鋼太郎はそう言いながら立ち上がり、まだ歩道に倒れたままの女性に手を差し伸べた。

「ん？　あなたは」

その顔に見覚えがあった。その女性は顔色が真っ青で、目は虚ろ。それは先日、「クスノキ」でいじめられていた、いや、今朝、テレビのワイドショーに映し出されていたばかりの……。

「あの、もしかして」

鋼太郎が話しかけた瞬間、若い女性はハッとして我に返ってヨロヨロと立ち上がった。

「あ、もう大丈夫です。お構いなく」

そうは言ったが、膝を擦り剝いて血が出ている。呆然として目の焦点も合っていない。このまま放っておくと、また車道に出て行って今度は本当に車に撥ねられてしまいそうだ。

「私ね、この辺で整骨院をやっているんです。ウチで手当てしましょう。ちょっと落ち着いた方がいい」

鋼太郎は彼女を強引に自分の整骨院に引っ張っていった。

＊

「もう、今朝、ネットを見てから頭の中が真っ白で、どうしていいのかも判らなくなって……気がついたらすぐ近くでブレーキの音と怒鳴り声がして……」

丹羽琴美は、小牧ちゃんが淹れた熱いコーヒーを一口飲んで、ぽつりぽつりと語り始めた。

「いや……おれが昼休みに、水戸街道の方を散歩してたら、この人が車道にフラフラ出て行くんで、夢中で引き戻して」

助けたあとすぐ、鋼太郎はその女性が、「クスノキ」で土下座をした女性で、今朝のワイドショーで激しい追及から逃げていた「丹羽さん」だと気がついた。

鋼太郎の整骨院に来てやっと落ち着いた彼女は、途切れ途切れにこれまでの事情を話した。途中からは鋼太郎に呼ばれてやって来た錦戸も加わって、彼女の話を聞いた。

「……要するに、保育園の正規職員である三沢瑠美子の保身のために、佐伯あおいちゃんという園児に対するいじめの全部が、丹羽さんがやったことにされてしまった、ということですね？」

錦戸がまとめた。

「三沢瑠美子の動機は、あくまでも自らの保身。自分の悪事が佐伯あおいちゃんのご両親に露見しそうになったので、先手を打った、と言うことでしょうか？」

「そうとしか考えられません」

丹羽さんは頷いた。

小牧ちゃんが接骨院のテレビをつけると、墨井保育園前からの中継映像が映った。

「えー、保育園からは謝罪会見をするとの発表があったまま、何時から会見が始まるのかの連絡すらありませんので、我々はここでずっと待ち続けている状態です」

現場リポーターは腹立たしそうに言い、スタジオのワイドショーの司会者も憤慨（ふんがい）した。

「保育園も、いじめをしたとされる保育士も、これでは逃げているとしか思えませんね。こんなにハッキリした証拠映像があるのですから、逃げも隠れも出来ないはずなのに！」

小牧ちゃんは慌ててテレビを消した。

「おれが保育園に電話して、丹羽さんは会見に出られる状態じゃないと説明しようか」

と鋼太郎が言って、スマホを取り出したのを錦戸が止めた。

「榊さんが電話しても、なんだこのオッサンと思われるだけです。ここは墨井警察署生活安全課課長である、私が話した方がいいでしょう」

錦戸が連絡役を買って出た。

「今、保育園側は、すべてを丹羽さんのせいにして丹羽さんに頭を下げさせようとしているはずです。しかし事実はそうではない。これは、被害者であるあおいちゃんの証言さえ得られればハッキリします。なので今日の謝罪会見と説明会見は中止させるべきですね」

「しかしそうすると、丹羽さんが言ったように、園としては困ってしまうでしょう？」

小牧ちゃんがそう言ったが、錦戸はそれは駄目ですと首を横に振った。

「そういうことをやってはいけない。丹羽さんにすべての罪を着せる会見はさせません」

「だけど、錦戸警部殿は、どうして丹羽さんの証言だけで、丹羽さんの無実を信じるのですか？」

念のためにお訊きするのですけど、と小牧ちゃんが尋ねた。

「総合的な状況判断と、警官としての勘です。人間にはいろんな顔がある、とは言うものの、ここにおいでの丹羽さんが、あおいちゃんをいじめていたとはどうしても思えません。むしろ、話を聞けば聞くほど、三沢という人物の悪辣さが、どんどん明らかになっているのではないでしょうか」

錦戸はスマホを手に外に出て行った。整骨院のガラス戸越しにその身振りを見るかぎり、錦戸は相当激しい口調で電話に向かって話している。通話の相手が保育園だとして、警察から叱責する口調の電話が入れば、かなりビビるだろう。

やがて通話が終わって、錦戸は晴れやかな顔で戻ってきた。

「納得させました。会見を開かない限り、待っているマスコミが収まりそうもないなどと言うので、じゃあ園長がとにかく『会見できない』事を謝れと。『騒ぎを起こしてしまった』ことについては謝ってもいいが、『丹羽さんのやったこと』という表現で謝ってはいけない、と強く要望しておきました」

「そんな権限、警察にあります？　どういう法的な根拠があるんですか？」

最近、法律的な勉強をしているのか、小牧ちゃんが訊いた。

「ありません」

　錦戸はアッサリと言った。

「法的根拠なんか、まったくありません。それにこれは被害届も告訴状も出ていないので、刑事事件にはなっておりませんから、本来は警察が動くことではないのです。しかし、この騒ぎを鑑（かんが）みるに……」

「つまり、法的根拠はないけど、行政指導みたいな感じで？」

「そう。強いお願いをした、ということです。保育園としても警察に強くお願いされたらイヤとは言えませんよね」

　そう言った錦戸はニヤリとした。

「これだから、警察は辞められないのです」

　権力を振るう喜びを、錦戸は素直に見せている。

「ということは、丹羽さんは焦って園に行くことはなく……」

　小牧ちゃんが言いかけた言葉を、錦戸が引き取った。

「そのとおりです。事実関係を明らかにできる証拠を掴んで、本当の記者会見を開きましょう。真相を話す会見をやりましょう」

「でも……こうなってしまったら、あおいちゃんだって素直に本当の事を話してくれるかどうか……いくらシッカリしているおしゃまさんとは言っても、ご両親や周囲の異様な雰囲気を感じたら、本当の事が言えなくなるかもしれません」

ようやく落ち着きを取り戻したらしい丹羽さんが言った。

そうだよねえ、どうしたもんかねえ、と一同が首を捻っていると、「ども！」と明るい声とともに、若い男が入ってきた。

整った顔立ち、髪を七三に分けたスーツが似合うナイスガイ。小牧ちゃんの彼氏の落合(おちあい)君だ。

「仕事終わったんすけど、ちょっと早かったから、待ち合わせの『クスノキ』もまだ開いていないと思ったので、こっちに」

「なんだ？　今夜デートだったのか？」

「そうですよ？　それが何か」

「言ってくれればよかったのに」

とは言っても、小牧ちゃんに終業後のスケジュールを報告する義務はない。

「おや？　なんかお取り込み中ですか？　警部殿もいるし……」

不動産屋の営業をやっている落合君は、雰囲気に敏感だ。

小牧ちゃんは、これまでのいきさつをかいつまんで彼氏に説明した。

「で、ええと……園長ってのは、このホームページに載っている……ああこのヒトね。こいつが優柔不断で、超極悪・地獄の保育士三沢瑠美子にぞっこんだと、保育園ママたちのあいだでも噂になっている園長の東谷……」

小牧ちゃんが、墨井保育園のホームページに載っている園長の写真を、スマホに表示させて指さした、その瞬間。

小牧ちゃんと彼氏・落合はほぼ同時に「あ」と言った。

「なんだよ、その『あ』は」

鋼太郎がツッコむと、小牧ちゃんが、驚きがさめやらぬ様子で言った。

「私たち、見たんです。この園長と三沢瑠美子が、錦糸町（きんしちょう）のラブホから出てくるところを。それも、何回も」

鋼太郎と錦戸は「おお！」と声を上げたが、丹羽さんは淡々と頷いた。

「その話は、園ではみんな知ってることです。園長も三沢先生もどちらも独身だし、半ば公然の仲なので、それで弱味を握ったということにはならないです」

うんうんと小牧ちゃんが頷き、思わせぶりに言った。

「でも、女のほうが二股かけていたら？　そして二股の相手が既婚者だったら？　ちょっとそれはマズいよね」

「小牧ちゃん、君は一体何を知ってるんだ？」

鋼太郎は小牧ちゃんのもったいぶった話し方に引っかかりを感じた。

「知ってることを全部話しなさい」

「榊さん。そういうフレーズは、司法警察官である、私こそが言うべきなのです」

不満を表明する錦戸に、小牧ちゃんが答えた。

「あのですね、この三沢って保育士が、園長ではない、他の男ともラブホから出て来るところを私たち、見てるんです」

「そもそも君たち、ラブホに行きすぎなのでは？　他にすることないのか？」

鋼太郎が余計なことを言ったが、小牧ちゃんは「あら、私たち、このラブホのすぐそばにある店の、角煮ラーメンが好きなだけですから」と澄ましている。

「そう！　あそこの角煮ラーメン、めっちゃ旨いんだよね！」

彼氏の落合も一緒になってそのラーメンを愛でた。

「ラーメンのことはどうでもいい。三沢先生が園長とは違う男と出てきた件を話しなさい」

鋼太郎が先を促した。

「三沢先生はセックスが大好きで、いろんな男とやってるというだけでは？」

「『だけ』じゃないです。保育士さんと一緒にいた男性、奥さんいるっすよ」

落合がハッキリと言った。

「うちが仲介した物件にその男性、ご夫婦で入居されてますからよく知ってます。物件を決めるのに何ヵ所もまわって、奥さんがあれこれ駄目出しをして、ご主人はウンウンと頷くばかりで」

「そういや君は不動産屋だったね」

「ハナホーム墨井北口営業所勤務です」

落合は鋼太郎に改めて一礼した。

「墨井グランドタワー一四〇一号室」

「そこ、あおいちゃんが住んでいるマンションです！」

丹羽さんが叫んだ。園長との関係は周知のことでも、この件は知らなかったらしい。

「三沢さんと出てきた、奥さんがいる男性って、どんな感じの人でした？　もしかして、スマートで長身で優しい顔立ちの物静かなインテリ風。ベージュ系、クリーム色系のスラックスにジャケットみたいな、薄い色が似合うタイプ？」

「まさにそれです！」

落合と小牧ちゃんが合唱するように声を上げた。

「園長先生とタイプは似てるかな。線が細くて喧嘩は弱そうだけど、いろんな事を知ってそうなインテリ風」

「インテリゲンちゃんだな」

鋼太郎が前にも言ったフレーズを口にした。

「それ、佐伯さんです。佐伯俊彦さん。あおいちゃんのパパです！」

丹羽さんはまたも断言した。

「これで判りました。そういえば数週間前に、三沢先生、不自然な感じで、お昼前に早退したんです。ちょうど私があおいちゃんのパパに、いじめのことを話そうとした、その日です。そうか……そうだったんですね……」

丹羽さんは、呆然として呟いた。

「三沢先生は、園長と同じく、あおいちゃんのパパとも男女の関係になって、いじめについて、あることないこと吹き込んでいるんです！」

もう私はおしまいです……と丹羽さんは絶望の表情だ。

「つまり、園長も、あおいちゃんのパパも、三沢にセックスで丸め込まれているのか！」

鋼太郎の言葉に、一同は納得したが、錦戸は首を傾げた。

「しかし……ちょっと待ってくださいよ。保護者からのクレームをそれで封じたならば、『あおいちゃんいじめ問題』は丸く収まって、終了しているのでは？　三沢が丹羽さんの例の『いじめ動画』をネットにアップする必要はなかったのでは？」

　錦戸はそう言いながら整骨院の中を歩き回った。

「考えられる可能性としては……三沢瑠美子は、自らの潔白をより強固にするため、念には念を入れるために、あの動画をあげたのでは？　セックスで丸め込むだけじゃあ弱いと思ったか、或いは面倒な奥さんのことを考えて、どこからも文句の出ない、完璧な証拠を公表したのでしょうか？」

　丹羽さんに代わって小牧ちゃんが推理を口にした。

「それか、丹羽さんが邪魔なので、完全に追い出そうとした……」

「それかな。細工は流々仕上げをご覧じろって感じで」

　鋼太郎が頷き、小牧ちゃんも落合も頷いた。しかし、丹羽さんは泣きそうな顔になった。

「どうして……どうして私がそこまで邪魔者扱いされなきゃいけないのでしょう？」

「それは、丹羽さんが正しいからですよ。自己流の乱暴な遣り方を今まで押し通してきた三沢は、正統派の、きちんとした保育理論を学んだ丹羽さんが煙たくて、邪魔に感じたのではないでしょうか」

　錦戸が推論を述べる。

「ああもう、日本って、住みにくいッスねえ！」

落合が呆れたような声を上げた。

「ん？　君は外国生活が長いの？」

鋼太郎にツッコまれた彼は、「あ、言ってみただけです」とすぐに尻尾を巻いた。

「でも、正しいことが通らないって、どう考えてもおかしいッスよ！」

落合は日頃の鬱憤（うっぷん）を晴らすかのように声を上げた。

「それで、結局、どうします？　丹羽さんの潔白、どうやって証明しましょうか」

小牧ちゃんが話を戻した。

「だってこのまんまじゃ駄目でしょう？　丹羽さんは無実だってことを証明して、本当に悪いのは三沢である事をハッキリさせて、筋を通さないと。それが出来ない大人たちに囲まれて育つのでは、あおいちゃんだって可哀想です！」

「そうですね。佐伯沙香さんにも被害届を出して貰って、いじめの首謀者をきちんと摘発したいですし」

みんなで、何か策がないか考え込んだ。

「ええと……あの」

小牧ちゃんが手を挙げて発言許可を求めた。

「丹羽さん、園長の携帯番号、判ります？　それと、三沢があおいちゃんのパパとホテルに行きそうな曜日とかも、もし判るようなら」

そう訊かれた丹羽さんは「はい？」と不思議そうな顔をした。

「どういうことなんですか？」

「いえ、まだ考え中の作戦なんですけど……」

小牧ちゃんの企みが判らないまま、丹羽さんは答えた。

「三沢先生が誰かとホテルに行くとしたら、毎週水曜日でしょうか。その日は園が早く終わるんです。それに……三沢先生、翌日の木曜日はよく遅刻してくるんです。ゆうべは彼ぴっぴと一緒だったのって、いつも自慢して」

なるほど、それならいけるかも、と小牧ちゃんは悪戯っぽい目をキラキラさせた。

＊

水曜日の夕方。

鋼太郎と、小牧ちゃんの彼氏である落合の二人は、錦糸町の某ラブホの近くに待機していた。コトを済ませて出てくる三沢瑠美子と佐伯俊彦を捕捉することが目的だ。

錦戸は「警察官である私が、そういう私人トラブルに関与はできませんから」と、ノータッチの構えではあるが、万が一に備えて、近くに止めた車の中で待機している。

当該する二名は百分前にこのラブホに入ったので、いずれ出てくることは確実だ。

「延長に次ぐ延長で、お泊まりになるかもしれませんね」

と落合が時計を見ながら言った。

「二時間のサービスタイム利用だったらそろそろだけど……入るところを押さえた方が良かったでしょうか？」

と、落合。それに鋼太郎が反論した。

「いやいや、こういう事は、済ませた後の方がいいんだ。入る前だと、『気が変わった』とか言って隣のラーメン屋に入ってしまって『未遂（みすい）』になるかもしれないが、済ませて出てきたら、もう言い逃れは出来ないだろ。部屋を検査すれば証拠も出て来るわけだし」

と言って、「……と警部殿が言っていた」と付け加えた。

「そろそろ……呼びますか？」

落合はスマホを取り出した。丹羽さんと園長、そして小牧ちゃんは、錦戸の車に待機している。小牧ちゃんがいるのは無理に呼び出した園長と、丹羽さんが気まずくならないよう、間を持たせるためだ。理屈っぽい錦戸だけでは、園長と口論になってしまうかもしれない。

「いいでしょう。呼んでください」

鋼太郎が決断した。

やがて……。

いかにもラブラブな恋人同士、という感じで寄りそう三沢と佐伯俊彦がラブホから出て来た。

ラブホの入口から角を曲がったところに待機させられている園長に、見張り役の鋼太郎はテレビ・ディレクターのようにキューを出し、落合もジェスチャーで、今です、と手招きした。

「しかし私がどうしてこんな茶番に付き合わなければならないんだ……」

と文句を言いながら園長が角から出てくると、その目の前に、ラブホから出て来た二人が姿を現わす形になった。

三人が鉢合わせした瞬間、スイッチが入ったように、いきなり修羅場(しゅらば)になった。

「瑠美子、これはどういうことなんだ？　あなたは……あおいちゃんのパパ？」

動転して怒りの声を上げる園長に、三沢とあおいちゃんのパパは立ちすくみ、呆然としている。

「えっ園長先生……どどどど、どうして」

「どうして僕がここに居るかって？　そんなことはどうでもいい！　瑠美子、いや三沢先生！　君は私と……そういうことなんじゃなかったのか？」

恋愛関係とか恋人同士とか、そういう言葉を口にするのが恥ずかしいのか、園長はハッキリとは言わなかった。それでも自分の女を盗(と)られた！　という激しい怒りは感じられる。

「え？　まさか瑠美子先生と園長先生は……」

驚く俊彦。

「違うの！　二人とも、怒らないで！　全部誤解だから」

二股というか両天秤(りょうてんびん)がバレた三沢瑠美子は、それでもなんとか言い逃れようとしている。マズいなという感情と動揺、それでもなんとか、この絶対的危機から逃れようとして必死に悪知恵を巡らせる焦りが、三沢の顔には激しく交錯した。

「誤解なのよ。それはあとで説明するから」

咄嗟に逃げ出そうとしたが、園長に阻(はば)まれた。

「逃げるんじゃない。三沢先生。きちんと答えて貰おう」

もはや逃れられないと悟った三沢瑠美子は、息を吸い込んで開き直り、一転、ふてぶてしい表情になった。

「なにか？　なにかあたし、悪いことしましたか？」

それを見た俊彦もすべてを察した。逃げるか、しらばっくれるか、三沢の援護(えんご)をするか……迷っていたが、心を決めたようだ。

「園長先生。僕には園長先生と争うつもりはありませんが、恋愛は自由でしょう？　園長だからって、僕たちに、なにか言う権利があるんですか？」

俊彦は三沢の援護をすることに決めたらしい。

「そもそも園長先生、あなたが頼りなくて男としての迫力がないから、こういうことになっているのでは？」

俊彦は自分のことは棚に上げて、園長の線の細さを攻撃した。

「だいたいあなたは保育園の仕事も全部、三沢先生に丸投げだそうじゃないですか。頼りないと思われても仕方ないでしょう？」

それを聞いた東谷園長は激怒した。

「なんだと！　彼女がそう言っていたのか？　もう一度言ってみろ！」

ここは男として、三沢にいいところを見せなければいけない。男の意地だ。

俊彦もボルテージを上げた。

「ああ、何度でも言ってやる。親の遺産で食ってる、何も出来ない二代目園長が！」

「そっ、そんなことを言うなら、僕にも考えがあるっ！　いいか？　いいのか？」

実は止めて欲しかったのか、「いいのか？」を何度も繰り返した園長だが、スマホを取り出して、ある番号をプッシュした。

「もしもし。こちら、あおいちゃんのお母さんの携帯でよろしかったですか？」

そう言った園長は、俊彦に向かって悪魔の笑みを見せた。慌てる俊彦。

「ちょっとアンタ！　どこにかけてるんだ！　なにやってるんだよ！」

浮気夫は言葉を荒らげた。普段のキャラクターに似合わぬ喧嘩腰だ。殺気を孕んだ声を上げたが、園長はその様子を見てせせら笑いつつ、通話を続けた。

「佐伯沙香さんですね？　ワタクシ、墨井保育園の園長の東谷です」

「やめろ！　やめないかっ！」

俊彦は我を忘れて園長に摑み掛った。

「俺の人生を破滅させる気か！」

そんな大声を出したら、スマホを通して妻に聞こえてしまうだろうに。俊彦は園長を殴ろうとして大きく腕を振りかぶった。が、そこは園長の方が冷静な分、一枚上手だった。

咄嗟に足を出して、俊彦を引っかけて転ばせたのだ。

「電話はやめろ！　これは反則だ！」

「佐伯沙香さん、聞こえますか？……お聞きの声は、ええ、あおいちゃんのパパ、つまりあなたのご主人の俊彦さんです。俊彦さんはただ今、錦糸町のラブホの前で泣き叫んでます。みっともないったらありゃしない」

『判りました。すぐ行きます！』

スマホのスピーカーから、割れるような声が響いて、ブツッと通話が切れた。

「……たしか、奥さんの会社はここからそう遠くない、スカイツリーのイーストタワーにありますよね。タクシーを使えば、すぐですよね」

「貴様！　なにやってくれたんだ！」

錯乱した俊彦が立ち上がりざまに頭から園長に突撃しようとしたが、ここで鋼太郎が出ていった。介入するタイミングを計っていたのだが、通りがかりの通行人というテイで、乱闘になりかけた二人を引き剝がしたのだ。

鋼太郎は、実はこういう諍いの仲裁には慣れている。町内会の活動ではしょっちゅう小さな諍いが起きて、いつも鋼太郎が間に入って収めているのだ。

「まあまあ、お二人とも、こんな路上でどうしたんですか。落ち着いてください」

園長も俊彦も、鋼太郎とは会ったこともないから、このタイミングを不自然とは思わなかったようだ。だがそこに、あれこれ考える暇もなく、タクシーが走ってきて急停車した。

乗っていたのは、あおいちゃんのママ・佐伯沙香だった。タクシーからゆっくり降りて、ゆっくりと路上に立って、俊彦を見た、その抑制の効いた動作に怒りの深さが窺える。

「これは、どういうことなんですか？」

沙香は、視線を俊彦から三沢瑠美子に移した。

「あなたは三沢瑠美子先生ですよね？　保育園で、あおいがお世話になっている」

は、はい、と瑠美子は気圧（けお）されたように返事をした。

「さきほど、園長先生が電話で知らせてくださったことは本当ですか？　うちの主人と三沢先生が不倫関係にあるのは、事実だと理解していいんですか？」

「違うんだ！　沙香、これは全部誤解なんだ！」

俊彦が必死で言い繕おうとしたが、沙香は夫をキッと睨みつけた。

「あなたは黙って。私は今、三沢先生に伺ってるんです」

三沢は、なにも言えず口を噤（つぐ）んだままだ。今、沙香になにを言っても即座に反論されて論破されて撃沈するのは火を見るより明らかだ。それはここにいる全員が判っている。

その沈黙に耐えきれなくなった俊彦が「ちょっとでいい、沙香、頼むから聞いてくれ！」と妻に懇願（こんがん）した。

「だから、違うんだよ。何もかも誤解なんだ」

「私がどう誤解しているの？　あなたは、あおいの保育園の先生と二時間前にラブホテルに入って、今、出て来たんでしょ？　部屋の中で歌の練習でもしていたの？」

「そうなんだ、歌の練習をしていたんだ！　あおいのお遊戯会でぼくが歌うことになって……ほら、ラブホで勉強する学生もいるし、仕事をするビジネスマンだっているじゃないか！」

俊彦はヘタクソ極まりない言い訳を始めた。それなら最初からそう言い張ればよかったのに、おどおどした態度を見せた時点で失敗している。

俊彦が味方としてはまったくアテにならないと判った三沢は、ふてぶてしさを全開にし、大きく溜息をついた。

「あのね、あおいちゃんのお母さん、誤解なんかじゃないですよ〜。俊彦さんはいつもセックスのあと、あたしに愚痴ってたんです。『妻は忙しくておれに全然関心がない。なんなら子供だってどうでもいいんじゃないか。妻は自分と、自分の仕事にしか興味のない女だ。ああおれは結婚に失敗した。しかも妻は貧乳だ。グラマーなキミとはくらべものにならない、月とスッポン、メロンと洗濯板だ』ってね」

三沢は俊彦の声色を使い、底意地の悪さを剝き出しにして、沙香を嘲笑った。

それを聞いた俊彦は飛び上がった。

「違う違う違う！　そっそんなことは言ってない。ただちょっと……うちの奥さんには非の打ち所がない、バストサイズをのぞけばと言っただけなんだ！」

「しっかり言ってるじゃないのっ！　私が貧乳だって！」

沙香の美しい顔が般若になった。口が耳まで裂けて今にも牙を剝きそうだ。

「アナタは、この女と何度もセックスしたことは認めるのね」

「……はい」

俊彦は小さな声でそういうと、俯いた。

「そうして、この女のふくよかな胸を愛でて、私の肉体の欠点をあげつらった」

「いいや、けっしてそんなことは！」

俊彦の声は悲鳴に近い。

鋼太郎は視界の隅に動くモノを感じた。視線を向けると、遠くから錦戸警部と丹羽さん、そして小牧ちゃんがこちらに向かって接近中だ。

マズい。ここに丹羽さんが来ると火に油を注ぐ。根性ワルの三沢のことだから、これは丹羽さんが仕組んだことだと邪推してしまうかもしれない。

鋼太郎は目立たないようにそろそろと後ずさりをして三人の方に近づき、引き返せと合図をした。

「今、こっちに来るのはマズい！　飛んで火に入る夏の虫だ！」

振り返ると、ラブホの前で沙香が「とにかく弁護士を立てます。慰謝料の請求はきっちりさせていただきますからね」と怒りを押し殺した声で通告していた。園長も「人の女に手を出すなんて……いや、それ以前に奥さんとお子さんに悪いとは思わないのですか？」と俊彦を詰っている。

「それと、三沢先生、きみもきみだ！　僕というものがありながら、よりにもよって園児の保護者と……」

だが三沢も負けてはいない。

「は？　あたしは園長の奥さんでも婚約者でもないのに？　誰とセックスしようが、あたしの自由でしょ。けどまさか、あおいちゃんのパパが、ここまで奥さんのお尻に敷かれっぱなしの情けない男だとは思わなかったわよ！」

あはは、と毒々しく笑った三沢は、とんだ外れクジ引いちゃったと大声で言い、次に沙香に矛先を向けた。

「ねえ、あおいちゃんのお母さん、あなたいつもいつも、そういうエラソーなこと言って、自分だけは正しいみたいな顔してるけど、そういうウエメセがみんなをイラつかせてるんですよ！　あたしがあおいちゃんに八つ当たりするって言う玉突き効果は、あなたのせいだって判んないの？」

「判るわけないでしょう！　親がどうだからって子供に当たる保育士がどこにいますか！」

「ここにいるんだよ！」

園長が三沢を指差した。

「逆怨みにもホドがある。っていうか、三沢先生、きみが佐伯さんに逆怨みする意味が判らない」

園長はもう、三沢憎しに気持ちが切り替わっている。寝取られた女は敵なのだろうか。

「きみは短大出の中途半端な学歴にコンプレックスがあるんだろう？　だから慶応を出てイェールに留学して企業法務の弁護士資格まで持ってる佐伯サンに敵うわけもないし、そもそもコンプレックスを持つこと自体がずうずうしいんだよ！　ど田舎の、誰も知らない短大なんか出ても！」

そう言われた三沢は泣き出して、園長に摑み掛かった。それを俊彦が止めると、今度は沙香が自分の夫の頰を張った。

「ぼ、暴力はやめろ！」

「あなたは自分がしたことをよく考えなさい！」

「だからボクは、三沢先生が迫ってきたので、男として、女性に恥を欠かせてはイケナイと思ったたし、君は仕事でずっと忙しくて全然その」

「浮気したのは全部私のせいだっていうの？」

「いやいやそうじゃなくて」

「そうですよ。俊彦さんは悪くない。全部あおいママのせいなんです！」

「黙れ瑠美子！　尻軽女がエラそうに」

夫婦喧嘩に三沢が割って入り、それに園長が怒り、四人の喧嘩は泥沼と化した。

「ちょっと皆さん、困るんですよ、ここで騒がれるのは」

ラブホの玄関先でえんえん怒鳴り合っているので、ついに溜まりかねたラブホの店長が出て来てなんとかしようとしたが、まったく相手にされず、途方に暮れている。

「そろそろ私の出番ですかね」

錦戸は警視庁の身分証を手に持って、ゆっくりと近づいていった。

「警察です！　騒ぐのはお止めなさい！」

しかし、警察が介入したと言うことで、沙香が色をなし、三沢もさらにヒステリックに叫び始めた。さすがにマズいと悟った園長はオロオロし、俊彦はへたへたと路上に座り込んでしまった。

騒ぎを立ち止まって見物する人だかりも出来始めた。

その中に、町内のスピーカーと言われている主婦がいるのを、鋼太郎はしっかりと見た。

「これは……明日には町中の噂になってるぞ」

鋼太郎が言ったが、小牧ちゃんは首を傾げた。

「まさか。田舎じゃあるまいし」

だが小牧ちゃんの彼氏・落合は鋼太郎に同意した。

「主婦の噂話のネットワークは凄いッスよ。町内のあることないことを、あの手の放送局って言われるタイプの人たちは実によく知ってます。一度そのネットワークに乗ると、あっという間に広まるんです。タワマンにはそういうネットワークはないだろうけど、保育園の保護者の間にはあるんじゃないッスかね」

「……じゃあ、あのご夫婦は肩身が狭いじゃない？　あおいちゃん、保育園続けられるのかしら」

「そうだな。一番可哀想なのは、あおいちゃんだな……」

鋼太郎がそう言うと、小牧ちゃんと落合はシュンとしてしまった。

ラブホの前では、錦戸警部の介入で、四人はようやく大人しくなったが、野次馬の輪はそのままだ。口々に訴えるそれぞれの言い分を真剣な表情で聞いている。

一見、四人に同情し、一緒に解決法を考えているように見えるが、実は、井戸端会議のネタを仕入れているだけなのだ。

＊

墨井保育園の「園児虐待事件」は、事実に即した内容で報じられた。

「あおいちゃんをいじめた首謀者」との冤罪が晴れた丹羽はワイドショーに出演し、「先輩の妬みや恨みを買う怖さ」を切々と語った。

佐伯夫婦は離婚……せず、転居した。タワマンから郊外の一戸建てに移り、バリキャリの奥さんは市役所の「国際広報課」に移って、相変わらず仕事はバリバリやっているものの、プライベートを犠牲にすることはなくなった。俊彦は地元コミュニティのホームページにタダでエッセイを書くようになった。

三沢瑠美子は墨井保育園を退職した。東谷園長も保育園の経営から手を引き、園を売りに出して大手資本の傘下に入った。そして、その新しい保育園の園長になったのが……丹羽さんだ。ワイドショーで顔が売れたこともあっての大抜擢となった。

以上のようなことを「クスノキ」で鋼太郎は語った。レモンハイが美味い。

「結果として八方丸く収まったってとこか。三沢瑠美子は田舎に帰って地元の保育園で働いてるそうだし、東谷園長も、園を売ったお金で悠悠自適の若隠居みたいだし」

「三沢の腰巾着だった成田ってオバサンはどうなったんでしょうね？」

落合と一緒に飲んでいた小牧ちゃんが訊いた。

「そりゃもちろん、成田さんは今は丹羽さんの腰巾着だよ！」

「ってことは……あおいちゃんは保育園を替わったんですよね。やっぱり、あおいちゃんに皺(しわ)寄せが来てしまった？」

「いや、ママと一緒の時間が増えて、よかったんじゃないのかな？」

「おかしいですよね。ママだけが非難されるのって。忙しくて全然家に帰らないのがパパだったら、あーだこーだ言われることはまずないのに。不公平ですよね！」

小牧ちゃんは不満そうだ。

「この件、一番の被害者はあおいちゃんのママだったのでは？　一所懸命仕事してたのに、ダンナに浮気されちゃって」

「まあその逆も往々にしてあるわけです。この件は、男女の性差別って問題とはちょっと違うように、私には思えますねえ」

カウンターにいた錦戸はそう言って、ヤキトリを食べた。

「何も違わない気がするんですけど」

小牧ちゃんが口を尖らした。

「あ、そういや、君枝先生、君枝先生がこの件で得意満面なんですよね」

鋼太郎が思い出したように言った。

「君枝先生にお叱りを受けちゃいましたよ。私が言ったとおりだったでしょ！　私の耳は遠くないのよ、ババアだからって榊クン、あなた偏見を持ってたでしょ、って」

「困りましたね。警察へのクレームにますます拍車がかかりそうだ」

やれやれ、という表情の錦戸に鋼太郎は言った。

「そう頭から毛嫌いするもんじゃないですよ、警部殿。今後は君枝先生からの申し立ても、クソうるさいクレームだと思わずに、切実な市民の声だと思って対処してください。ああ、これは警察へのクレームってわけじゃないですからね」

「しかし、榊さんも君枝先生の愚痴は持て余してたじゃないですか。いちいち面倒くさいって」

そう言った錦戸はニヤリとして続けた。

「それに私から見ると、榊さんはもうとっくに君枝先生の域に達していると思いますよ。つまり、立派なクレーマー」

「いや、おれは今日から、君枝先生の言うことは、どれもみんな真剣に聞いて」

鋼太郎はそう言って、乾杯するように錦戸に向かってグラスを掲げた。

「町内の諸問題解決の一助になろうと思うよ」

「ハッキリ言って、有り難迷惑です」

ニべもなく切って棄てる錦戸。

「しかし警部殿。君枝先生の『保育園がうるさい』ってクレームがなかったら、今回の件は表沙汰にならず、あおいちゃんもいじめられ続けていたんですよ？」

「そうは言うけどよ鋼太郎、もし何々だったらってハナシは、し始めたらキリがないからな！」

クスノキの大将はそう言って、オマケと言って肉まんを出してきた。

これで丸く収めなよ、ということかと思いつつ、鋼太郎は熱々の肉まんにかぶりついた。

第三話　天使と悪魔

今日も整骨院の営業を終えた鋼太郎は、受付の小牧ちゃんを誘って居酒屋「クスノキ」に繰り出したが、店の前には彼女の彼氏・落合が立っていた。

「あ？　デートの約束だったの？」

だったら早く言えよ野暮は言わないよという鋼太郎に、落合くんがへへへと笑った。

「いや、センセにくっついてたら奢って貰えるからって」

「小牧ちゃんには奢るけど、君は自腹で自由にやんなさい」

そんな事を言いながら店に入ると、自分たちが口開けの客だと思ったのに、既に先客がいた。

店の隅のテーブル席に見慣れない男が座っている。お通しとウーロン茶を前にして箸も付けていない。お預けというか、叱られて自粛しているような感じで塞ぎ込んでいる姿には、ただならぬ思い詰めた空気が漂っている。

ボサボサ頭に剃り残しの髭、ペラペラのジャケットにシワのあるシャツ……どことなくカタギとは思えない風情だが、インテリのような憂愁もふと見せる。

たいていの客は顔見知りだし、ここにはフリの客は滅多に来ないので、鋼太郎は思わず「誰だあれは？」と口に出してしまった。

「誰でしょうね？　あの感じ、なんかここを出たら自殺でもしそうな雰囲気というか」

小牧ちゃんも小声で囁き返した。

「ちょっとセンセ、声かけた方が良くない？」

「どうだろう。いろいろ事情がありそうだし、お節介だろ。いちいちしゃしゃり出るのはよくないよ。ねえ、そう思うだろ、落合君も？」

鋼太郎が話を振った落合は、「微妙なところですね」と言葉を濁した。

「都市生活の利点は、プライバシーが守られるところですから」

と、不動産屋らしい事を言って席につき、「中生ひとつ」と注文した。

そこで引き戸があき、颯爽と現れたのは警視庁墨井署生活安全課課長の錦戸警部だ。相変わらず「降格前は警視」だったエリートのオーラを、全身から放っている。

「やあ、警部殿、今日はずいぶんお早いお出ましで」

鋼太郎が声をかけたが、錦戸はそれを無視して脇目も振らず店の奥に一気に進み、深刻な顔のボサボサ頭の男の正面に座った、かと思うと、すぐに額を寄せ合うような感じで密談を始めた。

「なんだあいつら、知り合いかよ」

だが注文を取ろうとしたリンさんも近づけないほど、他人を寄せ付けない、妖気すら孕んだ空気がその席には漂っている。

その異様な雰囲気に、鋼太郎たちはお互いに顔を見合わせた。リンさんも注文取りを諦めて、席のまわりをウロウロした末に戻ってきてしまった。

しかしながら、居酒屋に来ているのにほとんど何も注文しないで話しているだけというのは如何なものか。

鋼太郎がカウンターの中にいる大将をチラチラ見ると、その視線に気づいた大将は笑った。

「いいんだよ。警部殿には日頃からご愛顧戴いてるんだから」

そう言った大将は上半身をカウンターに乗り出してきた。

「しかしあの二人、なにを話してるんだろう？　あんなに深刻そうな顔して」

「警部殿を相手にあれほど深刻な顔で話し込んでるんだから……犯罪の密告とか？」

それとも重大な企業犯罪のタレコミか、と後ろをチラ見しながら鋼太郎が言った。

「たしかに警部殿が喋ってる相手はカタギじゃあない感じがするな」

「けどそんな重要で他人に聞かれると困るようなことを、こんなところで喋る？」

小牧ちゃんがアッケラカンと言い、落合君も乗ってきた。

「そうそう。僕もそう思います。時代劇じゃあるまいし。よくあるじゃないですか、旅籠で密談って設定なのに激昂して大声で喋ってるの。隔ててるの障子一枚なのに」

あれでは外に筒抜けだ、と落合くん。

「今だってカフェとかでリモート会議してるヤツいますよね。会議の内容が丸聞こえ。画面を見ると会社名も丸判り。おたくのセキュリティどうなってんのっていう」

「セキュリティはどうでもいいが、やかましいよな」

「あとスマホのイヤフォンマイクで歩きながら大声で電話してるやつ。それも仕事の話はどうかと思いますよ。あれもかなり込み入った事を喋ってるし」

「悪かったな。うちがノーセキュリティで。だいたいあんたら、聞き耳を立てすぎなんだよ」

大将がむくれたので鋼太郎はフォローした。

「いや、『クスノキ』にセキュリティは必要ない。そもそも居酒屋で大事な話はすべきじゃないんだ。ここは酒飲んでワイワイ騒ぐところなんだよ！　密談だったら……カラオケスタジオに行け！」

「それか、シシオドシが庭で鳴ってる高級料亭とか、ホテルの個室とか」

などと好き勝手なことを言っていると、ボサボサ頭の男が悲痛な顔のまま席を立ち、そのまま店を出て行くのが見えた。

ほどなく、錦戸がカウンターのいつもの席にやって来た。かなり疲れた様子で、目がドンヨリしている。

「大将、なにも頼まなくて悪かったです。これからその分、私が頼むので」

錦戸は殊勝(しゅしょう)に詫(わ)びると、レモンハイに焼き鳥盛り合わせ、塩昆布(しおこぶ)キャベツを頼んだ。

「警部殿、一体ナニをあんなに真剣に話し込んでたんですか？」

鋼太郎が興味津々で訊(き)くと、警部殿は首を横に振った。

「いや～、口外できません」

「捜査のタレコミですか？　密告？　チクリ？　企業の内部告発？」

「だから、言えませんって」

錦戸は疲れた顔でレモンハイを一口飲み、チッチッチと立てた指を振った。

だが鋼太郎はめげない。

「さっきの人は情報屋？　経済ヤクザ？　あるいは、はからずも大企業の秘密を知ることとなり、義憤の余り黙っていられなくなった出入り業者？　いや、取引を打ち切られた下請け業者かな？」

「ブブーッ。全部ハズレです」

鋼太郎と小牧ちゃんに追及された錦戸は、苦笑して答えた。

「彼は私の大学の同期で、学部は違うけれど同じサークルだったんです」

「じゃあ……東大か！」

鋼太郎は驚いて「人は見かけによらないものですねえ」と口走った。

「想像するに……東大を出てマスコミに就職したのは良いがギャンブルに狂って道を踏み外し、売れないライターから情報屋になってとか、大企業に就職したけど親が急死、家業の中小企業を引き継いだら、元の勤め先の大企業のスキャンダルに嚙んでいたのを知ったとか？」

「榊さんは某作家の企業犯罪小説やそれを原作とするドラマの見過ぎです」

錦戸はノーコメントと釘を刺しつつ苦笑した。

「そうやって私に否定させて選択肢を減らしていく、もしくは間違った断定をして私に訂正させる誘導尋問めいたことをして、本当の事を言わせようとするその遣り方、やめて貰っていいですか？」

「いや、こっちはない知恵を絞って推理してるだけなんだけど」

バレたか、てへぺろ、とも言えず鋼太郎は取り繕った。

「榊さん、あなたが勝手に思い込んで間違っていることだけは訂正しておきます。さっきの彼は決して情報屋でも、裏社会に通じているヤバい人間でもありません。大学の教員です。私は法学部でしたが彼は文学部。実に優秀な人間なので、あの若さで准教授です。怪しげな肩書きでテレビに出てくだらない事ばかり言っているアメリカの有名大学のアシスタント・プロフェッサーとは違います」

錦戸は先回りして言った。

「今、言おうと思ったでしょう？　これぞ、人は見かけによらぬモノと」

「なんと、大学の先生か！　昔懐かし中洲産業大学のセンセイとか？」

しかしおじさん世代には通じても錦戸の世代には通じないネタは、完全に無視された。

「個人的な相談をペラペラ口外出来ません。人として間違っています。榊さん、それに小牧ちゃん、そして、そこの……誰でしたっけ？」

「落合です。改めてお見知りおきの程を。小牧ちゃんとお付き合いさせていただいてます」

落合は錦戸に名刺を渡した。

「とにかく、内密に相談されたことを他人に話すのはヒトとして最低ですよね？　しかもその内容が、場合によっては警察の捜査にも影響するとなれば、職務上の秘密にもなり得ます。絶対に口外出来ません」

　錦戸は疲れた顔で言った。

「なんだ、つまんねえな」

　鋼太郎はぼそっと言ったが「でも、仕方ないよな」と反省してみせた。

　あまりにガッカリした鋼太郎の様子に、錦戸としては珍しく「場の空気」を読んだものか、「まあ、あれです」とフォローする姿勢を見せた。

「あくまで、例えばのハナシです。例えばのハナシなんですが……なんですが」

　錦戸の声が小さいので、みんな身体を乗り出して、額を寄せ合うようにして、警部殿の話を聞こうとした。

「ある時あるところに先生と生徒がいました」

「おとぎ話か」

　小牧ちゃんが思わずツッコんだが、錦戸は構わず続けた。

「その生徒は先生の弱みを握ったと言って脅していきます。さあ、先生はどうすればいいでしょう？」

「おとぎ話かと思ったら、ナゾナゾかぁ……どうすればって言われても」

一般論過ぎて何も言えないと小牧ちゃん。

「具体的な事は言えません。これが精一杯です」

「だってそれじゃなんにも言ってないのと同じですね」

落合も小牧ちゃんと歩調を合わせた。すかさず茶々を入れる鋼太郎。

「あれだろ？　どうせ、あの先生が女子生徒に手を出しちゃったとか、そんな話だろ？　そりゃ野郎が悪いね」

「いえ、彼はそういう人ではありません……というか、そういうことが出来る人ではない。いや、彼から相談された内容はまったく違います」

問題の「先生」の冴えない外見を思い出して、これは錦戸の言うとおりだろうと鋼太郎は思い、推理を述べた。

「大学のセンセイが学生に脅されている。不倫の証拠写真、ではないにしても何らかの不正か、そこまでもいかない軽い違反の証拠。キセルとか、路上喫煙とか……いや、痴漢冤罪かな？　きっとそうだ！　で、その学生はネットにあげない代わりに、先生に何かを要求してきた。単位をよこせとか……ええと、就職の推薦状とか？　それもめっちゃ褒めちぎったヤツだ。たとえばこの学生は本学における最高レベルの人材であり、成績優秀であり気配りも出来るし人格的にも問題はない、みたいな？　もしくは卒論を高得点にしろと。でまあ先生は、さすがにそれは出来ないと突っ撥ねる、それじゃあこれが表沙汰になってもいいのか、と、脅してくる学生……とかそういう線かな？」

落合がコメントする。

「だとしたら、立派な脅迫じゃないですか！　きっちり事件にすべきですよ！」

小牧ちゃんも決然と迫った。

「そうですよ警部殿。その先生が仮に本当に痴漢をしたとしても、それはそれ、これはこれ。脅迫に屈しちゃダメですよ！」

気圧された錦戸は慌てて言い返した。

「ですから、さっきから言ってるように、相談の内容はまったく違います。痴漢なんて、彼はそんなことが出来る人では断じてない。しかし、ことは大学の名誉にも関わってくるので、そもそもそういう、脅迫に手を染めるような触法学生が在籍していること、また脅迫の原因となるような事案の存在自体を公にするのが沼田としては……あ！　言ってしまった！」

錦戸は、サッカー日本代表監督にオシムが決まったことを記者会見で漏らしてしまった川淵チェアマンのような顔になった。

「そうか。さっきのボサボサ頭は沼田って言う人なんですね？」

　小牧ちゃんが追撃する。

「困ったな……一度口にしてしまったことはもう取り消せないし……これじゃあ私が口の軽い、秘密を守れない人間のようだし……」

　現にそうじゃないかと言いたいのを鋼太郎は堪えた。

「今日は本庁からお偉いさんが来て物凄く説教されたり気を遣ったりしてヘトヘトなところに、ああいう相談を持ち込まれて……」

　錦戸は言い訳に余念がない。

「誰にも言うなよ、と打ち明けたら翌日には町中の人が知っているってパターンだし」

「おいおい。おれたちのことがそんなに信用出来ないのか？」

　鋼太郎はムッとした。

「出来ません」

　錦戸は、そこはハッキリと断言した。

「ああ。口を割らない被疑者から自供を引き出すのが仕事なのに、どうしてボクとしたことが、自らこんなにあっけなく喋ってしまったのだろう……」

「さっき喋ってたコトは全部ウソだよ〜ん！　とか言ってしまうというのは？」

杜撰すぎる小牧ちゃんの提案に錦戸は溜息をつき、黙ってしまった。

「あの、警部さん、こういうのはどうですか」

見兼ねた落合が知恵を出した。

「全部架空の話にして、実在の人物・組織・地名とは偶然の一致である、ということにするのは」

「そんなご都合主義……」

錦戸はかぶりを振った。

「でも警部さん、その脅迫そのものも、さらに脅迫の材料となった出来事も、今の段階では刑事事件にはなってないんですよね？　だとすれば『まだ』捜査上の秘密ではないワケで……個人的なコトなら、我々が知恵を出せることもあるのではないかと思うんですが」

しばし考えた錦戸は、落合くんの提案に頷いた。「では私の個人的な相談ということで」

と言葉を選びながら話し始めた。

「この近所に、『大東京経営福祉大学』って新設の大学があるでしょう？　昔は石鹼や化粧品を作る大きな工場だったところに出来た」

ああ、と鋼太郎が声を上げた。

「ずっと前にあそこのバカ学生に迷惑を蒙ったことがある」

以前、鋼太郎の整骨院の前に違法駐車するバカ学生がいて、おおいに揉めたのだ。

「ある人物がその大学の福祉総合学部の准教授で、ゼミを持っているとしましょう。その人物が、学生に脅迫されていると。その学生はネットで拡散されるにはよろしくない動画を持っていると。ネットにあげない代わりに、就職に有利になるように褒めまくった推薦状と成績証明書を書けと准教授を強請っていると。その辺のことは、さっき、彼が……どなたでしたっけ？」

「落合です！」

彼はお笑い芸人が名前を連呼するギャグのように再度名乗った。

「そう、落合くんが言ったような感じで、そのけしからん学生は、おいそれとは呑めない要求をしてきているわけです」

「やっぱり立派な脅迫じゃないですか。簡単でしょう？　警部殿が動いて、その脅迫してる学生をとっ捕まえれば一件落着でしょうに」

鋼太郎が気楽に言った。

「ほらね、あなた方はそうやって簡単に片付ける。しかし相談者はそう簡単に物事が運ばないと判ってるから、深刻になって相談しに来るわけです。その辺、お判りか？　大学としては、自分のところの名誉や風評被害にも関わってくるので、そういう触法学生が在籍していること自体を、公にしたくないのです」

「しかし、現役の高校生や大学生も犯罪を犯して捕まってるじゃないですか。でも学校の名前が出るとは限らない」

と落合が言ったが、錦戸はチッチッチッと人指し指を左右に振った。

「それは昔の話です。今ではネットにヒマ人がうなるほど居て、即座に特定にかかります。学校の名前なんて一日で割れますよ。あとはお定まりの、学生課で抗議の電話が鳴りっぱなし、大学のサイトには非難の書き込みが殺到、サーバーが落ちるという展開です」

昔だって、スーフリなど悪質な学生サークルがやった犯罪は当人の氏名も大学名も出ましたよね、と錦戸は続けた。

「それも学部や学科まで事細かにバラされます。それに学生の単独犯罪ならまだしも、学生が教員を脅迫したとなると、教員側としても、痛くもない腹を探られるわけで」

「必ずしも痛くもないわけではないかもしれないけど」

鋼太郎はあくまで野次馬的な事を言い続ける。

「さっきの沼田って人、ああ見えていろいろやってるんじゃ……」

「ですから、沼田はそういう人間ではない！」

錦戸は色をなして否定した。

「じゃあ、捏造されたスキャンダルということで、全否定出来るんじゃないですか？」

落合は一見、真っ当に聞こえることを言った。

「落合さん、アナタは、真っ当な事をしようにも非常に困難な障壁があって、強行突破しようとすれば他人に迷惑がかかるという、そういうややこしい立場に陥ったことがないんですね」

「……もしかして、沼田さんが自分の潔白を証明すると、大学そのものの不祥事までが明るみに出て、自分の出世も危うくなるどころか、クビになるとか？」

小牧ちゃんが推理した。

「……違いますけど、さっきよりは近くなってきました」

錦戸はクイズ番組のヒントを出すMCのようなことを言った。

「ただ、問題は、脅迫を受けている被害者は沼田個人にとどまらない、ということです。脅迫の内容が実行されれば沼田が勤務している大学も風評被害を被ります。そしてさらに深刻な事態として、もう一人、被害者が居ます。それは加害者と同じ、大東京経営福祉大学に在学する学生です。その学生は加害者から、告発などすればお前の社会的生命を絶ってやる、と脅されているだけではありません。これまでにもさまざまな被害を受けているのです」

「さまざまな被害というと？」

「課題の丸写し、レポートの盗用から始まって、逆に被害者の側がレポートを盗んだ、との悪評を広められてしまい、ついには交際していた彼氏まで盗られたそうです」

「彼氏を盗られた？　その被害者って女子学生か！　そして悪い方の学生も女子か！」

鋼太郎にツッコまれた錦戸は思わず顔をしかめて舌打ちしたが、「……という設定、ということです」と、あくまで架空の喩え話であるというスタンスにしがみ付いた。

「どうして性別をボカしたんですか？」

小牧ちゃんに訊かれた錦戸は、「いちいち男子学生・女子学生と言うと、昨今のジェンダーフリーだかジェンダーレスだかに抵触すると思ったので」と言い訳した。

「私、その方面は不勉強でよく判っておりませんので」

聞いていた面々も錦戸のその態度に乗ることにした。でないと、ハナシが先に進まない。

「さっきの大学の先生も深刻な状況なのかもしれないけど、その被害を受けた女子学生だって、とっても気の毒だよね。警察に被害届を出してもいいと思うんだけど、それができない気持ちも判りますよ」

小牧ちゃんが同情した。

「だって警察に正式に相談するのは、かなり敷居が高いもの。根掘り葉掘り訊かれそうだし、証拠は？　とか何時どのように？　とか証人はいるか？　とか……もんのすごい上から目線で、しかもそれをいちいち調書に取られて」

「まるで圧迫面接ですよね」

　落合が同意し、小牧ちゃんが断言する。

「そうだよ。心が折れるよ。もういいです、って言っちゃうよ」

「そうはおっしゃいますが、いろいろ訊ねなければ状況が判らないじゃないですか。それに、書類に残さないと相談があった事実も残らないので、あとあと検証が出来なくなります」

　反論する錦戸に対して小牧ちゃんはいきなりかよわい女子に変身した。

「それわぁよく判りますけどぉ、気持ちの問題じゃないですかぁ。つまり女の子にとって警察って『行くだけで怖いところ』なんですぅ」

　身体をくねくねさせてわざとらしく可愛い声を出す小牧ちゃんに、錦戸は答えた。

「もろもろ判っています。女子学生の被害の重大性についてもよく判っています。それとですね、彼……准教授が脅されている理由が、今話題の『ヤバい動画』の存在なのです。それが万が一拡散されてしまったら、回転寿司のペロペロテロと同じくらいの騒ぎになるレベルの、大炎上必至のものなのです」

「なにそれ、見てみたい！」

と、全員が身を乗り出した。

「だから、そんなもの見せられませんよ！　あなた方みたいな人が多いから騒ぎになって炎上するんですから。その動画が拡散されてしまうと彼の大学の評判は地に堕ち、巻き込まれた業界も大損害を被ることが必定なので、その事態を未然に防がなければいけないのです」

「だから？」

「は？」

「だから、女子学生の被害の件はどうなったの？」

女子学生を気にかける小牧ちゃんに錦戸は答えた。

「事情聴取をしなければ、とは思っていますよ。本件における加害者の学生にじか当たりする前に、周辺から加害学生についての情報を得る必要があります。ゆえに、その女子学生にも詳しい話を聞かなければいけないと判断しています」

「ちょっと何それ？」

小牧ちゃんは腹を立てた。

「だったら被害者の女子学生は、あくまで准教授を守るためのダシ？　情報収集のネタ元でしかないの？　彼女を助けてあげるんじゃなくて？」

「あ、もちろん彼女も助けますよ。それはもちろん！」

「彼女、も？」

小牧ちゃんは拘った。

「いくら沼田サンが警部殿の東大の同期で友達だからって、あからさまに差を付けすぎてませんか？」

「そう受け取られたのであれば謝ります」

錦戸は政治家みたいな謝り方をした。

「結果的には彼女からもきちんと話を聞いて、然るべくするつもりなんですから、いいじゃないですか」

「なんだかな～その『やっつけ感』が気にくわないのよねえ」

小牧ちゃんはなおも食い下がる。

「とにかく！　私はその女子学生に会って話を聞きます。すべてはそこからです」

そう言って、錦戸はその場を強引に収めた。


その翌夕。

錦戸は被害者の女子学生から話を聞くのに、居酒屋「クスノキ」ではよろしくなかろうという事で、女子学生が好きそうで入りやすそうなカフェで待ち合わせることにした。

錦戸単独では女性とのコミュニケーションでやらかしそうだから、という理由で小牧ちゃんがその店の隅の席で待機し、おそらく野次馬的興味からだろうが、小牧ちゃんの彼氏の落合までが同席している。

「しかし……センセもヒマですね」

なんだかんだ理屈をつけて鋼太郎までがついてきたので小牧ちゃんは呆(あき)れている。

「だいたいセンセ、一人でやる事、ないんですか？」

「君らが心配なんだよ。それだけだ」

とは言うが、鋼太郎の顔には好奇心がモロに浮かんでいる。

「でもセンセ、このカフェでめっちゃ浮いてますよ？」

ピンクのリボンで絞られた白いレースのカーテン、メルヘン調の真っ白な椅子とテーブル、薔薇柄(ばらがら)のカップとソーサーに、ガラスドームぎっしりの生クリームたっぷりケーキ。

そしてこの店にいるおじさんは鋼太郎ただひとりだ。

「なるほど、浮いていることは認めよう。しかし、あえて言うけど、女子大生だからカフェがいいというのも、如何にもステレオタイプな発想で、これは、いわゆる性差別に該当(がいとう)

するんじゃないの？　どうなの？」

一矢報いようと鋼太郎がカフェがいいと提案した小牧ちゃんに反論したが、「なに理屈っぽいこと言ってるんですか」と一蹴されてしまった。

「じゃあセンセは、おじさん同士が集まるのにスイーツが美味しいカフェにするんですか？」

「それだってアリだろう？　スイーツ大好きな相撲の親方もいるんだから。おじさんイコール酒飲みイコール居酒屋という発想だって安易だよ」

「だから、そういうことを言い出すと、人間いろんなヒトがいるんだから例外だらけになって、全然話が進まないじゃないですか！」

「だろ？　だからおれは、イマドキの風潮にハラが立つんだ。普通でどうしていけないんだ？　いちいちさあ、性差別とかジェンダーとか言い出さないで、普通の感覚でいいじゃねえかとおれは言いたいんだ」

「だから、結局は、これから会う女子学生さんとはこのカフェでいいって話でしょ？　若い女の子だからカフェ。それこそ『普通』じゃないですか。もっと言えば、センセはジェンダーとか性差別とかがうるさいって言いますけど、それは物事の本質を理解していないからうるさく感じるだけです。タダの流行だとしか思っていないでしょ？」

　小牧ちゃんになにかのスイッチが入りそうになったので、鋼太郎は慌てて首をすくめ、

「すまん、おれが悪かった」と即座に白旗を上げた。

「ほんっとにもう。警部殿もセンセも、ときどき物凄く面倒くさくなるんだから！」

「まあまあ小牧ちゃん、センセもそういうお年頃だと思って……第二の思春期みたいなものってことで」

　取りなすように落合が言った。

「ほんとそれ。ひねくれたり理屈っぽいのは中二までにしといてもらえません？」

　そんな事を言っていると、昨夜「クスノキ」に来たボサボサ頭の沼田と一緒に若い女性がカフェに入ってきて隅の座席に座った。たぶんこの若い女性が、例の被害にあった女子大生なのだろう。黒のリクルートスーツに、うしろで一つにまとめただけの髪。見るからに真面目そうで、緊張の面持ちで座っているのが痛々しい感じだ。ボサボサ頭の沼田准教授も、強ばった顔をしている。

「……警部殿、遅刻じゃん」

「しかし……警部殿は本当にこの店でいろいろ話を聞くつもりなのかな？」

　鋼太郎は店の中を見渡した。席と席のあいだに何の仕切りもなく、たぶん話し声は筒抜けだ。こんな場所で込み入った話を聞くべきではないだろう。誰が聞いているか、判った

ものではない。それにここは、彼らの大学の地元だ。

　ボサボサ頭の准教授と女子学生が緊張した雰囲気のまま無言で座っていると……ようやく錦戸がセカセカと走り込んできた。

「お待たせしました。申し訳ない。私、こういうものです」

　錦戸は名刺を出して女子学生に渡した。

「私がニセモノではないことは、彼、沼田君が証明してくれます」

　女子学生は黙って一礼した。

「本来なら警察署にご足労願うのが一番なのですが、それはお嫌なんでしょう？　警察の建物に入る事自体に抵抗があるとか？」

「すみません。なんか怖い感じがして。もっと重大事件に巻き込まれたとか、そういうことじゃないと、行っちゃいけない気がして」

「いえ、彼……沼田君から聞きましたが、あなたの件はかなり重大な事だと思いますよ」

「でも、友達関係のイザコザはあれでしょ？　民事不介入とかで相手にしてくれないとか」

「よくご存じですね。けれども、そういう人間関係のイザコザが拗れて犯罪に至る事も多いですし、本件はすでに沼田君と大学を巻き込んだ脅迫の域に達していると思いますので、どうか相談していただけませんか？」

錦戸はあくまでもジェントルに話した。

「しかし、ここでは他のお客さんに聞こえてしまいますね……どうしましょう？」

自分の席でこのやり取りを聞いていた小牧ちゃんが呆れた。

「ここに呼んでおいて、そのあとどうするかも決めてないなんて……警部殿、ちょっと段取り悪すぎじゃないの？」

錦戸はなおも「どうしましょう？」とか言っている。

「警部殿は、おそらく二人をこのまま墨井署に連れて行こうって魂胆じゃないのか？」

鋼太郎の指摘に小牧ちゃんはすっくと立ち上がり、ツカツカと錦戸のところに行って話しかけた。

「そういうことなら警部殿、ここの事務室を貸して貰えばどうですか？　お二人とも、警察に行くのはおイヤなんですよね？　ここの事務室なら内密な話もできますよ。あたし、ここにはたまに来るから店長と顔馴染みなんですよ。話してきます」

小牧ちゃんはそう言い放つと、事務室に入って行き、すぐ出てきた。

「ＯＫだそうです。どうぞ」

それはどうも、と錦戸は小牧ちゃんに軽く頭を下げると事務室に入った。

結構広い事務所で、机が四つ並んで簡単な応接セットまである。

「ここはウチのグループの本社でもあるので、時々ここで経理とかの仕事もしますんで」

パソコンの前にいた店長が立派すぎる事務所について説明してくれた。

「私もこれから店に出ますので、誰もいなくなります。なにも触らず場所だけお貸しする、という事であれば、錦戸さんを信用してお貸しします」

「それは有り難いです」

生活安全課課長の錦戸とこの店の店長は顔見知りのようで、店長は「では」と言って事務室を出て行った。

小牧ちゃんも出ていこうとしたが、錦戸が呼び止めた。

「あなた方はここにいてください」

「え？　あたしたちは部外者だよ？」

訝しむ小牧ちゃんを事務室の外に連れ出した錦戸は「お願いします」と頼んできた。

「建て前としてはあくまで私が個人的な相談に乗るということになっています。しかし私だけが話を聞くと、警官としての私が事情聴取してるみたいになって、彼女が緊張してしまいます。また既に警察に話したとの誤解が発生するかもしれません」

「そうかなあ。彼女としたら、関係ないあたしたちに話を聞かれる方が嫌だと思いますけど」

「いや、そこはきちんとしておきたいのです。あくまで私は私的な立場で、私的に相談に乗ったという形をハッキリしておきたくて」

「それって、問題というか、トラブルになったときの『逃げ』じゃないんですか？」

小牧ちゃんはツッコんだ。

「ハッキリ言って警部殿の保身としか思えないんですけど」

「それは心外ですね」

今度は錦戸がムッとした。

「先ほどお話ししたように、こうして相談に乗るのは彼女を安心させるためです。それと、小牧さんには私が不用意な事を口にしたら注意をして貰いたいのです。私、若い女性がどうにも苦手で」

「私は若い女性には入らないのでしょうか？」

小牧ちゃんにそう訊かれた錦戸はハッとして口を押さえた。

「もう、警部殿ったら正直なんだから。判りました。ただ、彼女には同意を取るというか、私たちが近くにいる事を伝えておいてくださいね」

小牧ちゃんはニッコリ笑って了解すると、鋼太郎と落合のことも呼び寄せ、三人で事務室の隅に陣取った。

　女子学生と沼田は奥の簡易応接セットに座り、錦戸は近くの回転椅子を引いてきて二人のそばに座った。

「こちらが、貴島光莉さん。ウチの大学の福祉総合学部の福祉健康学科四年生で、僕のゼミの学生です」

　沼田が彼女を錦戸に紹介し、錦戸が相談内容について改めて確認する。

「事件の概要を確認します。加害者に当たる人物は貴島さんの同級生。その同級生が貴島さんのレポートなどを盗用したり自分のものとすり替えたり、テストのカンニングを頻繁にしたり、さらに貴島さんを脅してよからぬ行為をさせて、それを動画に撮ったということですね。そしてそれをネタにゼミの指導教官である沼田君に、就職のための有利な推薦状を書くことを要求。要求に従わない場合は、問題の動画をネットに拡散させて、大学の名前を貶めてやると脅迫しているということですね？」

「ええ。僕は貴島君から、問題となりそうな動画を加害学生に撮影されてしまった、との相談を受けていました。ところが、その加害学生はなんと、その動画をタテに、僕と大学まで脅してきたんです」

「そうですか。事態はどうやら思った以上に深刻なようですね」

と錦戸は言った。

「それで……加害学生というか」

錦戸は二人を交互に見た。

「問題の女子学生はどういう人物なんですか？」

「その子は、高石花恵と言います。高校から私と一緒なんです」

貴島光莉が、おずおずと説明し、沼田も回りくどくて含みのある表現で言い添えた。

「彼女たちの出身高校は、ある意味、強豪校でね。非常に特殊な分野においての」

「そうなんです。県立公園坂高校っていう、物凄くユニークな学校で……勉強はあんまり出来ないんですけど、その分、みんな個性が強くて。それはもう、ビックリするくらいに」

貴島光莉さんは控えめで真面目そうな顔立ちだが、そんな彼女が目を大きく見開いて「ビックリするくらい」と言うのだから、それは相当なものなのだろう。

「みんなスマホでショートムービーを撮ってネットに上げて閲覧数を競ってます」

校内では常時、誰かが踊っていると光莉は言った。動画投稿サイトにおける強豪校ということか。

「制服もないので、みんな奇抜な格好で学校に来ても先生は特になにも言わなかったり……まあ自由な校風と言えばそうなんですけど、偏差値が低いので、学校に遊びに来てるようなヒトも多くて」

「だけど貴島君は成績優秀でね、ウチの大学では二年の時から学費免除になってるくらいで」

沼田准教授が言い添えた。

「貴島君は、家庭に問題がなければ、もっと良い高校に行って、もっと良い大学に行けた筈の、優秀な学生なんです。と言ってしまうと、自分の勤め先を貶すような事になってしまうけど……」

ゼミの教官は自分の勤務校をはからずも正直に評価してしまった。

「はい。私はずっと自宅療養していた母親の介護をしていたんです。勉強する時間はあまりなかったけど、進学はしたかったので。家から一番近い公立の高校が、公園坂高校でした。いろいろ噂は聞いていたんですけど、自分さえシッカリしてれば大丈夫だと思って。実際、先生にも恵まれて、そんなに悪い高校生活ではなかったです。派手な校風に染まるヒマもなかったし……授業が終わればすぐ家に帰って母の介護をしなければいけませんでしたし、バイトもしなければ生活が出来なかったし……」

「それで、同級生が高石くんだったんだよね？」

「そうですけど……」

　貴島さんは母校を弁護した。

「ウチの高校、バカ高校って言われてるんですけど、私みたいなヤングケアラーだったり毒親持ちでなかなか勉強する時間が作れない子も多くて……基本的には真面目で気のいい子たちばかりなんです。でも」

　そこで貴島さんの表情が変わった。それまで穏やかだったのに、にわかに険しくなったのだ。

「でも高石さんは違います。あの子は根っからのワルです。と言っても、私は放課後一緒に遊ぶ事もなかったし、学校の中でもつるんでいなかったし、だから特に親しくしていたわけではありませんでした。性格も全然違ったし、私は高石さんには付いていけなかったから」

「つまり貴島君はお母さんの介護と、それからバイトにも忙しくて、遊び人とチャラチャラしてるヒマはなかったと？」

「はい。高石さんには何度かカツアゲされましたけど……向こうは遊ぶ金欲しさでも、こっちは生活費を盗られてキツかったですよ」

「貴島君の言うとおりです。高石は、公園坂高校もやっとこさ引っかかった程度の成績で、根っからの遊び人。なのに要領だけはよくて、まんまとウチの大学に進学を決めたんですよ。ウチだって一応、入学試験はあるから、どうして高石みたいなのが合格したのか不思議で仕方がないんだけどね。一方、貴島さんは、高校卒業後に介護していたお母さんが亡くなったので、そこから頑張って受験勉強をして奨学金を取ってウチの大学に入ったと」

沼田准教授は即物的に、事実だけを繋げて話した。

「だから、貴島君は一年遅れで入学したので、バカでワルの高石が一年先輩ってことになってしまったんだよね」

指導教官がここまでゼミの学生を個人攻撃して良いのかと思うほど、沼田は辛辣な表現を使った。

「そうです。高石さんのことは興味もなかったし、知りたくもなかったので、まさか彼女が同じ大学にいるとは思ってもみなかったんです」

「でも……あなたは優秀なのに、どうして『大東京経営福祉大学』なんかに……あ、失礼」

錦戸がついに我慢できなくなって口を挟んだ。

「すみません。でも、それならもっと良い大学に入れたのではないかと思いまして」

「はい。母を看取った事もあって私は福祉の仕事をしたかったし、大東京経営福祉大学はその方面の就職率もよかったし、特別奨学金制度とか学費免除制度とかもあったので……」

貴島さんの答えに、沼田も頷いた。

「ウチには優秀な学生を優遇する制度がありますから」

「ですが、私が入学すると、すぐに高石さんが接近してきたんです。私以外に『公園坂高校』出身の学生がいなかったからだと思います。まあ、それほど底辺な高校だったんですけど……高石さんは私にスリ寄ってきて……あの人、一年生を二度やってるんです。つまり二年になるとき単位が足りなくて留年して、結局、私と同じ学年になって……彼女が取りこぼした単位を取るために私に同じ授業を受けさせて、レポートから課題から試験のノートから、なにからなにまで全部丸写しにして……授業によっては私に代返させたり代理でレポートを出させたり……そんなことまでさせられました。もちろん、そんな高石さんの頼みをキッパリ断って、彼女との関わりを完全に断ち切る事も出来たんですが……それが出来なかったのは、私の弱さです」

「いや、それは貴島さんの優しさですよ」

それは有り難うございます、と貴島さんは軽く頭を下げた。

「でも、さすがにもう我慢ができなくなりました」

そう言うと、貴島さんは高石との日々を語りはじめた……。

大学に合格して、入学式の後、新入生のためのオリエンテーションがあった。

広いキャンパスに咲き誇る満開の桜は、抜けるような春の青空に映えてとても美しい。

広くて新しいキャンパスを、明るくのどかな春の陽射しが照らしている。

あちこちでサークルや部活の新入生勧誘が賑やかだ。音楽を流したり楽器を演奏したり、飲み物を太っ腹に振る舞うグループもある。

そんな中を、履修案内の冊子をかかえた新入生たちが行き交う。

私、貴島光莉も、大学生活に夢を抱いてワクワクしてキャンパスを歩いていた。去年までは夢見るだけだった学生生活。親の介護と仕事で一生が終わるんだろうなと思っていた。だから……母親が死んでしまったのは悲しいし、自分が至らなかったせいだと思って自分を責める気持ちもあるけれど、一気に身軽になって自分の時間が持てて、自分の判断で自分の人生を選べるという、普通のヒトなら当たり前の環境が、まさに転がり込んできた僥倖としか思えず、私は有頂天だった。奨学金という名の借金を背負ってしまったけれど、今は考えない事にしよう……。

今の私なら、なんでも出来そうだ。そう思ってウキウキしながら闊歩していたその時。見覚えがあるような無いような、でもなんとなくイヤな感じのヒトが、私めがけて走ってくるのが見えた。

　それが高石花恵だった。

「うっそ。光莉じゃん？　公園坂高校からここに来た子、あたしのほかにもう一人居るって聞いてたけど、あんただったんだ〜。偶然！　仲良くしよ、これから」

　偶然を装ってはいたけど、あきらかに私めがけて走ってきた以上、前から判っていての事だったはずだ。

「ねえねえ、サークルとか決めた？　あたし、先輩だからいろいろ教えてあげるね！　あたしもさあ、いろいろあって、一年生をもう一回やる事になったから、気分一新で、今入ってるサークル辞めて、よそに移ろうと思ってるんで、一緒に探そう！　なんたって去年まではコロナでキャンパス閉鎖になったりサークル活動もほとんど出来なかったりしたんだから、その分を取り戻さなきゃね！　大学生活って言えば、なんたってサークルでしょ！　あたしには一年分の経験があるから、いろいろ教えてあげるよ」

　高石はハイテンション、かつ上から目線で私に話しかけてきた。私にとっては、本当に有り難迷惑……いや、迷惑でしかない。高校時代に何度かカツアゲされた記憶もフラッシュバックしたし。

　それでも高石はぐいぐい来るタイプだから、私の腕を摑んでサークルの出店をどんどん回って、勝手に決めてしまいそうな勢いだ。高石花恵は化粧が上手で、派手なメイクをするタイプなので人目を惹く。サークルの勧誘をする先輩たちも、目立って華がある高石花恵に目が釘付けになってガンガン声をかけてくる。ナンパストリートでナンパされるのって、たぶんこんな感じなのだろう。私には縁がなかったし今後も縁はなさそうだが。

「決めた！　イケメンが多いから、ここの新勧コンパに行こう」

と高石花恵が勝手に選んだのはチャラいイベントサークルだった。チャラい飲み会を開いたりチャラい旅行に行ったりするだけの「遊び」サークルで……実は「ヤリサー」だったことはあとから知った。

私は「バイトしなくちゃならないからサークルは無理だよ」と断ったが、花恵は聞かない。

「いいから。コンパだけだから、付き合いなよ。それに、世界を広げないと関東の隅っこの田舎者のまんまだよ。あんた、なにしに大学に来たのさ！」

花恵は強引に私を説き伏せて、そのチャラいサークルの新歓コンパという名の飲み会に連れて行った。

チャラいサークルだけあって、会場はオシャレなカフェだった。間接照明の明るさを抑えた店内で、飲み物も食べ物も、私が初めて見るようなオシャレなものばかりだった。

「会費いくら？　私、払えないよ？」

「新歓コンパだよ？　新入生はタダに決まってるじゃん！　特に女子は」

花恵はすぐにその場の雰囲気に溶け込んで、大いに飲んで大いに食べて、みんなと馬鹿笑いして、あげく音楽に合わせて踊り始めた。

私は……こういう場に来たのは初めてだし、まったく馴染めなかった。元々お酒は飲めないが、早く酔わせてしまおうという魂胆(こんたん)か、水割りもコークハイもカクテルも、どれも濃くて余計に飲めない。料理も見た目が「ばえる」ような肉の大盛りだったりするが、マズい。ケチャップの味しかしないようなものばかり。

音楽がうるさくて耳が痛いし……長居したくない。

花恵に黙って帰ろうと、そっと席を立ったとき……トイレから出て来た若い男とぶつかりそうになった。彼は、私と同じように所在なさげに店の隅でずっと立っていたのだ。

「帰るんですか？」

彼が話しかけてきた。

「結構な人数がいるから、いいよね？　僕は、数合わせで無理やり連れて来られたんで……」

「そうなんですね。帰るなら、一緒に出ませんか？」

その彼は真面目で、同じ大学の現役合格の二年生、つまり私と同い年だった。

お互い、新歓コンパの会場ではほとんど何も食べていなかったので、近くの手頃な居酒屋……たしか「クスノキ」とかいうお店に移動した。安くて美味しいモノが出て来たのが嬉しくなって、終電近くまで話し込んでしまった。

「君みたいな、真面目な雰囲気の人、いいなと僕は思うなあ」

と、彼、萩原純一（はぎわらじゅんいち）君は言ってくれた。私も、彼の事が最初に見たときから好印象だったのだが。

「ねえ、貴島さん、あんなチャラいところじゃなくて、ボランティアのサークルに入りませんか？　四年間チャラチャラ遊ぶより、少しでも役に立つ事をする方が有意義なんじゃないかな、と思うんだけど」

そう言って私を誘ってきた彼の事を、ますます真面目な学生だと思って、好感度は上昇した。

「高石さんみたいに派手で、なんというか、社交的で、押しが強い人は……君の友達を悪く言うつもりはないけど、僕は苦手なんだ」

「そんなことないよ、花恵はいい子だよ」

愚かにもそんなフォローをしてしまったお人好しの私を、ひっぱたいてやりたい。あとからそう思う事になるのだが……。

結局、意気投合した私たちは、ボランティアのサークルに入って、大学の周辺にある墨井区の老人施設や墨井保育園などに行って洗濯物を畳む仕事のお手伝いをしたり、みんなで出来るゲームをやったり歌を歌ったり絵本の読み聞かせをしたり、簡単な人形劇をやることになった。

このサークルはあまり人気がなくて他と比べると少人数だったけれど、その分みんな熱心で、そしてみんな仲がよくて……サークル内でカップルが数組出来ていた。私と萩原君も、そういう関係に進展しつつあった。

けれど、一気にカップルになってしまうのもなんだか恥ずかしいし、友達以上恋人未満のユルくて曖昧な感じを楽しみたいという気持ちもあって、私たちは「恋人じゃないですよ～」って周囲には言っていた。

私が三年になり、彼が四年になった時……事件が起きた。

私が提出したレポートについて確認したい事があると、ゼミの沼田先生に呼び出されたのだが、私のものとされて先生に見せられたレポートは、私が書いたものではなかった。

「貴島君。私は、いつも君のレポートを読むのを楽しみにしていたんだ。詳細に調べてあるし自分の考えもきちんと入っているし、それも論旨が明快で読んでいて実に楽しい。ウチの大学にここまで書ける学生がいるというのは驚きであると同時に誇らしいほどだったのだが……これはひどいね。ひどすぎる。いつも君が提出しているレポートとはクオリティも文章も、なにもかもが違いすぎていて、首を傾げたんだ」

私のものだというレポートをパラパラと見ただけで、私は叫んだ。

「これ、私が書いたものではありません！」

私のレポートは何ものかによってすり替えられていた。その手口は、レポート本文のプリントアウトを綴じた、その表紙に私の名前を書いただけという、イージーで乱暴なものだった。

「やっぱりね……いつもとあまりに違いすぎたし、文体も違うので、もしやと思ったんだが……今回は論旨が酷く乱暴で、引用元も書いていないくせに引用が全体の九〇％という、パクリ同然のものだったから、どうもおかしいと思ったんだよ」

でもその時は、すり替えたのが誰かは教えてもらえなかったし、沼田先生も明言するつもりはないようだった。しかし、君が実際に書いたのはこれだよね？　と表紙を見えないようにして先生は示してくれた。

「これです！　間違いなくこれです！　私はプリンターがないので、学校のプリンターを使いました。間違いないです」

「そうだろうね。こっちがいつもの君のクオリティだし君のスタイルだ」

レポートがすり替えられた事はハッキリした。

それなのに……。すでに学内には、私が他人のレポートを盗んでズルをしたという悪評が流れていたのだ。しかもそれが准教授にバレて、呼び出しを受けて説教されたという尾鰭(おひれ)までがついていた。

そして……私の事を絶対に信じてくれると思っていたのに、萩原君にも別れを告げられてしまったのだ。

「君が、誰かのレポートを盗んで自分のものとすり替えるだなんて、そんな卑怯(ひきょう)なことをする人だとは思わなかった。心から失望したよ。ずっと真面目な人だと信じていた、ぼく自身がバカバカしくなったよ」

私の言う事には一切耳を傾けてもらえぬまま、彼は去って行った。

それだけでも茫然自失(ぼうぜんじしつ)の大ショックだったのに、私の心はさらに塩をすり込まれた。

「これ、あんたのことだと思うんだけど、違う?」

数日後、友達が突きつけてきたスマホのSNSを見て、私は驚いた。驚天動地とはこのことだと思った。

『三年N田ゼミのキジマって女。自分は勉強できるアッタマい~と思い上がっててムカつく。こんなバカ大学でちょっとぐらい成績がよくても意味ね～んだよ！　どうせ関東の端っこ出身の田舎者のクセに。服のセンスゼロのブスがオトコ作ってリア充アピとか、マジうけるんですけど～。キジマ、真面目なフリしてるけど、大事なテストはカンニング、レポートも丸写し。こないだなんか盗んだレポートを表紙だけ取り替えて提出して、N田に呼び出されてシメられてんの。ダサすぎん？』

などなど、私の事が滅茶苦茶悪く書かれていた。

「ねえ光莉。これ……ホントなの？」

その友人は真顔で訊いてきた。「違う！　嘘に決まってるでしょ！」とすぐに答えたけど、その友人は「そうだよね」とは言ったが、私の言葉を信じていないのは表情で判った。

これを書いたのは……誰だろう？　内容から考えると……高石花恵ではないか？　という疑惑がどうしても消えない。花恵以外に私をこうやってディスる人に心当たりがないからだ。私の交友関係はとても狭い。学内ではボランティアサークルのメンバーとゼミのメンバーくらいだし。そのメンバーは、表面上は私と仲よくしてるけど、本心ではこんな風に私をバカにしていたのだろうか？

疑心暗鬼（ぎしんあんき）というか人間不信になりかけたが、いろいろ考えると、やっぱり、これを書いたのは高石花恵だろうと思うしかなかった。これは花恵の「裏アカ」だ。しかし、そう言い切る証拠はない。

思えば……おかしな事はこれまでにもあった。ろくに勉強もせず遊び呆けて、授業にもほとんど出てこなかった花恵が、テストやレポートでは高得点を取って、難なく単位を得て進級したのも怪しい。それは、私の答案をカンニングしたり、私のレポートを丸写ししていたからではないのか？　レポートを見せて、と言われたことは何度もあったし、そう言えば試験の時も彼女は必ず私の隣に座っていた。試験時に座席指定のある科目は、そもそも彼女は履修していないのだ。そんな手口を、そのまま私がやった事にして全部晒しているなんて……彼女はバカではないのか。

それに……チャラいサークルに居ておおいに楽しんでいたはずの花恵が、突然私たちのボランティアサークルにも入ってきて、萩原君と親しく話し始めていた。私が彼と「友達以上恋人未満」な付き合いをしていると知った、その直後のことだった。

私は何とかして、ネットで私の悪口を言っているのが花恵だと証明したかった。

しかし。高石花恵の「本アカウント」には常識的で優等生的な「正しいこと」しか書かれていない。性的マイノリティの人たちを擁護して差別に反対したり、福祉に手薄なのに無駄な兵器を買う事を批判したりと、極めて真っ当なのだが、こんなこと、普段の花恵が話しているのを一度も聞いた事がない。こういう「正しいこと」は、カッコつけるために他人の書き込みのコピペをしたのだと、やがて私にも判った。だからよく読むと、まったく正反対の主張が混じっている。「コイツ何を考えてるんだ?」と頭が混乱してくる。

花恵はまったくなーんにも考えていないのだ。いや、他人への憎悪はある。特に、私への。

読みたくもなかったが、仕返しするにせよ復讐するにせよ、沼田先生に申告してきちんと高石花恵を処罰して貰うにしろ、彼女の所業については押さえておく必要がある、と私は思った。

私は我慢して、花恵が「裏アカ」で書き込んだものを読んだ。

その裏アカでは花恵は「せばすちゃん」という意味不明な名前を使って、頻繁に書き込んでいた。それは、実際の花恵をさらに悪くした、読むだけで「とってもイヤなやつ」だと判るアカウントだ。たぶんこれが花恵の本当の姿なのだろう。

私のことはもちろん、ゼミの沼田先生や学校、友人すべて、行きつけの飲食店、そして通販会社やタレント、お笑い芸人に至るまで、花恵はすべてに対して罵詈讒謗を浴びせていた。あることないこと書き立てて対象を徹底的に貶しまくっている。褒めることは皆無だ。とにかく世の中のすべてが気にくわない様子で、見聞きすることすべてに対して口を極めて罵っているとしか思えない。そのボキャブラリーは驚くほど豊富だ。

ここまでなら、友人関係が拗れただけ、と思って我慢できないこともなかった。あと少し我慢すれば卒業なのだし、大学を出てしまえば、花恵との関係も切れる。

一度はそう思ったのだが……就活でまた問題が起きた。そしてそれは決定的な破局、いや、私の人生の破滅とさえ言えた。

私が就職を希望している介護事業を展開する企業に、花恵もエントリーしていることが判った。しかも、事前に「パパ活」で知り合っていた、その企業の人事の偉い人に取り入って、私を蹴落とすために、あることないこと吹き込んでいたのだ。

「君は随分、評判が悪いようだけど、そのへん、どうなの？」

就職面接の第何次かのとき、その人事担当者が私に言ったのだ。

「いや、ネットでの君に対する誹謗中傷（ひぼうちゅうしょう）を教えてくれた人がいてね。君は表面上は優等生ぶってるけど、本当はこんなに評判悪いんですよって」

花恵だ、と私にはすぐに判った。花恵は、どうしてここまで私の人生を妨害したいのだろう？　人事担当者にこんな事を言われたら、就職は絶望という事ではないか！

「しかし、君の三年次までの大学の成績は申し分ないし、提出して貰った論文も、社内の評価は高い。悪いのはネットでの評判だけ。このへんをクリアしてくれたら、問題はないんだけど」

「ということは……この書き込みをした本人に削除して貰えと言うことでしょうか？」

「だってこれ書いたの、君の友達なんじゃないの？　だったら話し合ってなんとか出来るんじゃないのかな？　この書き込みが凄すぎるんで、社内の稟議で通しにくいんだよ」

そう言われてしまった。他の会社に志望を変えたとしても、これはついて回るだろう。

私は、花恵と対決するしかなかった。


「ふうん。それ、あたしが書いたって言うのね？」

大学のカフェテリアで、花恵は意地悪そうな笑みを浮かべた。

「違うの？　レポートだって、私のとアナタのを、表紙だけスリ替えて沼田先生に出したでしょう？」

「なにそれ。光莉は沼田とツルんでんの？　あんた、先生もたらし込んでるわけ？」

花恵は、男女関係をすべてそういうふうに捉えている。自分がそうだから他人も同じだと思っているのだ。

「まあいいわ。アンタの悪口は削除してあげてもいい……じゃなくって、書いたやつに心当たりがなくもないから削除するよう、言ったげてもいい。でも条件がある」

そう言って花恵が出してきた条件は……。

＊

「牛丼屋で、お箸の箱に紅ショウガをてんこ盛りにする動画を撮れって」

貴島光莉は怒りと哀しみが半々に入り混じった表情で、言った。

「それ以外はダメだって。きっと私に、そういうバカバカしい、呆れるような反社会的行為をさせたかったんでしょう。あえて私にそういう事をさせて、私を貶めたかったんだと思います」

「まさか、本当にそれをやったんですか？」

「バカでした……まさか花恵がそれをネタに、あんなことまで」

錦戸が驚いて訊くと、彼女は頷いて泣き出し、沼田が補足した。

「そうなんだ。その動画を、高石花恵は僕のところに持ってきて、これをネットで拡散されたくなかったら高石のことを褒めちぎった推薦状を書けと迫ってきた。と言うわけです」

それを聞いた全員が、心からの溜息をついた。

「世の中には、真面目に生きている人を憎む、どうしようもないバカがいるもんですな」

鋼太郎が思わず口走り、小牧ちゃんも激怒した。

「きっと、そういうバカは、自分がまっとうに生きられない劣等感から、真面目なヒトを憎むんだよ！　腐り切ってる！」

錦戸もつくづく残念そうに言った。

「就職がかかっていると焦った気持ちは判りますが、貴島さん、あなたはなんと馬鹿なことをしてしまったのでしょう。その動画は、見る人が見れば、どこの牛丼屋のどこの店か、そういう愚行をしているのは誰なのか、全部特定してしまうんでしょうね……大東京経営福祉大学四年生の貴島光莉さんだって」

光莉の心を抉るようなことを、錦戸は平然と言った。

「そうなれば、事の次第はどうであれ、貴島さんはどの会社にも就職するのは難しくなります。大学の評判は落ちるし、指導教官の沼田の評価も下がるし……動画ひとつで大変なことになってしまいます」

「ですから私……それを撮ったあと、花恵と一緒に店を出て、別れてすぐに店に引き返して謝罪して、お箸の箱を洗って、弁償はしたんです。事件にはしないと、お店の人は言ってくれたのですが……動画がネットに広まったら、そうもいかなくなるでしょうね」

貴島さんはそう言ってさめざめと泣き続けた。

「どうか泣かないで、貴島君。でも、それだけではありません」

沼田は動揺しつつも言った。

「高石花恵は公園坂高校出身者のネットワークを通じて、内輪のまずい動画……つまり、公開された場合、炎上不可避の動画を多数手に入れています。しかもどういう伝手をたどってか、それを加工もしている。すべて顔の部分を貴島さんに差し替えたフェイク動画をたくさん持っていて、これを大学がらみのものとして公開してやる！　と言って僕を脅す材料にしてるんです」

沼田が言い、貴島さんも「そうなんです！　ありもしない完全なフェイクなんです！」と訴えた。

「これだけでも充分、貴島さんにとっては深刻な事態なのに、その上に、決定打というか致命傷を与える策まで高石は講じているようなのです。卒業に必要な、四年次の必修科目の履修届を、貴島さんがなぜか出していないことにされてしまっています」

「そうなんです。私、一回も休まず出席して試験も受けたのに、成績が付いていないんです。そもそも履修していないことにされているんです！」

「何ものか……おそらく高石花恵が貴島さんの学生アカウントを乗っ取ってログイン、貴島さんの、四年次の履修届を改竄してしまったものと思われます」

　仮に就活が成功し、内定が取れたとしても単位不足で貴島さんは卒業出来ないという、怖ろしい事態になっているのだと沼田は顔を歪めた。

　貴島さんも涙を堪え、気丈に説明を続けた。

「就職のエントリーをするのに必要書類を揃えていたら、卒業単位が足りないことが判って……何かの間違いだろうと思ったら、間違いなく履修して、レポートも出したし試験も受けた科目が、最初の『履修届』から出ていないことにされていて……最初は単純ミスだろうと思って学生課に行ったら、『履修届が出ていないのではどうにもならない』の一点張りで。このままでは内定どころの話じゃなくなるんです。卒業出来なくなってしまうので」

　沼田が説明を補足する。

「たぶん、貴島さんのパスワードを盗んだ高石が、履修届のページにアクセスして、その必修科目の履修を勝手に取り消してしまったのではないか、と考えられるんですが、なにしろ証拠がない。僕のＩＤの権限では大学のサーバーには入れないのでアクセスログも調べられないし、学生課に調査を依頼しても、『履修届が出ていないから、それ以上調べられない』の一点張りで。これ以上の調査をしたい場合は、大学内のしかるべき手続きが必要になります。しかしそれをやるのはかなりの大事です。内々での処理が不可能になってしまうので、どうしようか思案しているんです」

沼田の苦悩の表情は消えない。

「どうしてそこまで……牛丼屋の動画よりひどいんじゃないんですか？」

小牧ちゃんも驚きと怒りを隠せない。

「貴島さん、きちんと授業を受けたんですよね？　一年間？　それで取った単位が、ハッキングかなんか知らないけど無効にされてるなんて、そっちの方が大きな問題でしょ！」

「はい。それはもちろんその通りです。しかし例の牛丼動画が拡散されたら……今、あの手の反社会的行為に対して世間は物凄く厳しいから、その責めは貴島君だけではなく、大学にまで及んでしまうでしょう」

沼田はいろいろなものの板挟みになって、苦しそうだ。

「っていうか、沼田先生、あなたはテロに屈するんですか？　その高石とかいうバカ女のやりたいようにさせておいてはイカンでしょう！」

たまりかねた鋼太郎が強い口調で詰め寄った。それには小牧ちゃんも落合も頷いた。

「それには私も同感です」

錦戸も言った。

「事件にしますか？　それとも内々に済ませますか？　いや、この件は断じて内々で済ませてはいけないと、私は思いますよ」

「私としては……」

　事件にして花恵を罰して貰いたい、と今にも言いそうな勢いだった貴島さんだったが、

「私としては」と言ったきり、後が続かなくなって、その先を口に出来なくなった。

「沼田くん。きみはどう思ってる？」

　錦戸が元同窓生に訊いた。

「どうしたらいいのか……大学の評判のこともあるから、出来れば内々に収めたいんだ。

高石花恵は退学という学内処分はするにしても」

　沼田はそう答えたが、「でも」と小牧ちゃんが口を挟んだ。

「その高石って女、相当、根性が曲がって腐ってるから、退学になったらもう失うものはない、とばかりにその動画を大拡散させるんじゃないですか？　撮ったスマホから動画を削除させても、どこにコピーを取ってあるか判ったもんじゃないです。すでにネットのどこかにアップしてあるかもしれないし」

　小牧ちゃんの意見はもっともだ、と全員が頷いた。

「だったら、答えはひとつじゃないですか」

　小牧ちゃんがそう言うと、沼田は「いやいやいや」と弱気な声を出した。

「そう簡単にいかないから、みんな頭を抱えているんですよ」

「だから高石って女は、悪知恵が働く根っからのワルだから、そうやってみんなが困って何も出来なくなるのを見越しているんですよ。つまり、先生や大学の足元を見てるの。でも、そうなると、なんにも悪くない貴島さんだけがひどい目に遭って、それで終わってしまいますよ？　それでいいんですか？　いいわけないですよね！」

「そうだ。いいわけがない！　沼田、お前、しっかりしろ！」

錦戸は同窓生の肩を叩いた。

「そのクソ女……失礼、高石花恵が舐めた真似をするなら、こっちはその上を行くことをして、大人を舐めるんじゃないって教えてやるべきだ。そうだろ？」

錦戸はいつになく毅然とした態度を沼田に見せた。それは相手が同窓生だからなのか。

「警部殿が動くなら、及ばずながら協力しますよ」

鋼太郎も気がついたらそう言っていた。

「私らにどんな協力ができるか判らないけど」

「乗りかかった船だから、私も」

小牧ちゃんも言った。

「あっオレも」

と、落合も乗ってきた。

「ありがとうございます。良い形になるよう、みんなで知恵を絞ろうではありませんか」

警部殿がまとめると、貴島さんと沼田は頷いた。

＊

貴島光莉のクラスメイト・高石花恵は、とにかくラクをして毎日楽しく過ごす生き方を最優先してきた。そのためには利用出来るモノはすべて利用して、邪魔な者は潰す一択だ。これまでのところ、それですべてうまく行っている。

高石花恵本人の極悪っぷりに比して彼女の家族はごく普通で、親兄弟が反社だったりはしない。だが、どういうわけか花恵はイージーでショートカットな道を突き進むように育ってしまった。

勉強が嫌いでも大学は出ておけという親の方針で、答案に名前を書けば合格するという噂があった高校に入り、これまたＡＯ入試で必ずしも学力は問われないという噂のＦラン大学に入った。これで彼女は四年間の自由時間を得たのだ。

なのに……こんな「どーでもいー大学」に、一所懸命勉強した光莉が一年遅れで入って来た。親の介護で進学なんか出来ないと言っていたくせに……一浪したらしい。

こんなFラン大学にわざわざ一浪して入るなよ、と思ったし、高校時代から真面目で一所懸命という感じの光莉が元々気にくわなかった。いかにも優等生ぶってお利口さんぶって、ワタシは努力家で頑張ってます、と無言で訴えている感じなのが、とにかく目障りだったのだ。

とは言っても、光莉は真面目な分、ノートをきちんと取っているし授業もちゃんと聞いているから、利用価値はある。実際、高校時代は便利に使っていたのだ。大学でも利用出来ることは多いはずだ。

そういう思惑で、花恵は光莉に近づいた。徹底して利用するにはまず、彼女の学生アカウントのパスワードを手に入れなければ。

新入生オリエンテーションのあと、一年先輩の花恵は、新入生の光莉に、「必修はこれとこれね」と、履修届の相談にのってやった。

「この学校は、みんな自分のアカウントを持っていて、学校への届けとか全部それを使うの。履修届もそうだし、休講とか教室変更のお知らせとかも全部、アカウントに来るから」

そう言いながら、大学のパソコンで光莉の横に座って操作方法も教えてやった。

「アカウントを取ったら、パスワードを設定しなきゃ。あたしは大事な人の誕生日にしてるんだけど、光莉はどうするの？」

「私も、お母さんの誕生日にしようかな」

花恵は何気なく光莉のパスワードを聞き出した。

「へえー、光莉ってママ大好きっ子なんだ。もう死んじゃったのに？」

花恵にはデリカシーというものがない。

「ずっと看病してたから余計にね……。私がもっと一所懸命看病すればお母さん、もっと長生きしてくれたかも、なんて思ったりもするから……このペンダント、お母さんの形見なの」

そう言って光莉はサファイアの模造石で作ったキレイな青色のペンダントを見せた。

基礎教養科目の必修・体育の初授業は、体育館で男女混合でのバレーボールだった。体育というよりほとんどリクリエーションのような内容で、別にバレーボールを選択する必要はないのだが、花恵がこれを取ろうというので、一緒に受けることになったのだ。

久々にスポーツをして汗をかき、更衣室に入った光莉は、ロッカーの内外を必死になって捜す羽目になった。

「どうしたの」

花恵が訊くと、光莉は泣きそうな顔で「おかあさんの形見のペンダントがないの！」と訴えた。

「ここで体育の服装に着替えるまで間違いなく身につけていたのに。だから……更衣室で誰かに……」

「どこかで落としたとか、今日は元々つけてこなかったんじゃないの？」

だがそのペンダントは、花恵のポケットにあった。模造だとはいえ、なかなかキレイな色だったから、欲しくなったのだ。

光莉が学生課に行くというので花恵もついていった。

「きちんとロッカーに鍵を掛けましたか？　持ち物は自分でキチンと管理しないと」

学生課の職員は、盗まれる方が悪いかのような言い方をして光莉を門前払いした。

光莉が物凄く悲しんでいるのを見て、花恵は内心でほくそ笑んだ。

大学のそばの交番にも行ったが、「大学の中の事は、触りにくいので……」と警察官は及び腰の応対しかしてくれない。光莉は心の底からガッカリしていた。

どうしてこの女が悲しむのを見るのがこんなに楽しいのだろう、と花恵は思わないでもなかったが、元来、光莉のような、欠点がない優等生タイプが大嫌いなのだ。

「仕方がない……買えるものではないし代わりのものはないけど、これはもう割り切るしかないのよね」

光莉が懸命に気分を変えようとしているのを見て、花恵は「バカじゃないの？」と心の中で嘲笑った。

数日後。花恵はつい油断して、光莉から盗んだサファイアの模造石のペンダントをつけて、大学に行ってしまった。

「そのペンダント……」

光莉はめざとく見つけて指差してきた。その瞬間、花恵は「しまった」と思ったが、もう後には引けない。

「どうしたのそれ。それ、私のでしょ！」

母の形見だけに、光莉は顔色を変え、詰問する口調も厳しいものになった。その勢いに押されて、花恵は盗みを認めるかたちになった。

「どうして花恵が持ってるのよっ！」

「なによ？　悪い？　ちょっと借りただけじゃんか」

「借りただけって……私、貸すとか一言も言ってないよね！」

「そうかなあ？　言ったと思ったけど？　まあいいじゃん。返すから」

花恵はあくまで誤魔化そうとした。

「黙って持っていくなんてひどいと思わないの？　これ、おかあさんの形見なんだよ！」

光莉は生まれて初めて、激しく怒った。

「早く返してよ！」

「何よ、人をまるで泥棒みたいに」

明らかに泥棒なのだが、光莉の言い方に無性に腹が立った。

「すっごいムカついた。なによその言い方！　返せばいいでしょ返せば！」

花恵はチェーンを引きちぎって、ペンダントを地面に投げ捨ててやった。

「なにするの！」

光莉は怒鳴った瞬間に涙を溢れさせた。

「だから返したじゃんか！」

そう言った花恵は、地面に落ちたペンダントを駄目押しに蹴飛ばしてやった。

光莉は慌ててしゃがみ込んで、おろおろとペンダントを拾った。その姿が滑稽なので爆笑するのを堪えるのが大変だった。

「貴島さん、どうしたの？」

光莉の彼氏未満の萩原純一がその光景を見咎めて走ってきた。

だが光莉は泣きじゃくって、上手く喋れない。コドモか！

純一を見た花恵は、とたんに盛大にうそ泣きをして見せた。

「みんな（ひっく）あたしが悪いんですぅ！　光莉が貸してくれたペンダント、ちょっと古くて、チェーンが切れたのに、光莉はあたしが壊した！　どうしてくれるのって、全然許してくれなくて」

女ふたりがそれぞれ泣いているのに萩原は困ってしまい、しばらく迷ったあと、ろくに喋れない光莉にようやく言った。

「ねえ光莉さん、人間、誰でも失敗はするし、高石さんだってわざとやったんじゃないんだから、許してあげないと」

そんな事を言った彼氏に、光莉はきっと抗議の視線を向けてなにか言おうとしたのだが、情けないことに、言いたいことが一気に溢れ出したのか、まるで言葉にならない。

光莉は嗚咽を漏らしながら壊れたペンダントを拾って、よろよろと立ち上がった。

地面に叩きつけられ蹴飛ばされた時にロケット部分の蝶番が壊れ、蓋が取れてしまっていた。その中に入っている母の写真らしいものを見て涙ぐんでいる光莉を見て、花恵も多少は悪いことをしたとは思ったが、突っ張る気持ちの方が勝った。

そんな大事なモノなら大切に仕舞っておけばいいじゃん！

泣いている光莉は、彼氏に腕を引かれると、そのまま一緒に行ってしまった。

あんな地味子なのに、なんで彼氏がいるわけ？　あたしにはまだ決まった彼氏がいないっていうのに、あたしより先に彼をつくるなんて許せない！

花恵は、パパ活とギャラ飲みに精を出している自分を棚に上げ、彼・萩原を光莉から横取りすることに決めた。光莉に対して優位に立っていないと収まらないのだ。

まず、花恵は萩原に肉弾攻撃をしかけた。露出が多かったりボディコンだったりの服を選んではカラダを擦り寄せて密着させ、バストを押しつけたりして、デートに誘ってもみたのだが、彼は育ちがいいのかオクテなのか、そういう誘惑はまったく効果がなかった。もしかして童貞なのかもしれないが。

ならばと花恵は光莉を誹謗中傷する作戦に切り替えた。彼女は以前から「せばすちゃん」という名前の裏アカで、気にくわないことすべてを罵倒する、つまり悪口だけをネットに書き込んでいたのだが、それが光莉の悪口（それもほとんどが捏造）に限定され、しかも週七日、一日二十四時間ベースで書きまくることになった。人間というものは負の感情については驚くべき情熱を発揮する。

『貴島光莉。真面目しか取り柄のないバカ女。大学とバイト先と自宅の三箇所をぐるぐる回っているだけ。こんな人生、なにが楽しいのか全然判らん』

『光莉は学食の一番安いＡランチか、かけそばしか食べない。ビンボーは犯罪！』

『アクセサリーとかバッグとか、親しければ貸し借りするよね？　だけど光莉は絶対に貸さないし人をドロボー扱いまでする。自分さえよければいいっていう、最低最悪のジコチュー女！』

　その書き込みを、花恵は萩原に見せた。

「ねえねえ光莉って、あたし高校から知ってるけど、ほら、こんなこと書かれてます。すっごい裏表があるんですよ」

「いやこれは……裏表って言うけど、別に裏じゃないし。光莉さんの堅実さを必要以上に悪く取ってるだけじゃないの？」

　萩原もバカだから、そんな風に光莉を庇う。花恵はそう判断したので、次の段階に進んだ。噂が駄目なら、証拠映像を見せてやれば効くだろう。

　花恵は、光莉の大学のアカウントのパスワードを盗んだついでに、光莉のメアドやＬＩＮＥなどＳＮＳのアカウントも乗っ取っていた。だいたいみんな同じパスワードを使い回していたので、造作もなかったのだ。ついでに光莉の顔画像も盗み取ったので、そのデータをフェイク画像を作れる高校時代からの悪友に渡した。それで光莉の顔を使った偽物の画像や動画を作らせた。今はＡＩを使って、本物ソックリのフェイク画像や動画を簡単に作れてしまうのだ。

じっくり見てもフェイクかどうか判別できないものを、花恵は萩原に見せた。光莉自身が公園の花を毟り取ったり、道路にゴミを投げ捨てたりといった「反社会的行動」をしている、そうとしか思えない動画だ。

くそ真面目なのか疑うことを知らないのか、萩原はそれを信じてしまった。

「まさか……光莉さんがこんなことをしているなんて……信じられない」

「だからめっちゃ裏表あるんですってば」

その頃から、光莉と萩原の間には隙間風が吹き始めた。

花恵にして見れば、自分の思惑通りに物事が展開するのが面白くて仕方がない。

そんな仕打ちを受け続けているというのに、光莉は絶交するどころか、花恵を遠ざけることもしなかった。それは花恵の悪だくみに気づいていなかった、ということもあるが、光莉の気の弱さ故のことだろう。

花恵は光莉が履修する授業を追いかけて、一緒に授業を取った。

真面目な光莉は、前の方に席に座りたがったが、花恵は一番うしろでいいよと言い張った。結局、間をとって真ん中あたりに座るのだが、花恵は授業中は爆睡するのが常だ。

授業中に当てられたらその答えは全部光莉に聞き、ノートも宿題も課題も光莉のものを丸写しした。

「ねえ花恵、自分で勉強しなきゃ駄目だよ。別にノート見せるのが嫌ってわけじゃないんだけど、自分で授業聴いて、ノート取って、自分で考えてレポートとか提出しないと、授業が全然身につかないよ？」

ナニサマ？　センセイでもないのにエラソーに！

花恵は、光莉のこういうところに虫酸（むしず）が走るのだ。

「いいのいいの。どうせ大学の授業なんて役に立たないでしょ。大学なんて、就職のためだけに卒業するとこだと思ってるし」

と、花恵はうそぶいた。夜な夜なパパ活やギャラ飲みで遊び歩いていて、一限目の授業は必修でも欠席して、光莉に代返を頼むことが多くなっていた。学生証も光莉に預けて、電子出席のセンサーにタッチする手続きも光莉に全部丸投げして、出席していることにしていたのだ。

光莉は呆れたが、「アンタだけが頼りなの」「光莉がいないとあたし、どうにもならない。詰んじゃう。進級できない。大学卒業できないと親に迷惑がかかってしまう」などと泣きつかれると、花恵の自分勝手な頼みを断ることが出来ない。

光莉なら何でも自分の思い通りになると甘く見た花恵は、その裏で、「せばすちゃん」

として、頼りにしている光莉の悪口をせっせと書き込んだ。

『ノートをもったいぶって誰にも見せないケチ女！』

『人生短いんだからワリのいいバイトしないのはバカ。コンビニとかファミレスでバイトするのって疲れるだけじゃん。おっさんとちょっとデートしてやればいいカネになるのに』

『授業サボるなとか説教するワリに代返たのまれても断れないヘタレ女』

などなど……。しかし「せばすちゃん」の書き込みに「イイネ」はほとんどつかず、誰も読んでいない様子。しかし花恵は驚くべき情熱を傾けて、光莉の悪口を毎日、山のように書きまくった。


光莉と花恵の二人とも、三年生になると就活を始めた。

光莉は真面目に励んだが、花恵は常に近道を探し、ラクな事ばかりしたがった。

就活のウェブテストでも、花恵は不正を働いた。試験官に監視されないのをイイコトに、光莉に全問解かせたのだ。カンニングよりもひどい「替え玉」受験だ。

一説によれば、ウェブテストは仲間で協力して解答する事は織り込み済みで、昔の某クイズ番組のように、「助けを求めることが出来る有能な仲間」を何人くらい持っているかも測っているらしい。採用する企業としてはそういう「使える人脈」を持っている人材を採用したいのだ、と。しかし、真っ当に当人の実力を測ろうとしている会社も多い。

花恵は、ウェブテストの後、会社に呼ばれて別のテストを受けさせられたが、その得点差があまりに大きかったので、会社に不信感を持たれて「替え玉」がバレてしまった。

これと似た事件では、替え玉で解答した会社員が逮捕されているが、花恵の件では光莉にまで手が伸びることもなく、花恵自身も不合格になっただけで済んでしまった。

そんなこんなで、就活が上手くいかない花恵に対して、光莉は無事に志望していた福祉関連企業の内定を早々と取った。当然、花恵は面白くない。

「勝ち誇っていられるのも今のうちだからね」

と、意味不明の謎の脅し文句を光莉に浴びせた。光莉は、これは彼女のいつもの負け惜しみのタグイだと気にもしていなかったが、花恵は有言実行、全力で妨害工作を開始した。

光莉が内定を取った企業は、偶然にも花恵がパパ活で知り合った男が人事担当重役だった。それを武器にして花恵は滑り止めの内定を貰っていたが、それだけでは飽き足らず、光莉を蹴落とそうとしたのだ。

「貴島光莉には裏表がある。ネットにあの子の本当の評判が書いてある」

ホラこれ見て、と例の悪口を人事担当重役のパパに見せた。

「ねえ、こんな新人、入社させたら困るんじゃない？」

そう言い募って、光莉の内定を取り消させようとしたのだ。

内定が出たはずの会社の採用担当者から「ネットの書き込みが社内で問題になっている」と告げられた光莉は、「このままでは内定取消しになってしまうかもしれない」とまで言われてしまった。

ついに音を上げた光莉が、「せばすちゃん」は花恵だと断定して、書き込みを削除してくれと言ってきた。

「まあいいわ。アンタの悪口は削除してあげても……じゃなくって、削除するよう、書き込んだ人に言ったげてもいい。だけど条件がある」

思惑通りにコトが進んで余裕綽々の花恵が出してきた条件は、光莉が牛丼屋の箸箱に紅ショウガを流し込む悪質ないたずら動画を撮ることだった。

当然、光莉は拒否した。だが。

「撮るだけだよ。公開するなんて言ってないし。それにあんたが拒否っても、こういう切り札だってあるんだけど？」

花恵が光莉に見せたものは、光莉の顔画像を使って作成されたフェイク動画だった。その動画では、光莉自身にはまったく身に覚えのない反社会的行為を、光莉の顔をした何ものかが堂々、実行していた。公園の花を摘み取ったり、公道にゴミをポイ捨てしたり。

「これは内輪で出回ってるだけで『まだ』公開されてない。けどあんたの名前、それと大学名も一緒に、全世界に発信されたらどうなると思う？　あんたの就職は？　あんたを気に入ってる、あの沼田も道連れに炎上するだろうね」

悪魔のような花恵の企みに、光莉はもはや抵抗することができなかった。沼田先生にまで、そして大学にまで迷惑はかけられない。この動画さえ撮らせてやれば……花恵の言うとおり、紅ショウガを箸箱に流し込みさえすれば、花恵の気も済んで丸く収まる……そう思ってしまったのだ。

光莉は自らの運命を左右する「最終兵器」のような動画を花恵に撮らせてしまった。花恵に逆らったらネットにこれが流されてしまう。だが、さすがにこれを公開すると大学でも問題になるだろう。いくら花恵でもそこまではやらないだろう、と光莉は自分に無理に言い聞かせた。さいわい、ネット上の光莉の悪口は約束どおり削除された。「光莉の顔をした何ものか」が悪事を働くフェイク動画も公開されることはなかった。

光莉は安心してひと息ついた。だが、花恵は諦めていなかった。悪事には驚くべき才能を発揮する花恵は、光莉を破滅させるための決定打を用意していた。

光莉の学生アカウントにアクセスして、卒業に必要な必修科目の履修記録を削除してしまったのだ。この科目の単位が消えれば、卒業が出来なくなる。卒業が出来なければ、就職試験に合格し面接をパスしていても、就職は不可能になる。

制度上、履修した記録が存在しなければ大学としてもどうしようもない。

光莉を陥れる作戦は、完璧に成功したかと思われた。

しかし花恵は、欲をかいた。光莉を蹴落としただけでは飽き足らず、光莉を尻目に内定を手に入れた企業よりもっと条件の良い会社に就職したくなったのだ。そこで、ゼミの担当教官である沼田に強力な推薦状を書けと捩じ込んだのだ。

その交渉の武器が、大学の評判を激しく落とすこと請け合いの、「光莉の牛丼屋での悪行映像」だった……。

*

悪魔のような女子大生・高石花恵をどうするか、錦戸を中心に作戦会議が持たれた。

「ひどすぎる……お母さんの形見のペンダントを盗んだ上に壊すなんて」

小牧ちゃんは涙を浮かべて貴島さんに訊いた。

「どうして最初に言ってくれなかったんですか？」

「話すと自分が惨めになりそうで……」

貴島光莉さんは伏し目がちにそう答えた。

「模造石だし、安物だし、そんなガラクタを後生大事にしてるの？　って笑われそうで、恥ずかしかったので」

これなんです、と彼女は小さなジップロックに入ったペンダントを見せてくれた。

それはとてもきれいな、サファイア的な石が嵌まったペンダントだが、無残に壊れてしまっている。

「こんなものですから……」

一同は、言葉をなくしてしまった。あまりに貴島さんが可哀想だったからだ。

「そんなこと、私たちが言うわけないじゃないですか！」

小牧ちゃんは心外そうに言った。

「私たちのこと、もっと信用してください」

はい、でも……と貴島さんは小さな声で付け足した。

「萩原君がすぐ高石さんの言ったことを信じてしまったし、東京の裕福なうちで育った萩原君は、私なんかとは決定的に違うんだなあって思ったし……」

鋼太郎も、あまりのことに怒りを隠せず、錦戸に詰め寄った。

「警部殿。これは由々しきことですぞ。一つ一つは微罪なのかもしれないが、この高石とかいうバカ女を放っておくと、貴島さんが破壊されてしまう！」

そう言った鋼太郎は、沼田准教授のことも睨みつけた。

「沼田先生とやら。あんた、大学のメンツとか評判とかを気にする前に、無実の学生をどうして守ってやろうとしないんだ！　なにをビビってるんだよ！」

まあまあ抑えて抑えて、と錦戸が鋼太郎をなだめた。

「榊さんが言うことはもっともです。高石花恵はとにかく悪知恵に長けているし、しかも悪事がエスカレートしている。もはや貴島さん個人をどうこうという以上に、大学にダメージを与えようとしているとしか思えません」

「それがあるから……貴島君には申し訳ないと思いつつ、僕も動けなかったんです」

言い訳をする沼田准教授に錦戸は言った。

「高石花恵は、貴島さんの牛丼屋動画以外にも、大学にダメージを与えうる二の手三の手を考えているに違いありません。戦国武将の生まれ変わりかも」

「フェイク動画を作ったヤツを洗い出せないっすかね？」

落合が提案した。

「そうすれば、秘密裏に準備しているなにかを炙り出せるかも」

「その辺は、警視庁のサイバー犯罪対策課の協力を仰ぎます。生活安全部の中の組織だし、私、墨井署の生活安全課課長ですからね、話が通じやすいし」

数日後。

錦戸は一同を墨井署の会議室に招集した。

「みなさんを警察署にお呼びしたのは、警察として正式に動くことをお知らせするためです」

錦戸は、改まった口調で口火を切った。

「先日申し上げたように、警視庁生活安全部サイバー犯罪対策課の協力を得て、職権で高石花恵のスマホのアクセス記録などを調べ、解析して、高石花恵のネット上での暗躍を、ほぼ解明しました」

おお、と一同から歓声が上がった。

「本庁とも協議の上、この件は正式に立件することを前提に、捜査を開始します。高石花恵を罪に問うべく追い込みましょう。こういう悪質な学生を放置したという意味で、大東京経営福祉大学としても多少の責任は感じていただきたい」

錦戸はそう言って沼田を見た。

「先生から大学にそう伝えておいてください」

有無を言わせぬ調子に、沼田は「判りました」と答えるしかない。

「サイバー犯罪対策課としては高石花恵とその協力者、つまり貴島光莉さんの顔画像を使ったフェイク動画を作成した何ものかとの間の、具体的な通話内容に踏み込むことはできません。通信の秘密がありますからね。しかしその何ものか、仮に悪のハッカーとしましょう、そのハッカーと高石花恵とのあいだにメールそのほかを介したやりとりのあることは判ります。これをデータに関するデータ、メタデータと言いますが、そのメタデータをもとに問題のハッカーを取り調べ、フェイク動画の作成を自白させます」

「大丈夫かね、そんな手ぬるい遣り方で？」

当然の疑問を呈する鋼太郎。

「あの高石とつるむようなやつらだ。一筋縄じゃいかないぜ。警察が動いた途端に、光莉さんにとって不利な動画を一斉に公開するかもしれないじゃないか」

「そのおそれはあるっすよね」

落合くんも言った。

「ワンクリックで動画一斉公開、みたいなプログラムを組んでいるかも」

「やめなよ、落合くん。光莉さんを脅かしてどうするの」

小牧ちゃんが怒ったが、その可能性を否定できず、全員が黙ってしまった。沈黙の中で続く錦戸の発言が虚しく響く。

「警察としてはそのようにして圧力をかけ、高石花恵の反省を促して、自首を待ちます。警察としてはあくまで自主的な反省を期待するという姿勢を示すためです。それでも高石花恵が反抗的態度を見せるならば、次の段階に進みます。警察としては、これまでの高石花恵の行動と、それを支える仲間の存在は把握（はあく）しておりますので」

「遅せえんだよなあ……仮に高石とその仲間が逮捕されたとしても、動画が公開されてしまってからじゃ」

鋼太郎がつぶやき、そこで貴島光莉が立ち上がり、思い詰めたような表情で口を切った。

「判りました。私、決心しました。花恵に脅かされたとはいえ、あんな動画を撮らせてしまったこの私が一番、悪いんです。何とかしてこのまま無事に就職したい、ラクになりたい、ここで花恵の言うことさえ聞けば……という自分の弱い気持ちに負けてしまいました。このまま一生、あの動画がいつ公開されるか、そんな恐怖に怯えて生きるのは絶対にイヤです。あんなバカなことをしてしまったことを、私は自分から告白して、社会と大学と沼田先生、そしてご迷惑をかけてしまった、すべての人たちに謝りたいと思います」

自分から迷惑動画の存在を告白する……光莉の決心に全員が驚いた。

「いや、それはさすがに……何もそこまでしなくても」

「そうだよ、貴島さん、もっとよく考えようよ」

「どんなひどいことをネットで言われるか」

「そうだよ、たかが牛丼動画だよ？　箸箱に紅ショウガだよ？」

全員が口々に引き留めたが、光莉の決心は変わらなかった。

「いいえ。私の気持ちは変わりません。どれだけ批判されたとしても、私はそれだけのことをしてしまったんです。錦戸さん、そして沼田先生。場所を用意していただけるのなら、私はそこで、みなさんと社会に謝罪します。もう逃げません。顔も名前も出して、きちんと責任を取ります」

死んだ私の母も、私がそうすることを望んだ筈だ、と言い切る光莉を、もう誰も止めることは出来なかった。


翌日。

大東京経営福祉大学の中講堂で、貴島光莉が謝罪会見を開いた。

「私、本学の四年生である貴島光莉は、ある人物に強要されて、ある飲食店で反社会的な行為に及び、その動画を撮影されてしまいました。言いなりになってしまった事については、心から反省しています。今後、ご迷惑をおかけするかもしれないその飲食店、お騒がせするかもしれない皆様に対して、心からお詫びします。もちろんお店には……こんなこと言い訳にもなりませんが、撮影されたあとすぐに謝りに行って、後始末をしました」

光莉は正直に告白して謝罪し、大学側も、ゼミ指導教官の沼田と学部長が同席して頭を下げて、大学と光莉が連名で謝罪文を出した。

「ご迷惑をお掛けした飲食店様には本当に申し訳ないことを致しました。大学としても改めて謝罪に伺うとともに、損害を賠償させていただきました」

今、流行となってしまった飲食店での悪ふざけ動画を、ネットに流される前に、いわば「先手を打って」謝罪するという異例の事態に報道陣は驚いたが、光莉もこうして顔出し会見を決行した理由について、ハッキリと説明した。

「私にはもう、うしろめたいところはないので、顔は隠しません」

そのキッパリした態度に詰めかけた報道陣はざわついた。

「強要により撮影されたものなので、公開された場合は法的措置を検討します」

大学側もそう明言した。

「しかし……問題の迷惑動画はまだネットにアップされていないんでしょう？　しかも飲食店側にはすぐに謝罪して、風評被害も最小限に抑えられていると思いますが、どうしてあえて謝罪会見を開いたんですか？」

報道陣からは当然の質問が相次いだ。

「それに、その行為を強要した人物はもう特定されているんですよね？　だったらその問題の動画が公開される心配はないのでは？」

「いえ。撮影をして公開しようとしている人物が、いろいろと交換条件を出してきております。ですが、それは大学として到底呑めないものですので、最悪の事態を予想して、先に謝罪させて戴いております」

沼田が答えた。

「つまり、こちらの大学の学生が暴走しているということですよね？　大学の指導も受け入れないと。そういう学生は退学にしてもいいのではないのですか？」

「それはそうです。しかし当該学生が、問題動画を公開するぞとこちらを脅しているため、本学としては先に事実関係を明らかにするとともに謝罪をして、脅しには屈しないという姿勢を示しているわけです」

学務部長が答えた。

「学生が、大学を脅していると？」

「まあ、そういうことになります」

学務部長は苦々しい表情で言った。

「そういうモンスター学生が、最近目立っています。ほとんどの学生は大人しくて自己主張もあまりしないのですが……中には、手に負えない学生もいまして……問題の学生には既に内容証明を送ってあります。動画を公開したら退学に処す、という内容のものです」

「生ぬるいんじゃないですか？　この大学は、もっと他の弱みも握られてるんじゃないですか？」

報道陣から、これまた当然の質問が飛んだ。

「いわゆる飲食店での反社会的行動は、一般的にはテーブルに置いてある調味料、あるいは箸を舐めたりと言った愚行を指すと思いますが、こちらで調べたところ、そのような動画を撮られてしまったというこちらの貴島さん、貴島光莉さんのネットでの評判は……ハッキリ言って芳しくないですね。その点、どうなのでしょう？　貴島さんについてかなり批判的な書き込みや、貴島さんが公共ルールを逸脱した行為をしている、との噂も書き込まれています。ほとんどの書き込みは既に削除されていますが、スクリーンショットで残っているものもあります。つまり、貴島さんの側にも実際に落ち度があったために、大学側も、動画を撮影したという学生を叱責できなかったのではないのですか？」

「いいえ、それは違います」

貴島光莉が震える声で反論した。

「私を誹謗中傷するネットの書き込みは全部、問題の動画を撮ったヒトが書いたものです。そして、私が反社会的行為をしているという動画も、牛丼店で実際に撮影された一つを除いて、全部フェイクです。誰かが悪いことをしている動画に、私の顔をすげ替えて作ったものです。そして、今回こうして謝罪することになった動画の撮影と引き替えに、そういうフェイク動画は一切公開しない、誹謗中傷も全部削除するという約束がありました」

「そうですか？　オリジナルの投稿そのものは削除されていますが、その代わりのように、まとめサイトにその書き込みが全部転載されて、しかもその、フェイク動画ですか？　そういったものも一部は公開されているようですが？」

会場の隅には鋼太郎や小牧ちゃん、落合も控えている。全員が報道陣からの質問を、腹を立てながら聞いていた。

「今質問したヤツ、裏に何かあるんじゃないかとほじくる気マンマンだな！」

鋼太郎が怒ったように言った。

「やな野郎だね！」

「でも……それが取材ってもんじゃないですか？　ボクだって、欠陥住宅が明るみに出たような事件があったりすると、失敬な取材を受けますよ。ウチが仲介したわけでもないのに。連中はわざとこっちを怒らせて本音を引き出そうとしたりしますからね」

　諦めたように言う落合君。

　と、そこに、バタバタと足音も荒く、知った顔が入ってきた。君枝先生と、この前の園児逆さ吊り事件で話題になった墨井保育園の丹羽さんが駆けつけたのだ。丹羽さんは今は、墨井保育園の園長先生だ。

「貴島光莉さんは、全く悪くありません！　いまどきこんなに真面目な、素晴らしい学生さんはいませんよ！」

　君枝先生が声を張り上げた。

「私はね、時々、デイケアセンターに行くんだけど、貴島さんは大学のボランティアサークルで、デイケアセンターの仕事を手伝ってくれているんです。いつもそれはそれは真面目で、親切な行き届いた仕事ぶりでね。永らくお母様の介護をされていたのは伊達じゃありません。貴島さんが福祉にかける思いは本物ですよ！」

「そうです。君枝先生のおっしゃるとおりです」

　丹羽園長も口添えをする。

「貴島さんは、うちの保育園にもボランティアで来てくれるんですが、子供たちは貴島さんにとてもなついています。貴島さんも子供が大好きだし、人気者のおねえさんなんです。

子供は大人の本性を見抜きますから！」

二人の想定外の証言で、場の雰囲気は変わった。一転、貴島光莉には同情が集まり、先手を取った謝罪会見は成功裡に終わった。


それに腹を立てたのが、高石花恵だった。

彼女の元には大学と光莉の連名で内容証明が届いていた。動画を公開した場合は法的措置を取る、花恵は退学にするし、名誉毀損で訴えることも検討するという内容だった。

「なに言ってんのよ！ あたしにはもう怖いものなんかないんだからね！ アレを見たら光莉の言ったことなんか信じられなくなるに決まってるんだから！ 大学が腰抜けなだけよ！」

花恵は激怒した勢いで、牛丼屋で撮った動画をネットに上げてしまった。

だが……それは完全に逆効果となり、逆に花恵が袋だたきに合うハメになった。

「これ例の動画だろ？」

「こないだ謝罪していたJDに無理やりやらせて、それを撮影してネットに上げたやつ。これ撮って公開したヤツ、根性悪くね？」

「動画撮ったやつも、牛丼屋の紅ショウガで遊んだこのJDも、同じ大東京経営福祉大学だろ？」

「その大学にいるおれが通りますよっと。この動画撮ったやつだけど、こういうことをやりそうな女知ってる。四年のＴ石花Ｅっていうビッチ。派手なちょい美人」

「知ってる！　ＴｉｋＴｏｋ強豪校（笑）の出身だろ？　めっちゃ遊び人のくせにちゃっかり進級していいとこの内定も取った女」

「パパ活からギャラ飲みからもう、ひとことでは言い尽くせないほどすげー女だよ」

　それを契機に、Ｔ石花Ｅの被害者だと称する人物の書き込みが山ほど現れた。

「まさに鯨飲。ギャル曽根も真っ青なくらい飲み食いして、そのまま逃げられた」

「同じく。ホテルに行く前に入ったレストランでとことん飲み食いした上に、『友達呼んでいい？』とかずうずうしいこと言いだして、結局、食い逃げ」

「おれ、イッパツやったけど全然いい事なかった」

「化粧落としたらブサイクだぜ」

「同じ日にパパ活の掛け持ちされて、持ち時間の秒読みされて『はい、お時間です！　じゃあね！』とか言われて食い逃げされたし」

　などなど、出るわ出るわの被害申告がネットに次々と暴かれて、花恵の悪行はあっという間に知れ渡った。

「どうしてこうなるの……」

形勢は完全に逆転して、今やすべてが悪い方にしか転がらなくなってしまった花恵は、焦りに焦った。しかし、挽回する名案は浮かばない。調子がいいときには湯水のように湧いて出た悪巧みだが、こうして劣勢になると何も思いつかない。それに、あれほどいた「協力者」が、いつの間にかひとりもいなくなっていた。誰もＬＩＮＥしてこないし、メッセージを送っても返事が返ってこない。

みんな逃げたのか！　ヤバいと思って泥船から逃げやがったのか！

花恵はその時やっと、みんな面白がってツルんでいただけだったのだということに気づいた。友情とか友達とか、そういう関係ではなく、花恵と一緒にいると目立つとか面白いとか暇つぶしになる、という理由で集まっていただけだったのだ……。

花恵が彼女らしからぬ「世の無常」を感じていたとき、ＬＩＮＥが入った。

「やあ！　はじめまして。へまだぴゅうと言います。ユーチューバーです。ズバリ言います。あなた、今こそ反撃すべきです。じゃないと完全な悪者にされてしまうよ。ここはあのキジマって女やヘタレな大学と張り合って、あんたも『涙の謝罪会見』をすべきだ。おれが全部、お膳立てして上げる！」

そういう渡りに船の申し出だった。へまだぴゅうといえば、突撃お騒がせ系のユーチューバーでそれなりに人気がある有名人だ。

そんな人から声がかかるなんて！

と、花恵はすっかり嬉しくなって、「ぜひぜひお願いします！」と返事を書いた。

すると、数分後に彼から電話がかかってきた。

「今ネットで話題の牛丼謝罪動画に対抗して、あんたも顔出しで謝罪会見を絶対にやるべきだよ！　あんたのほうがずっと美人だし、ネット民なんてみんな適当だから、ブスで喪女（モテない女性）の貴島光莉なんか一発で蹴散らせる。なんたって顔出しは強いよ」

へまだぴゅうは、グイグイ押して来た。

「いい？　了解？　じゃあ、タイミングを逃がさす、明日やろう！　場所はオレが押さえておくから。Ｔ国ホテルなんかどうだ？」

「Ｔ国ホテル！」

「こういうことはド派手にドーンとやった方が世間にアピールするんだよ！　オレに任せとけって！」


翌日。

Ｔ国ホテル・松の間で、高石花恵の緊急記者会見が始まった。

「え～みなさま、お忙しいところ急遽お集まり戴き有り難うございます。これより、反社会的映像をネットに拡散させた高石花恵の緊急記者会見を始めます。司会はワタクシ、日本有数のユーチューバー、へまだぴゅうでございます」

マヌケ顔に丸っこい身体を黒いタキシードに包み、司会者としてマイクの前に立ったへまだぴゅうは誇らしげに微笑んだ。

小宴会場・松の間には大勢の報道陣が集まり、テレビカメラも入っている。もちろん、へまだぴゅうもネットの生配信をしている。へまだぴゅうの「弟子」であるハンドルネーム「見届け人」が三脚に載せたスマホで、へまだぴゅうと高石花恵を狙っている。

「では、今回の件で一方的に加害者にされている高石花恵より、事情説明をさせていただきます。それでは長らくお待たせ致しました！　高石さん、張り切ってどうぞ！」

まるで一曲歌えと言われたような紹介のされ方で、高石花恵に注目が集まった。

「高石花恵と言います。大東京経営福祉大学の学生です。私、すっかり悪者にされてしまって……とても悲しいです。私はフツーの、勉強はあまり出来ないかもしれないけど……私はフツーの学生なのに、こんな事に巻き込まれてしまって、もう、私、なにがなんだか……」

彼女はそう言って泣き崩れた。完全に「被害者」モードだ。

「貴島光莉さんが悪いことをしている動画、私が作ったフェイクとか言われてますけど、全部本当に貴島さんがやったんですよ。私が撮ったわけじゃありません。捏造もしていません。私が撮ったのは……貴島さんに言われて撮らされたのは、牛丼屋でやらかしたあの動画だけです。私が貴島さんをそのかしたとか無理にやらせたとか言われてますけど、絶対にそんなことありません。貴島さんが自分でやって、私はそれを撮ってと言われて撮っただけです。なのに全部私のせいにされてしまって……」

ここで花恵はよよと泣き崩れた。集まった報道陣から質問が飛ぶ。

「……しかし、ＳＮＳには、パパ活とか食い逃げとか、あなたの悪行がいろいろ書き込まれていますが、それについては、いかがですか？」

「全部ウソです。匿名なのをいいことに、誰かを叩きたいだけの人たちが、私をターゲットにしているんです」

「しかし、ウソにしてはかなり具体的な事も書き込まれていますが」

「そういうリアルなウソが得意な人も多いと思います」

「高校時代からあなたはいろいろ問題行動を起こしていたようですが？」

「それも全部ＳＮＳに書かれたことですよね？　いいんですか？　そういうウソを元に記事を書いても？」

花恵はあくまで突っ張った。だが報道陣は花恵の言うことを全然信じていない。

「大学側は、例の牛丼屋の動画を公開した場合は法的措置を検討すると言いましたが、あなたは例の動画を公開しましたよね？　そのあと、どうなりましたか？」

「大学と貴島光莉の連名で内容証明が来ましたよ。私を名誉毀損で訴えて、退学にするそうです。でも、私は逆に大学と貴島光莉を訴えようと思っています。ここにいる有名ユーチューバーの、へまだぴゅうさんとも相談して……」

突然、自分の名前を出されたへまだぴゅうは、「いやいやいや」と首を振った。

「突然そう言うことをオレに言われても」

「今更ナニ言ってるんですか！　私を引っ張り出して、こんな公開処刑みたいな記者会見させて、それをネットで生配信したら再生数爆上がりで自分が儲かるって、結局それだけじゃないの！　あたしをダシに使うんなら、あたしが訴えを起こす手伝いをしなさいよ！

弁護士紹介してください！」

高石花恵がキレた瞬間、へまだぴゅうは狙いすましたように大声を出した。

「ええと、この辺がタイミングかな……それでは、お入りください！　皆さんどうぞ！」

へまだぴゅうの呼びかけで、会見場のドアが開くと、どやどやと入ってきたのは中高年のおじさんたちだった。へまだぴゅうが紹介する。

「ご紹介します。こちらは『高石花恵被害者の会』のみなさんです！」

乱入、という表現が一番似合っている感じで会見場に入ってきた十人ほどのおじさんたちは、口々に「高石花恵、もう逃がさんぞ！」「よくもおれたちを騙したな」「金返せ」「食い逃げは許さん！」「今からでもいい、やらせろ！」などなど、この上もなく下品でケチ臭いことを口にして花恵を糾弾し始めた。それはもう、第三者が聞くのも恥ずかしい話ばかりだ。

「なんだあいつらは？」

会場の隅っこに居た鋼太郎はあっけに取られた。

「メシ食わせたのにさせないとか、ホテルの前で逃げられたとか、おっぱい触っただけで十五万円とか、こんな事、とてもテレビで放送できないだろ？」

「仕方ないですよ。イロとカネは恨み骨髄になりますからねえ」

妙に世間を知っている風にコメントする落合君。

罵倒の限りを尽くす被害者の会のおじさんたちに、今度は花恵が逆ギレした。

「ナニ言ってるんだよ、このエロオヤジどもが！　あんたら妻子持ちのくせして、若い女とやりたいだけのドスケベなんじゃないか！　よくもまあこんなところにヌケヌケと出てきて、恥ずかしげもなく顔を晒せるね！」

「うるせー！　盗っ人猛々しいとはお前のことだ！」

「おれらに実は女房子供なんかいねえよ！」

おじさんの一人が声を上げると全員がそうだそうだとシュプレヒコールした。

「だいたいお前を契約不履行で訴えてもいいんだぜ！」

「そうだ！　パパ活でデートして食事するってことは、ホテル行ってエッチするのが大前提のはずだ！」

「はぁっ？　そんな大前提、あんたらエロオヤジの勝手な思い込みじゃんか！」

どこにそんな法律が、と居直る花恵。

「バカ言うな！　パパ活とギャラ飲みは違うんだぞ！」

「おいみんな！　このクソアマを契約不履行で集団提訴しようぜ！」

それを聞いた落合が首を傾げた。

「それはおかしいですね。愛人契約のような公序良俗に反する契約は無効であると、たしか民法に規定が」

「彼は法学部出てるから法律に詳しいの」

小牧ちゃんが誇らしげに言った。

「ま、出ただけですけど」

会見場では、怪しい法律論を振り回す「被害者の会」のおじさんたちと、汚い言葉で言い返す花恵、それを面白がっているユーチューバーのへまだぴゅう、というどっちを向いてもろくでもない三つ巴の「地獄の醜い争い」が起きていた。

「あたかも、三大怪獣地上最大の決戦だな！」

鋼太郎も真剣に腹を立てるのが馬鹿馬鹿しくなってきた。さすがに手を叩いて大笑い、まではしないが、思わず「やれやれもっとやれー」と声援を送ってしまった。

「センセ、ちょっと不謹慎ですよ」

そう言いながら小牧ちゃんがスマホで、この会見のネット生配信をチェックしてみると、果たして、アクセス数がとんでもないことになっている。

「すごいよこれ。この勝負、へまだぴゅうの一人勝ちじゃない？」

「たしかにね。いくら騒いでも、おじさんには返金されないし、高石花恵だって、このまじゃ済まないだろうし……」

鋼太郎がザマアミロ！　と内心快哉を叫んだその時。

「エロジジイ、黙れ！」

テーブルをどん、と叩いていきなり花恵が立ち上がった。

「こっちにだって支援者はいるんだ！　訴訟？　裁判？　面白いじゃんか！　受けて立ってやんよ！」

そこで花恵は一転、かわいらしい声に切り替えてわざとらしく首を傾げてみせた。

「へまださん、よろしくね！」

だが花恵に話を振られたへまだぴゅうは、聞こえないフリをして配信用のパソコンに向かい、ひたすらマイクの調整をする振りをしている。

「おい、へまだ！　なに知らんぷりしてんだよ！　てめえシカトしてんじゃねえよ！」

キレた花恵はマイクスタンドからマイクを毟り取ると、司会席のへまだに投げつけた。

ゴーンというマイクがへまだの顔面にぶつかる音が、場内のスピーカーからハイファイ音質で響き渡った。

「いててて！　何すんだようこのアマ！」

派手に痛がってみせるへまだぴゅう。だが花恵はそれを見てさらに激昂した。

「もうやってらんない。こんな会見、バッカみたい！　もう帰る！」

ヒステリックに怒鳴ったかと思うと会見席のテーブルをひっくり返した。水差しとコップが転がり落ち粉々に砕け散る。そこに摑み掛ってきたエロオヤジたちを花恵は突き飛ばし、何人かの顔面をグーでぶん殴った。ＴｉｋＴｏｋ強豪校出身ＪＤの思いがけない戦闘力の高さに、報道陣も視聴者たちも大喜びだ。

だがカネとイロが絡むとおじさんも強い。一流ホテルという場所柄も弁えず、数では優勢のエロオヤジたちは花恵を羽交い締めにして押し倒し、数人がそこに馬乗りになった。

「待った！　それ以上の乱暴は止めなさい！」

そう言いつつ三人ほどの警官を従えて颯爽と登場したのが錦戸だ。場所を考えて制服警官ではなく、スーツ姿の刑事の応援を頼んだようだ。

「警視庁墨井署生活安全課の錦戸です！　みなさんを現行犯逮捕します！　罪状は、え〜と、取りあえず刑法第二百八条の暴行罪だ！」

刑事たちはおじさん十数人と花恵に手錠を掛けて連行していった。

「あ、あたしがどうして逮捕されるのよ！　おかしいじゃん！」

花恵は激烈に抗議した。

「え〜、高石花恵。あなたには器物損壊、詐欺、名誉毀損などなど考えられる罪状は無数にありますが、それは取り調べの上、なんの罪に問うかを決める！　取りあえずは暴行罪だ！」

錦戸はそう言って、一同を連行した。

「いや〜さすが警部だけのことはあるね！　ちゃんと逮捕もできるんだ」

鋼太郎は、錦戸の颯爽とした現場の指揮ぶりに感嘆した。

「しかし……適当な罪名で花恵をとっ捕まえたのはどんなもんでしょう？」

錦戸の後ろ姿に首を傾げる落合くん。

「おじさんをぶん殴ったんだから、暴行罪でいんじゃね？」

と小牧ちゃん。

残された報道陣は、この突然の逮捕劇を嬉々（きき）として撮影し、へまだぴゅうも生配信の画面に向かって絶叫した。

「前代未聞の事態が発生しました！　記者会見に警察がやって来て、パパ活おじさんと高石花恵を逮捕してしまいました！　これは凄いことになりました！　阿鼻叫喚（あびきょうかん）です！

……まあ、もう警察は行っちゃいましたけどね」

会場からは報道陣もぞろぞろ帰っていく。

「……ということで、緊急生配信も、終了しま〜す」

へまだぴゅうはそう言ってカメラを片付けさせると、見届け人とももども、そそくさと会場から撤収した。小牧ちゃんの手許（てもと）にあるスマホの画面も、同時に切れた。

＊

高石花恵は、微罪で初犯ということで、立件もされず釈放された。他のおじさんたちも同様だ。しかし、全員は錦戸から説教を喰らった。おじさんたちは「決して褒められたことではないパパ活をしておきながら、思い通りにならなかったからと言って文句を言いに来るな」と叱られた。要するに「騙された方が悪い」ということだ。

そして、花恵には、警察が集めたアクセスログや、悪のハッカーから入手したＬＩＮＥでのやりとりという具体的な証拠を見せて、光莉に対する誹謗中傷を裏垢で続けていたこと、また光莉の顔と合成したフェイク動画の作成依頼について厳重注意がなされた。

「こういうことをして誰かを陥れたり利用するのは今後絶対に止めなさい」と錦戸にこんこんと説教をされた。花恵の両親もやってきて、「ほれ、警部さんに謝りなさい！」と不出来な娘の頭を押さえ込んで、無理やり頭を下げさせた。

花恵自身は不貞腐れて、嫌々頭を下げたが、謝罪の言葉はなかった。

「まあ、私に謝ってもらっても仕方がないので……」

錦戸は恐縮して「うちのバカ娘が本当に申し訳ありません。どこでどう育て方を間違えてしまったのか」と謝罪を繰り返す両親に免じて、前科前歴もつかない「注意処分」ということで花恵を釈放した。

「高石花恵は自主退学しました。本日、退学届が送られてきたそうです」

居酒屋「クスノキ」に集まった面々に、沼田准教授が説明した。

「理由は、一身上の都合、とのことです。そして、貴島君」

同席している貴島光莉に沼田は顔を向けた。

「こういう席で伝えるのはふさわしくないかもしれないけれど、君の卒業は正式に認められました」

履修記録が存在しない件は、何者かの大学サーバーへの不正アクセスによる履修記録の削除、つまり改竄があったということが解析の結果ハッキリした、と沼田は説明した。

「なので履修記録は復元されて、貴島さんの単位は認められました。卒業の要件は問題なく満たしたから」

おめでとう、と指導教官に言われ、握手の手を差し出された貴島光莉は、有り難うございます、とぎこちなく頭を下げて、沼田の手を握り返した。

「……でも、私、あの会社の内定は辞退します」

「え？　どうして？」

沼田は驚いて目を剝いた。

「君があれほど入社したいと願っていた会社じゃないか！」

「それはそうなんですが……強要されたとはいえ、あんな動画を撮らせてしまった私に、今、社会人になる資格はないんじゃないか、と思うんです」

「そんな事はないよ！　それがなにより証拠には、君は警察からなんの処罰も受けていないだろう？」

「そうです。墨井署としては、貴島さんから事情を伺っただけですね」

そう言って錦戸も頷いた。

「いえ、私は、自分としても、ケジメをつけたいんです。今、許されてしまうと、今後も自分の弱さに負けて、ズルズルといってしまいそうで……」

そう言った光莉だが、表情はどこか晴れ晴れとしている。

「君は……真面目だなあ。クソがつくくらいに」

沼田は思わずそう言って、「あっ失礼。今の取消し！」と叫んだ。

「でも、あのバカ女高石は実家がそれなりに太そうだから心配ないだろうけど、光莉さんはこれからどうするの？　仕事がないと困るんじゃないの？」

小牧ちゃんは心配した。

「あのカフェでバイトする？　だったら、一緒に頼みに行こうか？」

そこに落合も被せてきた。

「うちの会社で働けないか、社長にかけあってみてもいいっすよ？」

沼田も被せた。

「大学の学生課で働けるように頼んでみるよ。なんなら、正規の職員として」

それを聞いた光莉は涙ぐんで頭を下げた。

「すみません、みなさん。こんな私のために」

イヤイヤイヤ、と鋼太郎は手を振った。

「回り道することになったけれど、人生は長いんだ。遠回りでも正しい道を選んだことを、あとからきっと良かったと思うようになるよ」

そう言ってから、「どうだ、おれ、いいこと言ったろ?」というような顔をして一同を見回したが無視された。クスノキの大将と目が合ったが、大将は舌を出した。

「本当に、心配してくれて有り難うございます」

光莉がうれし泣きしているのを、普段冷静な錦戸までが感動の面持ちで見つめていると、そこに西部警察のテーマ曲が鳴り響いた。

「あ、失礼。私に電話です」

そう言ってスマホを取り出しつつ席を立った錦戸の表情が途端に厳しいものに変わった。

「やはり……来ましたか。了解しました。かねてより打ち合わせどおり、対応をお願いします」

硬い表情で通話を終えて席に戻った錦戸は、一同に説明した。

「警視庁のサイバー課からでした。高石花恵が自分を退学に追い込んだ大学への仕返しを企んでいることを察知したと。そして高石花恵は実家を出たまま、現在、行方不明です」

「大学への仕返し？　しかし僕のところには、なにも連絡が無い……」

沼田が自分のスマホを確認して心外そうに言う。

「それはそうでしょう。警視庁サイバー課は、高石花恵のＳＮＳやメッセージ・サービスのメタデータを、職権で監視しているのです」

メタデータとは、花恵がいつ、どの番号、もしくはアカウントに連絡を取ったか、という記録だ。やりとりの内容には踏み込めないが、そこまでなら監視することが可能だ。

「で、高石花恵はどんな事を企んでいるんですか？」

小牧ちゃんの問いかけに、錦戸は言葉を濁した。

「おそらく彼女の高校時代の人脈をつかった悪巧みです。まだハッキリとは言えませんが、もし実行されればちょっとした騒ぎになって、ネットでも大炎上、大学の名誉も明らかに傷つけられる、そういう計画が進行中のようです」

「なんですかそれは。もっとハッキリ言ってくださいよ！」

沼田が文句を言った。

た。


「警察も詳しい事は摑んでないんですか？」

「捜査上の秘密をみなさんのような民間人に開陳するわけにはいきません」

「だけど大学に対する仕返しなんでしょう？　私は当事者なんですよ？」

沼田はなおも錦戸から情報を聞き出そうとしたが、そこでハッと気がついた表情になった。

「そうだ！　今度の日曜、ウチの大学はオープンキャンパスをやるんです！　おそらくそのイベントが狙われています。この日がＤデイですね！」

沼田は一人で納得した。

「しかし……高石はなにをしでかす気だ？　まさか、爆弾事件とか」

「そうだったらすでに警察が高石花恵とその一味の身柄を拘束してます」

さすがにそれはない、と錦戸は言った。

「でも高石花恵、行方不明なんでしょ？」

「警察が本気で捜せば、絶対に見つけ出します。まあ、人命に関わる大惨事にはならない、とだけは申しておきましょう」

錦戸はなんとももったいぶった言い方をした。

「それで……すべてをお話し出来ないのに申し訳ないのですが、お願いがあります。事情があって女性の人手が必要なのです、小牧さん」

警部殿は小牧ちゃんに向かって頭を下げた。

「是非、ご協力願いたいのです。うちの生活安全課や地域課の女性警官だけでは足りないので、是非、なにとぞ、手伝ってもらえませんか？」

「はあ……私でよければ」

小牧ちゃんは即答したが、いやいやと鋼太郎が立ちはだかった。

「うちの可愛い従業員に、危険はないんだろうね？」

「そうですよ。僕の婚約者に危険はないんでしょうね？」

同調する落合くん。

「あ〜、それは、ないです。ないと思います。ないといいなあ。ないんじゃないかな」

「さだまさしか！」

鋼太郎と落合のツッコミを無視して、錦戸はさらなるお願いを続けた。

「それと、これはみなさんにもお願いです。毛布でもバスタオルでもシーツでも横断幕でもなんでもいいです。大きめの布をたくさん貸してください。それもできるだけたくさん」

*

その日曜日、大東京経営福祉大学のオープンキャンパスの日がやって来た。

朝の八時三十分。

まだキャンパスが開放される前。

学務部などの管理部門が入っている、いわゆる「管理棟」の会議室には、錦戸を指揮官とする女性警官チームと、小牧ちゃん、クスノキの女子高生バイト三人組、その他女性有志が結集していた。めいめい手に手に毛布やシーツ、大判のバスタオル、紅白の横断幕、商店街の大売り出しの垂れ幕、アメリカ国旗に日の丸などなどの大きな布を持っている。

女性ばかりの中には、何故か場違いにも、鋼太郎や落合、そしてクスノキの大将という男性も混じっている。

「既にお察しのことと思いますが……もう当日なので情報を解禁してもいいでしょう。数日前に警視庁サイバー課が察知した情報によりますと、高石花恵を首謀者とする一団が、この大東京経営福祉大学に、深刻な風評被害を与える計画を準備している模様であると。それはオープンキャンパスの日、つまり本日、高石花恵の母校、すなわち公園坂高校の後輩たちを送り込んで、キャンパス内を騒乱状態にする企みなのであります」

「高校の後輩たちってことは、まだ高校生だろ？　高校生が大学のオープンキャンパスに来るのは当たり前じゃないか。一体なにをどうすれば騒乱状態になるんだ？」

それにこの大きな布は何のためだ？　と鋼太郎が素朴な疑問を口にした。

「それに、対応するのは女性ばかりで男はダメっていうのが判らん」

「っていうか、どうしてここにセンセたちまでがいるんですか？」

協力を要請されたのは女性なのに、と小牧ちゃんが責めるように言った。

「いやそれは、成り行きで……」

「説明します」

錦戸が声を張った。

「それは、高石花恵を首謀者とする一団の目的が、おそらく、その……『著しく公序良俗に反する姿』でこの大学のキャンパス内を練り歩き、大学のイメージを下落させることにあると思われるからです」

「あっ、それ知ってる！　ほら、あの大阪の、味園ユニバースの事件！」

クスノキ女子高生三人組の純子が叫んだ。

「味園ユニバースではありません。ありませんが、それに名前が非常によく似た大阪のテーマパークで実際にあった事件です。女性のみなさんにお願いしたいのは……」

錦戸はホワイトボードに写真を貼った。

「これは公園坂高校の制服です。この制服を着用した高校生女子を見つけたら、みなさんには目を離さず行動確認……つまり、言葉は悪いですが、監視していただきたいのです。彼女たちはおそらく女子トイレに入ります。その中まで付いて行けるのは女性のみなさんだけなので、協力をお願いすることになったのです……」


時刻は午前九時を回った。開いた大学の正門から高校生たちが続々キャンパスに入場してくる。小牧ちゃんは目を皿のようにして、公園坂高校の制服を探した。ブレザーにチェックのスカート、ボウタイという定番ではあるが、なかなかかわいい制服だ。すぐに一人を見つけた。改造してあるのか、スカートの丈がびっくりするほど短い。華奢で小柄な彼女は、さまざまな屋台やサークルのブースには目もくれず建物の中に入ってゆく。だが模擬授業の教室に入ることもなく、まっすぐ化粧室を目指した。小牧ちゃんも後を追って化粧室に入る。女子高生は個室に入り、中で何かをガサガサやっている。小牧ちゃんも隣の個室に入った。鏡の前に立っていたのでは、彼女が警戒して個室から出て来ないかもしれない、と思ってのことだ。

公園坂高校の制服を着た彼女は、特に大きな荷物は持っていない。いったいどんなコスプレをすると言うのだろう？　著しく公序良俗に反する格好って？

ガチャリ、と音がして隣の個室のロックが解除された。小牧ちゃんは自分が隠れている個室のドアをそうっと開け、隙間から外を覗き、そして息を呑んだ。

若い女性が裸で立っている。いや、裸というわけではない。バイオレットブルーの、レースのブラとショーツ、お揃いのガーターベルトに網タイツだけを身につけている。すらりとしたプロポーション、白い肌に青紫の下着の色が映えて美しい。すごい。まだ高校生なのに、脱毛もお肌の手入れも、めっちゃ抜かりなくやっているのね。小牧ちゃんは感嘆した。

いや感嘆している場合ではない。この格好でキャンパス内を堂々歩かれては、なるほど、大事なオープンキャンパスのこの日に、大学のイメージ大暴落は必至だ。

ランジェリー女子高生は今まで着ていた制服を押し込んだと思しいスクールバッグを洗面台の上に置いたまま、唇に真っ赤なルージュを塗っている。雪のように白い肌、ぱっちりしたアイメイクの、今流行りのお人形さんのような化粧だ。エロい感じはあまりしないし、うちのセンセイなら眼福って言うだろうけど……と小牧ちゃんは思った。この子をこのまま女子化粧室の外に出すわけにはいかない。

「ねえあなた。その格好で出ていくのはちょっと待って！」

小牧ちゃんは整骨院から持ち出した大判のバスタオルを両手で広げながら、下着女子高生の背後に歩みよった……。


大学校門に向かいながらクスノキの大将が言った。

「オープンキャンパスって、お祭りみたいなもんだろ？　賑やかしになっていいじゃないの。日本はだいたい堅すぎるのよ。いいじゃないか別に。それで誰かが死ぬわけでも病気になるわけでもないんだし」

そうだそうだと鋼太郎も頷く。だが十数分前、学務部長は言ったのだ。

「みなさんはいいでしょう。リオのカーニバルではみんな凄い格好をしていると言うし、眼福だと思う男性もいるでしょう。しかし、大学としては、オープンキャンパスの日というのは、ウチの大学に来てくださいという、大学を宣伝する日なんです。なのに、その本来の目的を台なしにしかねない、若い女性の下着軍団がいると、どうなりますか。うちとしては困るんです。何よりもそういうことをされると、大学が客寄せのためにエロい趣向を凝らしたと誤解される可能性もあります」

なるほど、とクスノキの大将と鋼太郎は納得した。

「で、敵はどう攻めてくるんです？」

元機動隊にいたらしい、女性警官のリーダーがキビキビとした口調で訊いた。

「まさか下着姿のまま電車に乗ってこないでしょう？」

「普通の服装、あるいは高校の制服のままバラバラで学内に入り、どこかで着替えるか、あるいはコートやマント姿の集団で学内に入り、一斉にマントを脱ぎ捨てるか」

錦戸の説明に、女子高生の純子とかおりが「え？　それってめっちゃカッコいいじゃん！」とはしゃいだ。

「でも、高石花恵たちは、まさか玉砕するつもりじゃないですよね？　ちょろっと下着姿になって、その姿を撮ってネットに上げてさっさと逃げ出すかも」

落合の説に、錦戸は「そうなると厄介です」と正直に言った。

「全員がまとまっていると、こちらもシーツやバスタオルを被せて一網打尽に出来ますが、バラバラで行動されると、手が足りない」

「敵は、何人なんですか？」

元機動隊の女性警官が訊いた。

「判りません。自由参加のようなので、人数が集まらずにせいぜい三人くらいかもしれないし、あるいは面白がる賛同者が膨れあがって、百人ぐらいになっているかもしれないし」

「困りましたね。百人となると、完全にお手上げです。火器の使用は可ですか？」

「不可に決まってます。相手は文字通り、丸腰なんですよ。それに火器の携行許可も取ってません」

「しかしそれじゃ手ぬるくないですか？　まるで鬼ごっこみたいになる可能性が」

「そうなれば眼福の時間が増え……」

と、思わず口走った鋼太郎が慌てて口に手を当てた。

「機動隊の応援を要請すべきでは？」

「過激派への対応ではないので、それはやりすぎです。大学としても、そこまで騒ぎを大きくしたくないでしょうし」

錦戸は学務部長をチラと見た。

その時だった。

全館一斉放送の警報が鳴った。

「緊急！　緊急！　こちら正門警備室！　所有者不明のマイクロバスがキャンパスに突入！」

「出動！　急げ！　敵の来襲だ！」

錦戸が号令を掛けて、全員が会議室から飛び出した。ほとんどの女性警官や民間の女性の協力者たちは既にキャンパス内に散らばり、警戒態勢に入っている。鋼太郎たち男性軍もドサクサに紛れて一緒になって走り出した。

「まさか強行突破するとはな！」

正門の守衛室を突破したマイクロバスは、一番広い広場の中央に駐まっていた。女性警官、そして協力する女性たちが毛布やバスタオルやシーツ類を手にして、マイクロバスを取り囲んでいる。

「君たちは完全に包囲された！　大人しく出て来なさい！」

拡声器を使って投降を呼びかける錦戸の姿はさすが警部殿というべきか、キビキビして光り輝いている。

「いやあ、一度これをやってみたかったんですよ！」

錦戸は近くにいる鋼太郎にニヤリとして、なおも投降を呼びかけた。

「できれば服を着て、手を上げてバスから降りなさい！　きみたちは既に不法に大学の敷地に侵入しているから、このまま黙って帰すわけにはいかない！」

錦戸が警察官になったのは、これをやりたかったからだろう、と鋼太郎は踏んだ。本音ではきっと、機動隊をずらりと並べた大軍団を指揮したいのだ。

「警部殿、ほんとうはヘリコプターから狙撃銃で撃ちたいんじゃないですか？」

思わず声に出して言ってしまった鋼太郎に、錦戸は実はそうなんですよ、と相槌を打ちかけたが、ハッと気がついて「いやいやナニを言ってるんですか」と誤魔化した。

「こういう場合、普通は銃やライフルを構えた警官隊が取り囲むのに、毛布やバスタオルを構えた女性警官ではねえ……調子狂ってるでしょ？」

残念ですね、と鋼太郎がなおも言うと、錦戸は重ねて否定した。

「違いますって。私は刑事ドラマと現実は混同しません」

などと言っていると、マイクロバスのドアが開いた。

「来るぞ！」

錦戸を指揮官とする警察側は身構えた。

次の瞬間。

派手なクラブ系ミュージックがマイクロバスから鳴り響き、あられもない姿の若いおねえちゃんたちが歓声を上げながら一斉に飛び出してきた。まるで何かのショーのように、踊りながらバスから放射線状に、飛び散るように離れていく。

彼女たちはマイクロビキニだったりTバックだったりシースルーの透けたスリップにペチコート姿だったり、全身網タイツだったり、ベビードールだったり、とにかく全員が下着姿であることに間違いはない。

「いや～眼福眼福。みんな可愛いじゃないか！　これ、逮捕しちゃうの？　実にもったいないなあ！」

「スクールメイツか？」

「スクールメイツってまだあるの？」

鋼太郎や落合君、クスノキの大将といった男性陣はしきりに残念がった。

「ありがたい、ありがたい」

大将はそう言いながら下着姿のおねえちゃんたちに合掌（がっしょう）までしている。

「大阪の某テーマパークでの件では『一見下着に見えるがコスプレ用衣裳（いしょう）』だったことが判明したが、今回のこれは見ても判るとおり、明らかに下着そのものだ！　全員の身柄を拘束せよ！」

錦戸は拡声器で吠えた。

女性警官、女子高生トリオ、そして校舎から遅れて現れた小牧ちゃんたちが毛布やバスタオル、シーツなどを手に手に、下着姿のおねえちゃんたちを追いかける。だがおねえちゃんたちの方が身軽なせいか、高いヒールにしては思いがけない快走っぷりで、どんどんキャンパスの中に散らばってゆく。まだ一般人が入構していなかったのが幸いだが、彼女たちはすみやかに大学の敷地の奥のほうにまで浸透していく。

そんな下着姿の彼女たちを撮影するために、へまだぴゅう率いる撮影隊までが現れた。彼らもスマホや小型ビデオカメラを手に手に下着軍団を追う。

下着姿の若い女性たちを女性警官が追い、さらにそれを撮影隊が追うという三つ巴の追っかけが始まった。

「うわ。これ、生配信してますよ！　しかも全部で十チャンネル！」

スマホを観ていた落合が叫んだ。

「みなさん！　早く捕まえてください！　撮影隊は放っておくのです！　パンツ女を押さえるんだ！」

錦戸が吠えた。拡声器で叫ぶその声が、大東京経営福祉大学のキャンパスを越えて、広く周辺の地域まで響き渡ったものだから、野次馬と化した付近の住人までが何事かと続々集まってきてしまった。

「警備の人！　ややこしくなるから、近所住民を構内に入れるな！」

構内警備のガードマンが正門に並んで野次馬の入構をブロックした。

一方、下着姿のおねえちゃんたちは、さすがに日頃の運動不足とダイエットによるスタミナ不足で、どんどん失速していく。それを頑強な女性警官が追尾して飛びかかり、頭から毛布やシーツ、バスタオルに横断幕などを次々に被せて、一人ずつ身柄を確保した。

女子高生トリオも頑張った。縄跳びのロープを投げて走ってきた下着のおねえちゃんの脚に絡めてロデオのように足止めし、そこに星条旗や日の丸を被せた。

小牧ちゃんも、逃げる下着おねえちゃんに果敢にタックル、キャンパス内の芝生に転倒させて馬乗りになった。

「一人確保！　午前九時四十二分！」

と、まるで警官が犯人を逮捕したときのように現在時刻を叫んだ。

一方、マイクロバスの中にも人影があった。

ゆっくりと近づいた錦戸がバスに乗り込む。鋼太郎はそれを見届けようと付いていく。

「高石花恵。君はどうしてこういうことをしたんだ？　せっかく記者会見での乱暴狼籍を警察が不問に付したのに、意味がなくなってしまったじゃないか！」

「だって……退学しなくちゃならなくなって、あたしの四年間が無駄になったんだよ！こんなアホ大学、滅茶苦茶にしてやる！」

花恵は叫んだ。それを外から戻ってきたへまだぴゅうが懲りずに撮影している。

「一応確認のために訊くが、彼女たちは、何ものだ？」

「あたしの高校の後輩と、その友達。みんな、あたしの支持者だよ！」

「一応彼女たち全員を、家宅不法侵入ならびに公然わいせつ物陳列罪、騒乱罪、東京都迷惑防止条例違反、公務執行妨害など現行犯で、逮捕する。へまだぴゅうこと、大西弘敏も同様の罪状で逮捕する！」

錦戸がそう宣言すると、鋼太郎を押しのけてスーツ姿の刑事五人がどやどやとマイクロバスに乗ってきて、二人に手錠を掛けた。

「今度こそはきっちり立件するからな。書類送検して検察が取り調べて起訴して裁判だ。世間をナメるとこうなるんだぞ」

キャンパスには墨井署の護送バスが到着して、身柄を確保された下着姿のおねえちゃんたちが続々と乗せられていく。

そして最後にマイクロバスから高石花恵と、へまだぴゅうが手錠を掛けられた両手首を布で覆われて降りてきた。

そこに貴島光莉が現れて、花恵に近づいた。

「ねえ、私があなたに何をしたって言うの？　どうしてここまでしなくちゃいけないの？」

光莉は泣きそうな顔で花恵に問い質した。

「うるっさいなあ。そういうとこよ。アンタのそういうとこがムカついたの！」

花恵は捨てゼリフとともに護送バスに乗り込んだ。

「これにて、一件落着！」

錦戸はそう言って、頷いた。

しかし、そのすぐ横では、沼田准教授が学務部長や、もっと偉いであろう人たちに叱られて平身低頭している。

「いやいやこれは、一件落着じゃあないな……」

鋼太郎は、そう呟くしかなかった。

＊

「いやまあ、本当に紆余曲折あって、どうなることかと思ったけど……なんとかなって、本当に良かった」

居酒屋クスノキの一隅で、ビールの入ったグラスを手に、鋼太郎が挨拶をした。

「……というわけで、いろいろありましたが、とにかく、貴島さんの就職が無事に決まって、こんな喜ばしいことはありません」

「長々しい挨拶もそろそろ終わりそうで喜ばしい」

クスノキの大将がチャチャを入れた。

「では、乾杯」

鋼太郎が音頭をとって乾杯になった。

一連の騒ぎで内定を辞退した貴島光莉だが、彼女を心配した君枝先生がその顔の広さを生かして、老人保健施設などを経営する社会福祉法人に推薦してくれた。今夜はその就職が決まったお祝いだ。

「光莉さんならこれからも大丈夫！　私が太鼓判押したし、学校からも強力な推薦があったようよ。なんといっても、これからもご近所さんだしね」

君枝先生の言葉に、光莉は深々と頭を下げた。

「ありがとうございます。君枝先生のおかげで、念願の福祉のお仕事に就くことができました」

「僕もね、学務部長に叱咤されてね。もっと真摯に学生と向き合って、きっちり指導しろと。その意味で、貴島さん、あなたには本当に迷惑をかけたし、指導教官として責任を果たせなかった事をお詫びする」

沼田も光莉に頭を下げた。

「ねえねえ、大東京経営福祉大学って」

女子高生三人組が競うように大学の名前を口にしたので、沼田は身構えた。

「あの……三人とも、今晩は祝いの席なので、どうか大学の悪口は……」

「違うよ。この件で、大学の知名度が急上昇して、好感度も急上昇みたいだよって」

眼鏡の瑞穂がスマホを見せた。それには、「怪我の功名か？　大東京経営福祉大学の人気急上昇！」という記事が表示されている。

「今まで無名だったから人気ランキングの最底辺をウロウロしていたんだけど、今回の件で名前が売れて、スカイツリーで注目されてる東京の下町にあってキャンパスもキレイで、けっこう就職もよくて、今回の件の学校の対応も悪くなかったってことで」

「それは……よかった」

顔を綻ばせる沼田に瑞穂が言う。

「でね、うちらもそろそろ進学のことを考えないといけない時期なんで……自宅から通えて、今のまま三人で仲良くできて、進学早く決めて遊びたいしってコトで。ねえ、沼田先生、大東京経営福祉大学って、推薦入学枠が結構あるんでしょう？」

「まあ、あると言えばあるけど」

沼田は再度身構えた。

「だよね？　バカでワルの、あの高石花恵でさえ入学できたくらいだもん」

ケバい純子が割って入った。

「それで、物は相談なんだけど、うちら協力したじゃん？　この前の、ほら、下着軍団一斉捕獲に。そこんとこよろしくっていうか、それでうちら三人を入学させてくれない？　ほら、情状酌量とかいうの？　そういうあれで」

「情状酌量は違うと思うよ」

　小牧ちゃんが突っ込む。

「情状酌量なんて、まるで悪いことをしたみたいだから、それを言うなら……ええと、司法取引？」

　これにはずっと黙っていた錦戸が口を開いた。

「それも違うと思います。ようするに、彼女たちは、学校に協力したんだから自分たちを推薦入学させろと、取引を持ちかけているわけです」

「そういう言い方すると、ウチらがなんか、大学を脅してるみたいじゃんねえ」

　純子がそう言って笑ったが、錦戸は笑っていない。

「恐喝一歩手前です」

「いや、それは別にいいんじゃないでしょうか？」

　沼田がニッコリ笑った。

「彼女たちは本学に貢献してくれたんだから、推薦状、書きますよ。大学としても多少のそういう枠はありますから」

「なんかよく判らないけど……めでたい事が続くということで。光莉さんの就職と、トリオの推薦入学『ほぼ』決定と」

鋼太郎が再度、乾杯するためにグラスを持ち上げた。

「しかし君たち。ここはよく考えた方がいいぞ。どうせならもっと勉強して、もう少しイイ大学に入る事を考えた方が……」

錦戸がそう言った瞬間、全員から「学歴差別」「東大至上主義者」「地元に愛がないヤツ」「空気を全然読めないヤツ」「だから本庁に戻れないダメなヤツ」と集中攻撃を受けて、夜は更けていった……。

この作品は徳間文庫のために書下されました。
なお本作品はフィクションであり実在の個人・団体などとは一切関係がありません。

徳間文庫

降格警視(こうかくけいし) 3

2023年6月15日 初刷

著者 安達(あだち)瑶(よう)

発行者 小宮英行

発行所 株式会社徳間書店

東京都品川区上大崎三−一−一 〒141−8202
目黒セントラルスクエア

電話 編集〇三(五四〇三)四三四九
販売〇四九(二九三)五五二一

振替 〇〇一四〇−〇−四四三九二

印刷 製本 大日本印刷株式会社

ISBN978-4-19-894865-8 (乱丁、落丁本はお取りかえいたします)